KB187551

불가리아 출신
율리안 모데스트의 에스페란토 원작 범죄소설

SERENAJ MATENOJ
고요한 아침

율리안 모데스트(Julian Modest) 지음

고요한 아침(에·한 대역)

인 쇄 : 2022년 3월 7일 초판 1쇄
발 행 : 2022년 4월 28일 초판 2쇄
지은이 : 율리안 모데스트(Julian Modest)
옮긴이 : 오태영(Mateno)
표지디자인 : 노혜지
펴낸이 : 오태영
출판사 : 진달래
신고 번호 : 제25100-2020-000085호
신고 일자 : 2020.10.29
주 소 : 서울시 구로구 부일로 985, 101호
전 화 : 02-2688-1561
팩 스 : 0504-200-1561
이메일 : 5morning@naver.com
인쇄소 : TECH D & P(마포구)

값 : 15,000원
ISBN : 979-11-91643-42-8(03890)

불가리아 출신
율리안 모데스트의 에스페란토 원작 범죄소설

SERENAJ MATENOJ
고요한 아침

율리안 모데스트(Julian Modest) 지음
오태영 옮김

진달래 출판사

JULIAN MODEST

SERENAJ MATENOJ

krimromano, originale verkita en Esperanto

eld. Libero, 2018
p. 95.

율리안 모데스트
고요한 아침
에스페란토 원작 범죄 소설
리베라 출판사, 2018년
95쪽

번역자의 말

『고요한 아침』은 실종사건을 둘러싼 경찰 수사물입니다.
이 책을 구매하신 모든 분께 감사드립니다.

*마리노*라는 지방에서 사는 클라라 양은 고등학교 3학년이
고 유명한 의사 부부의 외동딸이지만 어느 날 실종됩니다.
고요한 아침, 전 도시에 퍼진 흉흉한 소문 때문에 모두 걱
정을 합니다만 하루 이틀 지나도 실마리조차 찾을 수 없습
니다.

경찰 수사 과정에서 사피로브 위원은 자녀에 대해 아주 많
이 모르는 부모를 보면서 자신을 되돌아보고, 부모 역시 큰
후회를 합니다만 이미 지나간 일이고 돌이킬 수 없습니다.

실종된 딸은 시체로 발견되고 범인은 학교 선생님으로 밝
혀집니다. 예쁘고 똑똑한 여학생이 문학을 가르치는 선생님
에게 반하여 지속해서 사랑을 고백하고 유부남 선생은 뿌
리치다가 나중에는 자신도 좋아하게 되고 같이 즐기다가
선생이 그만 만나자고 하자 임신했다고 말하며 사모에게도
말하겠다고 협박을 해 결국 선생이 과실치사하고 바다에
던집니다. 읽는 내내 마음이 착잡해졌습니다.

잘못된 사랑에 안타까우면서도 예쁘고 똑똑한 여학생과 앞
길이 창창한 유부남 선생의 몰락에 마음이 아팠습니다.

율리안 모데스트 작가의 아름다운 문체와 읽기 쉬운 단어,
그리고 인생 이야기로 인해 에스페란토 학습자에게는 재미
있고 무언가 느끼며 읽을 수 있는 유익한 책이라고 생각합
니다. 출판을 허락해주신 저자와 출판사에 감사드립니다.

    - 오태영(mateno, 진달래출판사 대표)

목차(Enhavo)

1장. 블라드 에조코브

작은 도시는 편안하고 조용하며, 산기슭이나 바닷가에 있고, 역사적인 볼거리가 많지 않아 관광객들도 거의 오지 않는다.

이런 작은 도시 중 하나가 **마리노**이다.

그곳에도 마찬가지로 중심가, 시청, 문화원, 교회 등이 있다.

시 광장 근처에는 공원이 있는데 긴 의자 몇 개, 어린이 놀이시설, 보리수나무, 밤나무와 두 그루 전나무가 있다.

시청 관리 부서는 항상 돈이 충분하지 않아 공원은 조금 시설이 열악하다.

풀도 거의 뽑지 않고 오랫동안 긴 의자도 칠하지 않고 어린이 놀이시설도 조금 수리가 필요하다.

어린이들이 그네나 시소에서 떨어질 수도 있기에.

누군가 중심가를 거쳐 바닷가로 간다면 오른쪽에 '**베르다 마로(푸른 바다)**' 거리가 보이고 거기에 2층 건물 초등학교가 있는데 오래된 기와지붕은 학교가 지난 수백 년 전에 세워진 것을 알려 준다.

초등학교 옆에는 유치원이 있는데 하얀 건물이고, 어린이 놀이시설이 있고 그렇게 크지 않은 운동장과 화단이 딸려 있다.

1.

En la etaj urboj, trankvilaj kaj silentaj, situantaj ĉe la piedoj de iu monto aŭ ĉe mara bordo, ne estas multaj historiaj vidindaĵoj kaj turistoj malofte vizitas ilin. Unu el tiuj ĉi urbetoj estas Marino, en kiu same estas ĉefa strato, urbodomo, kulturdomo, preĝejo··· Proksime al la urba placo troviĝas parko kun kelkaj benkoj, infanludiloj, arboj: tilioj, kaŝtanarboj kaj du abioj. La administracio de la urbodomo ne ĉiam havas sufiĉe da mono kaj la parko estas iom neglektita. Oni malofte falĉas la herbon, delonge la benkoj ne estas refarbitaj kaj jam necesas iom ripari la infanludilojn, ĉar la infanoj falos de la lulilo aŭ de la balancilo.

Se oni ekiras sur la ĉefa strato al la mara bordo, dekstre vidos straton "Blua Maro", kie troviĝas la baza lernejo, duetaĝa konstruaĵo, kies malnova tegola tegmento montras, ke la lernejo estis konstruita pasintan jarcenton. Ĉe la baza lernejo estas la infanĝardeno, blanka konstruaĵo, en ne tre granda korto kun infanaj ludiloj kaj bedoj kun floroj.

중심가 끝에는 바닷가 근처에 왼쪽으로 커다란 식당 '**피슈칼티스타 렌콘티조(어부의 만남)**'가 있다.

거기에는 커다란 공간과 거실이 있어 그 안에서 여름에 많은 탁자의 위치를 바꾸어 가없이 파란 바다를 즐길 수 있다.

주말에 식당에서는 관현악단이 연주하고 가수가 노래한다.

음악과 노랫소리를 주변에서 전부 들을 수 있다.

주말에 여기에 가족들이 많이 온다.

아버지들은 브랜디와 샐러드를 주문하고 어머니들은 맥주를 마시고 아이들은 레모네이드를 먹는다.

모든 가족이 튀김 감자에 소고기로 저녁을 먹는다.

축제 같은 저녁이 끝나고 만족해서 가족들은 집으로 돌아온다.

마리노 시에서 교통혼잡은 거의 없다.

주민 일부만 차가 있어 차로 가까운 도시 **부르고**로 여행한다.

버스는 한 대밖에 없고 하루 6번 운행한다.

한 번은 **블라드 에조코브**가 우연히 이 작은 도시에 왔다.

로센 시로 가는 도로 위를 차로 달릴 때 마리노 시라는 간판을 보고 그것을 둘러보려고 마음먹었다.

그 당시는 몇 년 뒤 여기서 살 것이라고 전혀 짐작조차 하지 못했다.

Ĉe la fino de la ĉefa strato, proksime al la mara bordo, maldekstre estas la granda restoracio "Fiŝkaptista Renkontiĝo". Ĝi havas vastan ejon kaj halon, en kiu somere oni ordigas multajn tablojn kaj de tie eblas ĝui la senliman bluan maron. Dum dimanĉo kaj sabato en la restoracio ludas orkestro, kantas kantistino. La muziko kaj la kantado aŭdeblas en la tuta ĉirkaŭaĵo. Sabate kaj dimanĉe ĉi tien venas multaj familioj. La patroj mendas brandon kaj salaton, la patrinoj trinkas bieron kaj la infanoj – limonadon. La tuta familio vespermanĝas bifstekon kun frititaj terpomoj. Festa vespermanĝo, post kiu la familio kontenta revenas hejmen.

En Marino preskaŭ ne estas trafiko. Iuj el la loĝantoj havas aŭtojn kaj per ili veturas al la proksima urbo Burgo. Ĉi tien venas nur unu aŭtobuso, sesfoje tage.

Foje Vlad Ezokov hazarde venis en la urbeton. Tiam li veturis aŭte sur la ŝoseo al urbo Rosen, vidis la panelon "Urbo Marino" kaj decidis trarigardi ĝin. Tiam li tute ne supozis, ke post jaroj loĝos ĉi tie.

- 11 -

3월 초에 블라드는 와서 마리노에 숙소를 얻었다.

집은 허름한 단층 짜리다.

나이든 가족이 소유했는데 몇 년 전에 노부부가 돌아가시고 그 아들은 부르고에서 가족과 살고 있어서 이 집을 세놓았다.

낡았어도 블라드 마음에 들었다.

주방, 거실, 욕조가 있는 침실로 방이 3개라 한 사람에게는 완전히 충분하다.

작은 현관을 지나 부엌으로, 거실로, 침실로 들어간다.

집주인 남자는 40살에 마르고 조금 허리가 굽고 대머리인데 집에서 낡은 가구를 치우는 것이 필요하냐고 물었지만, 블라드는 그것을 사용하는 것이 더 좋다고 대답했다.

그는 새로운 가구를 전혀 사고 싶지 않았고 여기서 얼마나 살게 될지 알지 못했다.

현관에는 옷걸이, 신발장, 작은 탁자가 있다.

옷걸이에는 여기 살았던 노인 중 한 명이 남긴 지팡이가 걸려 있다.

부엌은 아주 초라하게 보였다.

오래된 싱크대, 그렇게 높지 않은 배수대, 나무 식탁이 있다.

거실에는 커피를 마시는 탁자, 두 개의 안락의자, 몇 권의 책과 오래된 잡지가 있는 책장이 있다.

Je la komenco de marto Vlad venis kaj luis loĝejon en Marino. La domo estis malnova, unuetaĝa. Ĝin posedis maljuna familio, sed antaŭ jaroj la geedzoj forpasis kaj ilia filo, kiu kun sia familio loĝis en Burgo, luigis la domon. Malgraŭ malnova, ĝi plaĉis al Vlad. Estis tri ĉambroj: kuirejo, gastĉambro, dormoĉambro kun banejo. Tute sufiĉe por sola persono. De la eta vestiblo oni eniris la kuirejon, la gastaĉambron kaj la dormoĉambron.

La posedanto de la domo, viro, kvardekjara, maldika, iom kurbiĝinta, kalva, demandis Vlad ĉu necesas elpreni la malnovajn meblojn el la domo, sed Vlad respondis, ke preferas uzi ilin. Li tute ne emis aĉeti novajn meblojn kaj ne sciis kiom da tempo loĝos ĉi tie. En la vestiblo estis vesthokaro, ŝranketo por ŝuoj kaj eta tablo. Sur la vesthokaro pendis bastono, restinta de iu el la maljunuloj, kiuj loĝis ĉi tie. La kuirejo aspektis mizera – malnova lavujo, kredenco, ne tre alta servicoŝranko, ligna manĝotablo. En la gastĉambro – kafotablo, du foteloj kaj librobretaro kun kelkaj libroj kaj malnovaj ĵurnaloj.

침실에는 옷장과 2인용 침대가 있다.

집에는 사과, 복숭아, 자두 같은 과일나무가 심겨진 그렇게 넓지 않은 마당이 있다.

나무 그늘에서 여름에는 앉아서 커피를 마실 수 있다.

블라드는 방을 조금 청소했지만, 너무 애쓰지 않았다.

단지 먼지만 씻어내고 마른 기름얼룩이 묻어 있는 아주 더러운 식탁을 닦았다.

창도 마찬가지로 더러웠지만, 닦을 생각은 전혀 없다.

정말 그것은 너무 지나치다고 블라드는 생각했다.

그는 침대보와 방석만 샀다.

블라드는 책장에 있는 오래되어 누렇게 변색한 책을 자세히 살피면서 넘겨보았다.

그것 중 일부는 읽었지만 다른 책은 손도 대지 않은 듯 보였다.

때로 블라드는 이른 아침에 나가서 바닷가를 산책해 사람들이 모래사장에서 그의 그림자를 볼 수 있다.

바다의 파도를 헤엄쳐 나온 듯 솟아난 해가 청동상 같은 블라드의 몸을 밝혔다.

언젠가 마찬가지로 오후에 바닷가에서 산책하고 해가 져서 마지막 햇살이 건물의 기와집 지붕을 붉게 물들일 때 집에 돌아왔다.

En la dormoĉambro – duobla lito, vestoŝranko.

La domo estis en ne tre vasta korto kun fruktaj arboj: pomarbo, persiko, prunarbo, sub kies ombro somere oni povis sidi kaj kafumi. Vlad iom purigis la ĉambrojn, sed ne tro penis. Li nur viŝis la polvon kaj lavis la manĝotablon, kiu estis tre malpura kun sekigitaj oleaj makuloj. La fenestroj same estis malpuraj, sed li tute ne planis lavi ilin. Ja tio superfluis, opiniis Vlad. Li nur aĉetis litotukojn kaj kusensakon.

Vlad atente trarigardis kaj trafoliumis la librojn sur la librobretaro, estis malnovaj kun flaviĝintaj paĝoj. Videblis, ke iujn el ili oni legis, aliajn eĉ ne trafoliumis.

De tempo al tempo Vlad promenadis sur la mara bordo, iris frue matene kaj oni povis vidi lian silueton sur la strando. La suno aperis, kvazaŭ elnaĝis el la maraj ondoj kaj lumigis la korpon de Vlad, kiu similis al bronza statuo. Iam same posttagmeze li promenadis ĉe la maro kaj revenis hejmen, kiam la suno subiĝis kaj ĝiaj lastaj sunradioj lumigis la ruĝajn tegolajn tegmentojn de la domoj.

2장. 에조코브의 이웃

블라드 에조코브가 **비흐로비** 가정의 집에서 살기 시작할 때, 이웃들은 그가 누구인지, 어디서 왔는지, 왜 혼자 여기에서 사는지 궁금했다.

보통 여자들은 호기심이 더 많아 금세 모든 것을 알고 싶었다.

블라드가 사는 집 옆에 **나다** 아주머니 집이 있다.

65세로 혼자 살고 있다.

남편 **이반**은 선원이었는데 3년 전에 돌아가셨다.

나다의 딸은 부르고에 살며, 어머니를 뵈러 마리노에 가끔 왔다.

온종일 나다 아주머니는 집에서 여기저기 거닐며 거의 밖으로 나가지 않는다.

블라드가 여기 살기 시작할 때 그녀는 그를 아주 주의해서 살피기 시작해서 그가 언제 집을 나가서 바닷가에서 언제까지 산책하고 언제 돌아오고 식료품 가게에 언제 사러 가는지 정확히 알았다.

이웃에 대한 수많은 질문이 생겼지만, 나다는 대답을 찾을 수 없다.

블라드는 대략 30살이지만, 일하지 않고 거의 매일 집에 있으며, 때로 어딘가로 차를 타고 가는 것을 볼 수 있다.

2.

Kiam Vlad Ezokov ekloĝis en la domo de familio Vihrovi, la najbaroj komencis demandi sin kiu li estas, de kie li venis kaj kial li loĝas sola ĉi tie. Ordinare la virinoj estas pli scivolemaj kaj deziras tuj ekscii ĉion. Apud la domo, en kiu ekloĝis Vlad, estis la domo de onklino Nada. Sesdek kvinjara ŝi loĝis sola. Ŝia edzo Ivan, kiu estis maristo, forpasis antaŭ tri jaroj. La filino de Nada loĝis en Burgo kaj malofte venis en Marinon al la patrino. Tutan tagon onklino Nada vagis tien-reen hejme kaj preskaŭ ne eliris eksteren.

Kiam Vlad ekloĝis ĉi tie, ŝi komencis tre atente[1] observi lin, precize sciis, kiam li eliras, kiam promenadas ĉe la mara bordo, kiam revenas, kiam iras en la nutraĵvendejon aĉetadi. Pluraj demandoj pri la najbaro okupis Nadan, sed vane ŝi provis trovi la respondojn. Vlad estis ĉirkaŭ tridekjara, videblis, ke ne laboras, preskaŭ ĉiutage estis hejme kaj de tempo al tempo iris ien per la aŭto.

---

1) atent-a 주의깊은, 차근차근한. atenti <自・他> 주의하다.

'그는 무슨 일을 할까?' 나다 아주머니는 궁금했다.
'어디서 돈이 생길까?

정말 그의 차는 최신식이고 그걸 타려면 휘발유가 필요하고 휘발유는 돈 주고 사야 한다.

그는 완전히 혼자 산다.

남자나 여자나 그 누구도 찾아오지 않는다.

가족이 있는가 아니면 있었는가?'

이런 질문이 그녀의 호기심을 자극해, 그와 알고 지내려고, 어떻게 사는지 보려고, 집에 무엇이 있고 정말 무슨 일을 하고 있는지 알려고 블라드의 집에 들어가기로 마음먹었다.

어느 날 아침 그녀는 새 옷을 입고 장미가 새겨진 노란 비단 천을 두르고 입술을 빨갛게 칠하고 이웃집으로 갔다.

마당의 철문을 열고 울타리와 집 사이를 지나 집 문 옆에서 초인종을 눌렀다.

10시 반이라 블라드가 집에 있는 것을 알고 있다.

문이 열리고 블라드가 나타났다.

"안녕하세요." 그녀가 인사했다.

"귀찮게 해서 미안해요.

나는 **나다 리코바**로 이웃입니다.

옆집에 살아요."

"Ĉu li laboras ion, demandis sin onklino Nada? De kie li havas monon? Ja, lia aŭto estas moderna, por ĝi necesas benzino kaj la benzino kostas monon. Li loĝas tute sola. Neniu gastas al li, nek viroj, nek virinoj. Ĉu li havas, aŭ havis familion?"

Tiuj ĉi demandoj forte tiklis ŝian scivolon kaj Nada decidis iri en la domon de Vlad por konatiĝi kun li kaj vidi kiel li vivas, kio estas en lia domo kaj eventuale ekscii per kio ĝuste li okupiĝas.

Iun matenon Nada survestis sian pli novan robon, sur kies flavkolora silka ŝtofo estis ŝtampitaj rozoj, ruĝŝminkis la lipojn kaj ekiris al la najbara domo. Ŝi malfermis la metalan pordon de la korto, trapasis la distancon inter la barilo kaj la domo, kaj sonoris ĉe la pordo. Estis deka kaj duono kaj ŝi sciis, ke Vlad estas hejme.

La pordo malfemiĝis, antaŭ Nada ekstaris Vlad.

-Bonan matenon – salutis ŝi lin. – Pardonu min pro la ĝeno, mia nomo estas Nada Likova, najbarino. Mi loĝas en la najbara domo.

블라드는 조용하게 그녀를 바라보았다.

"우리 집 전기난로가 고장 났어요.

나는 혼자 살아요….

정말로 남자들은 고치는 경험이 많죠.

날 도와주러 와서 왜 난로가 고장 났는지 봐주세요."

그녀는 블라드가 집으로 자기를 초대하고 본인 소개하기를 바랐지만, 그는 조용할 뿐이다.

"정말로 우리는 이웃이고 서로 돕는 것이 좋아요."

나다는 조금 당황해서 계속 말했지만, 블라드가 말을 끊었다.

"죄송합니다. 저는 기술자가 아니고 난로를 고칠 수 없어요. 게다가 바쁘거든요."

이 말이 나다 아주머니 마음을 상하게 했다.

그녀는 '미안해요. 미안해요.' 하고 중얼거리고 빠르게 나왔다. 이 첫 만남과 짧은 대화 뒤, 나다는 이웃을 미워했다. 한번은 같은 거리에 사는 나다 아주머니의 육촌 동생 **베사**가 그녀에게 물었다,

"나다 언니. 새 이웃은 누구예요? 정말로 언니는 가장 가까이 살고 있잖아. 솔직히 그에 관해 무엇을 알고 있어요?"

"그는 아주 의심스러운 사람이야. 위험한 사람. 아무 일도 않고 그 누구를 만나거나 친구도 사귀지 않아. 의심할 것 없이 숨기 위해 여기에 왔어." 확신하며 나다가 말했다.

Vlad silente rigardis ŝin.

-Mia elektra forno difektiĝis. Mi loĝas sola. Ja, la viroj estas spertaj riparistoj. Ĉu vi povus veni helpi min, vidi kial difektiĝis la forno?

Ŝi esperis, ke Vlad invitos ŝin en la loĝejon, prezentos sin al ŝi, sed li nur silentis.

-Ja, ni estas najbaroj, estus bone helpi unu la alian — daŭrigis iom embarasite Nada, tamen Vlad interrompis ŝin:

-Pardonu, mi ne estas teknikisto kaj ne povas ripari fornojn. Krom tio mi estas okupata.

Tiuj ĉi liaj vortoj ofendis onklinon Nada. Ŝi tramurmuris "pardonon, pardonon" kaj rapide foriris. Post tiu ĉi unua renkontiĝo kaj mallonga konversacio, Nada malamis la najbaron.

Foje Vesa, amikino de onklino Nada, kiu loĝis sur la sama strato, demandis ŝin:

-Nada, kiu estas via nova najbaro? Ja, vi loĝas plej proksime al li kaj verŝajne scias ion pri li?

-Li estas tre suspektinda persono — konfidence diris Nada. — Danĝera homo! Nenion li laboras kun neniu li renkontiĝas kaj amikiĝas. Sendube li venis ĉi tien por kaŝi sin.

외관상 그는 범죄자고 그 누구도 자기에 대해 무엇도 알기를 바라지 않아."

"정말로?" 베사가 놀랐다.

"나도 그러려니 생각했어요. 그는 누구와도 대화하지 않고 누구와도 알고 지내지 않아요."

"그래. 그가 의심스러운 과거를 가진 것은 확실해. 아마 그는 감옥에 있었을 거야. 감옥에서 나와 아무도 그를 모르는 이곳에 왔어." 나다가 계속 말했다.

그녀의 푸른 옷은 고양이 눈과 조금 닮아 불안과 두려움이 나타났다.

"그에 관해 시장 **포브스** 씨에게 물어봤지만, 그 사람에 관해 아무것도 모른다고 말했어."

"어떻게 그럴 수 있죠?" 베사가 그녀를 쳐다보았다. "정말로 그는 시장이고 우리 시에 사는 모든 사람을 알아야만 해요."

"포브스 시장이 말하길 지금 모든 사람은 자기가 원하는 곳, 모든 도시와 마을에서 살 수 있고, 주민의 사적인 생활에 관심을 두는 것은 그의 의무가 아니래." 나다가 설명했다.

"그럴 수가? 시장은 도시를 대표하고 그의 의무는 주민을 돌보는 것인데, 그는 반드시 이 사람의 과거를 조사해야만 해요." 베사가 우겼다.

"해야만 해, 반드시." 나다가 비꼬듯 웃었다.

Verŝajne li estas krimulo kaj deziras, ke neniu sciu ion pri li.

-Ĉu? – miris Vesa. – Ankaŭ mi supozis tion. Li kun neniu konversacias, kun neniu konatiĝas.

-Jes. Mi certas, ke li havas suspektindan pasintecon. Eble li estis en malliberejo. Kiam oni leberigis lin, li venis ĉi tien, kie neniu konas lin – daŭrigis Nada kaj en ŝiaj verdecaj okuloj, iom similaj al katokuloj, aperis maltrankvilo kaj timo. – Pri li mi demandis la urbestron, sinjoron Popov, tamen li diris, ke nenion scias pri la ulo.

-Kiel eblas? –alrigardis ŝin Vesa. – Ja, li estas urbestro kaj devas koni ĉiujn, kiuj ekloĝas en nia urbo.

-Sinjoro Popov nur diris, ke nun ĉiu povas loĝi kie deziras, en ĉiu urbo, en ĉiu vilaĝo kaj ne estas lia devo interesiĝi pri la intima vivo de la loĝantoj – klarigis Nada.

-Kiel? La urbestro reprezentas la ŝtaton kaj lia devo estas zorgi pri la loĝantoj. Li nepre devas esplori la pasintecon de tiu ĉi ulo! –insistis Vesa.

-Devas, devas – ridis ironie Nada.

"나라는 우리에 관해 조금도 관심이 없음을 알았잖아. 도둑, 강도, 살인자가 있어도 그들을 성가시게 하는 나라도 경찰도 없어.

우리는 우리 안전을 스스로 돌봐야 해.

충고하겠는데 우리의 새 이웃에게 더욱 멀리해야 해. 정말 그가 누구인지 아무도 모르니까." 나다 아주머니는 서둘러 베사와 헤어졌다.

블라드의 차가 마당에서 나가는 것을 보았기에.

"그가 다시 어딘가로 갈 것 같아." 나다가 말했다.

"그가 우리를 보기 원치 않아. 잘 가. 내가 네게 갈게. 우리 집 전기난로가 고장 나서 네 남편 **페타르**에게 고쳐 달라고 부탁해야 하니까."

"그래요. 나중에 와요." 베사가 말하고 집을 떠났다.

베사는 60살이고 키가 크고 인상 좋은 얼굴에 금발이고 파란 눈동자를 가졌는데 도로 반대편 집에 살고 있다. 몇 년 전부터 그녀 부부는 연금 수급자다.

베사는 부르고에서 시립병원 간호사였고, 남편 페타르는 고속버스 운전사였다.

집에 가면서 베사는 새 이웃에 관해 깊이 생각했다.

몇 년 전에는 마리노 시에서 모든 사람이 서로 알고 지냈다.

작은 도시에 주민의 일부는 동창생이고 다른 사람은 직장 동료였다. 그리고 모든 사람은 친척이었다.

지금은 무슨 일이 생겼는가?

– Vi vidas, ke la ŝtato tute ne interesiĝas pri ni. Estas ŝtelistoj, rabistoj, murdistoj kaj nek la ŝtato, nek la polico persekutas ilin. Ni devas mem zorgi pri nia sekureco. Mi konsilas vin esti pli malproksime de nia nova najbaro. Ja, neniu scias kiu li estas.

Onklino Nada rapide adiaŭis Vesan, ĉar vidis, ke la aŭto de Vlad eliras el la korto.

–Jen, li denove veturos ien – diris Nada. – Mi ne deziras, ke li vidu min. Ĝis revido. Mi venos al vi, ĉar mia elektra forno difektiĝis kaj mi petos Petar, vian edzon, ripari ĝin.

–Venu, venu – diris Vesa kaj ekiris hejmen.

Vesa, sesdekjara virino, alta blondhara kun simpatia vizaĝo kaj bluaj okuloj loĝis en la domo sur la alia flanko de la strato. De kelkaj jaroj ŝi kaj ŝia edzo estis pensiuloj. Vesa estis flegistino en la urba hospitalo en Burgo kaj la edzo, Petro – aŭtobusŝoforo. Irante hejmen, Vesa meditis pri la nova najbaro. Antaŭ kelkaj jaroj preskaŭ ĉiuj en Marino konis unu la alian. En la malgranda urbo iuj el la loĝantoj estis samklasanoj, aliaj – kolegoj en la laborejoj kaj multaj estis parencoj. Kio okazis nun?

낯선 사람들이 여기 살러 와서 그들이 누구인지 어디서 왔는지 무슨 일을 하는지 전혀 모른다.

그것은 나다가 말한 것처럼 위험하다.

가장 중요하게 아이들을 살피고 지켜야 한다.

아이들은 힘이 없고 순진해서 사람들이 쉽게 유혹할 수 있고 무언가 나쁜 일을 할 수 있으니까.

나다와 대화한 뒤 블라드는 정말 이상한 사람이라고 베사는 확신했다.

그녀가 집에 들어올 때 남편 페타르는 부엌에 있는 탁자에 앉아 잡지를 읽고 있다.

"어디 갔었어?" 남편이 물으면서, 쓰고 있는 안경을 통해 그녀를 바라보았다.

"거리에서 나다 언니를 만나 조금 대화했어요." 베사가 대답했다.

"언니는 지역에 사는 이웃이 위험한 사람이라고 생각해요.

언니 말에 따르면 정말 감옥에서 나와 숨기 위해 우리 도시에서 사는 거 같아요."

"쓸데없는 말이야." 페타르가 웃었다.

그는 키가 크고 조금 뚱뚱하고 회색 머리카락, 검은 눈, 짙은 눈썹, 조금 구부러진 코를 가졌다.

"나다 아주머니는 자신이 위대한 형사라고 상상해." 페타르가 웃었다.

Nekonataj homoj venis loĝi ĉi tien kaj oni tute ne scias kiuj ili estas, de kie venis kaj pri kio okupiĝas. Tio estas danĝera, kiel diris Nada. Oni devas atenti kaj la plej grave, gardi la infanojn, ĉar ili estas senhelpaj, naivaj kaj ĉiu ulo povus allogi ilin kaj fari ion malbonan al ili. Post la konversacio kun Nada, Vesa certis, ke Vlad vere estas danĝera homo.

Kiam ŝi eniris la domon, Petar, la edzo, sidis ĉe la tablo en la kuirejo kaj legis ĵurnalon.

-Kie vi estis? ― demandis li kaj alrigardis ŝin tra la okulvitroj, kiujn li surhavis.

-Strate mi renkontis Nadan kaj ni iom konversaciis ― respondis Vesa. ― Ŝi opinias, ke la najbaro, kiu loĝas apud ŝia domo, estas danĝera homo. Laŭ ŝi oni verŝajne nun liberigis lin el la malliberejo kaj li ekloĝis en nia urbo por kaŝi sin.

-Vi parolas stultaĵojn ― komencis ridi Petar.

Altstatura, iom dika kun griziĝanta hararo, li havis nigrajn okulojn, densajn brovojn kaj iom kurban nazon.

-Nada imagas sin granda detektivo ― ridis Petar.

"남자는 얼마 전에 여기 살기 시작했는데, 그녀는 벌써 그가 감옥에 있었다고 알아.
나에게 그에 관해 묻는다면 그는 지적이고 교양 있는 사람처럼 보인다고 말할 거야."
"오직 당신께만 그렇겠지요." 베사가 반박했다.
"당신은 아마 2번이나 3번 그를 보고 그가 지적이고 교양있는 사람이라고 이미 확신하네요."
"맞아." 페타르가 말했다.
"그는 전혀 내게 흥미 없지만 나다 아주머니는 이 지역에서 가장 큰 수다쟁이지. 모든 사람에 관해 그녀는 다 알고 끊임없이 수다를 떨지. 아마 당신은 몇 년 전에 그녀가 당신에게 말한 것을 잊었구면. 그녀는 내가 애인이 있다고 주장해서 당신은 거의 그녀 말을 믿었지. 나는 그녀를 보고 싶지 않아. 왜 그녀와 여러 가지 대화를 하는지 이해할 수 없어."
"하지만 언니는 잘 도우시고 나와 그녀는 육촌임을 잊지 마세요.
그녀 할머니와 제 할아버지는 사촌 사이에요."
"알아. 알아." 페타르가 말했다.
"당신은 육촌임을 자주 반복해. 사람이 친척인 것이 중요한 것이 아니라 좋은지 나쁜지가 중요해." 베사는 남편에게 조금 화가 났다.
'바보 같은 여자들' 그는 생각했다.
'그녀들은 일도 없이 온종일 잡담만 해.

- La viro antaŭnelonge ekloĝis ĉi tie kaj ŝi jam scias, ke li estis en malliberejo. Se vi demandus min pri li, mi diros, ke li aspektas inteligenta kaj kultura homo.

-Nur ŝajnas al vi − replikis lin Vesa. − Vi vidis lin eble du aŭ tri fojojn kaj vi jam asertas, ke li estas inteligenta kaj kultura.

-Bone − diris Petar. − Li tute ne interesas min, sed Nada estas la plej granda klaĉulino en la kvartalo. Pri ĉiuj ŝi ĉion scias kaj senĉese ŝi klaĉas. Eble vi forgesis kion ŝi parolis al vi antaŭ jaroj. Ŝi asertis, ke mi havas amatinon kaj vi preskaŭ kredis ŝin. Mi ne deziras vidi ŝin kaj mi ne komprenas kial vi entute konversacias kun ŝi?

-Tamen ŝi estas helpema kaj ne forgesu, ke mi kaj ŝi estas kuzinoj. Ŝia avino kaj mia avo estis gekuzoj.

-Bone, bone −diris Petar. − Vi nur tion ripetas − gekuzojn. Ne gravas ĉu la homoj estas parencoj, gravas ĉu ili estas bonaj aŭ ne.

Vesa iom koleriĝis al Petar.

"Stultaj virinoj, meditis li. Ili ne havas okupojn, tutan tagon klaĉas.

지금 이웃이 그들 수다의 주제다.'

몇 년 전에 페타르가 버스 운전할 때 매일 많은 사람이 그가 운전한 버스를 타고 내렸다.

그래서 누가 좋은 사람이고 나쁜 사람인지 알아차리는데 경험이 많다.

정말로 그는 두세 번 새로운 이웃을 보았다.

그렇지만 겉으로 보아 그는 지적이고 교양 있는 사람이지 전혀 범죄자 같지 않았다.

하지만 지금 페타르는 조금 생각에 빠졌다.

자주 외적인 모습이 가장 믿을 만하지는 않다.

외관은 인간의 특성을 감춘다.

Nun la najbaro estas temo de iliaj klaĉoj.[2]"
Antaŭ klekaj jaroj, kiam Petar estis aŭtobusŝoforo, ĉiutage multaj homoj eniris kaj eliris el la aŭtobuso, kiun li ŝoforis kaj li spertis prijuĝi ĉu iu homo estas bona aŭ malbona. Vere li nur du aŭ tri fojojn vidis la novan najbaron, sed ŝajne li estas inteligenta kaj kultura viro, tute ne similis al krimulo. Tamen nun Petar iom enpensiĝis. Ofte la ekstera aspekto ne estas la plej fidinda. La eksteraĵo kaŝas la homan karakteron.

---

2) klaĉ-i <自>잡담하다, 지껄이다, 비밀을 누설하다, 험담하다, 뒷공론하다, 수다떨다. klaĉo, klaĉaĵo 잡담, 험담, 뒷공론, 수다.

3장. 4월 15일

4월의 아침에 마리노 시는 해가 뜨고 조용하다.
어느 사이에 겨울은 지나갔다.
바다에서 오랫동안 불어와서 도시를 공격하고 장엄한 파도를 가져온 쇳소리 나는 바람과 함께 3월은 떠나갔다.
회색 구름은 사라졌다.
마치 보이지 않는 손이 그들을 모아 어딘가 멀리 가져가 버린 것 같다.
하늘은 파랗고 어린이의 티 없는 눈처럼 투명하다.
해는 더욱 강하게 빛나고 땅을 데워 마당에서는 과일나무가 하얀 옷의 신부처럼 꽃을 피웠다.
꽃이 차례대로 나타나서 붉고, 노랗고, 주황의 밝은 보라의 다양한 색들이 화가가 아주 예쁜 모자이크를 만든 것처럼 화단을 장식했다.
좋은 감정이 사람들을 지배한다.
거리는 더 소란스럽고 활기차고, 카페는 가득 차서 아침부터 저녁까지 젊은이와 노인들이 커피를 마시고 대화를 나눈다.
휴양객들이 마리노 시에 오기 시작하는 여름을 기다리면서 도시에 있는 두 개 호텔은 벌써 휴양객들을 위해 준비를 한다.

3. La 15-an de aprilo

La aprilaj matenoj en Marino estis sunaj kaj serenaj. Nesenteble la vintro forpasis. Fopasis marto kun la siblaj ventoj, kiuj longe blovis de la maro, atakis la urbon kaj alportis majestajn ondojn. La grizaj nuboj malaperis. Kvazaŭ nevidebla mano kolektis kaj forportis ilin ien malproksimen. La ĉielo iĝis blua, diafana kiel senkulpa okulo infana. La suno pli forte brilis, varmigis la teron, en la kortoj la fruktaj arboj ekfloris kiel fianĉinoj en blankaj roboj. Unu post alia komencis aperi la floroj, kies buntaj koloroj: ruĝaj, flavaj oranĝaj, helviolaj, ornamis la bedojn, kvazaŭ pentristo faris belegajn mozaikojn.

Bonhumoro obsedis la homojn. La stratoj iĝis pli bruaj, pli viglaj, la kafejoj pli plenaj kaj en ili de matene ĝis vespere estis junuloj, maljunuloj, kiuj kafumis, babilis, atendante jam la someron, kiam en Marinon komencos veni ripozantoj.

La du urbaj hoteloj same jam estis pretaj por la ripozantoj.

호텔 주인들은 그것들을 조금 수리하고 벽을 칠하고 가구를 바꾸고 객실을 정리한다.

4월은 조용하고 상쾌하다.

어떤 나쁜 소식이 맹금처럼 도시를 날아다녔다.

처음에는 모든 주민이 무슨 일이 생겼는지 정확히 알지 못했지만, 소문은 이 사람에서 저 사람으로, 카페에서 가게로 퍼져나가 거리에서 사람들은 불안해하며 서로 물었다.

"벌써 들었나요?

바제리노브 박사의 딸 **클라라**가 사라졌어요.

벌써 이틀간 집에 돌아오지 않았어요.

어디 갔는지 무슨 일이 생겼는지 아무도 몰라요.

사람들이 찾아 나섰지만, 어디에서도 찾지 못했어요."

클라라는 고등학교 3학년 학생이다.

그녀는 부르고에서 공부하고 매일 아침 동급생 **베로니카**와 버스를 타고 거기 갔다.

화요일 아침 7시에 클라라는 집에서 나와 학교로 갔지만, 오후에 돌아오지 않았다.

그녀의 어머니 **다리나**는 어디 있는지 물으려고 즉시 전화했지만, 클라라의 휴대전화기는 꺼져 있었다.

다리나는 아주 불안해서 베로니카의 집으로 무슨 일이 생겼나 물어보려고 뛰어갔다.

Iliaj posedantoj iom riparis ilin, farbis la murojn, ŝanĝis iujn meblojn, ordigis la ĉambrojn.

Aprilo estis trankvila kaj agrabla, sed malbona novaĵo kiel raba birdo traflugis la urbon. Unue ne ĉiuj loĝantoj komprenis kio okazis, sed la famo ekvagis de homo al homo, de kafejoj al vendejoj kaj sur la stratoj oni maltrankvile demandis unu la alian:

-Ĉu vi jam aŭdis? Klara, la filino de doktoro Veselinov, malaperis. Jam du tagojn ŝi ne revenas hejmen. Neniu scias kie ŝi estas kaj kio okazis al ŝi. Oni serĉas, sed nenie trovas ŝin.

Klara estis lernantino en la dekunua klaso en la gimnazio. Ŝi lernis en urbo Burgo kaj ĉiun matenon kun Veronika, samklasanino, ŝi veturis buse tien. Marde matene je la sepa horo Klara eliris el la domo kaj ekveturis al la lernejo, sed posttagmeze ŝi ne revenis. Ŝia patrino, Darina, tuj telefonis demandi kie ŝi estas, sed la poŝtelefono de Klara ne funkciis. Darina ege maltrankviliĝis kaj kuris al la domo de Veronika demandi kio okazis.

베로니카의 어머니도 다리나가 자기 집 문을 두드리고 물어볼 때 매우 불안했다.

"안녕하세요. 니나 씨.

베로니카가 학교에서 돌아왔나요?"

"예. 집에 있어요." 니나가 대답했다.

"혹시 클라라가 이 집에 있지 않나요?"

"아니요. 왜요?" 니나가 놀랐다.

"무슨 일이 있나요?"

"오늘 클라라가 학교에서 돌아오지 않았어요.

베로니카와 이야기하고 싶은데요." 다리나가 말했다.

"들어오세요." 니나가 다리나를 집안으로 초대했다.

"베로니카는 자기 방에 있으니까 내가 곧 부를게요."

얼마 있다가 베로니카가 나와서, 다리나는 떨리는 목소리로 물었다.

"베로니카. 오늘 클라라가 학교에서 돌아오지 않았어.

무슨 일이 있는지 아니?

너는 친구고 매일 학교에 같이 가잖아.

버스로 마리노에 오지 않았니?"

베로니카는 아주 하얀 얼굴의 여자아이로 길고 검은 머릿결, 복숭아 같은 눈을 뜬 채 다리나를 쳐다보고 조금 당황한 채 말했다.

La patrino de Veronika same serioze maltrankviliĝis, kiam Darina sonoris ĉe la pordo de ilia domo kaj demandis:

-Saluton, Nina. Ĉu Veronika revenis de la lernejo?

-Jes. Ŝi estas hejme - respondis Nina.

-Ĉu hazarde[3] Klara ne estas ĉe vi?

-Ne. Kial? - surpriziĝis Nina. - Ĉu okazis io?

-Hodiaŭ ŝi ne revenis de la lernejo kaj mi ŝatus paroli kun Veronika - diris Darina.

-Bonvolu.

Nina invitis Darinan enen.

-Veronika estas en sia ĉambro kaj tuj mi vokos ŝin.

Post minuto Veronika venis kaj Darina per tremanta voĉo demandis ŝin:

-Veronika, hodiaŭ Klara ne revenis de la lernejo. Ĉu vi scias kio okazis? Vi estas amikinoj, ĉiutage vi kune iras al la lernejo. Ĉu vi ne veturis kune buse al Marino?

Veronika, knabino kun ege blanka vizaĝo, longaj nigraj haroj kaj okuloj kiel migdaloj, alrigardis Darinan kaj iom embarasite diris:

---

3) hazarde 우연히, 어쩌다가.

"저와 클라라는 수업이 끝난 뒤 학교에서 나왔지만, 버스 정류장에 같이 가지 않았어요.

클라라가 더 늦게 마리노에 올 거라고 말했거든요."

"부르고에서 무슨 일이 있었을까?" 놀라서 다리나가 물었다.

"저는 몰라요.

단지 조금 늦게 마리노에 올 거라고만 했어요."

"아이고. 여러 번 전화했지만, 전화기는 꺼져 있고 벌써 3시간째 집에 돌아오지 않아.

분명 뭔가 나쁜 일이 생겼어.

클라라는 언제 늦을 건지 부르고에서 조금 더 있어야만 하는지 항상 말했어.

그러나 오늘 아침에는 아무 말이 없었는데."

"걱정하지 마세요." 부드러운 목소리로 니나가 말했다. "곧 들어올 거라고 믿어요.

정말 충분히 나이를 먹었잖아요.

항상 통제하려고 하지 마세요.

여자아이들은 벌써 친구에 대해 생각하고 부르고에서 어느 남자랑 만날 수 있는 것을 알잖아요."

"예, 그러나 지금까지 클라라는 남자를 언급한 적이 결코 없었어요.

아마 정말 누가 그녀와 사귀고 내가 그것을 안다면 더 편안할 거예요."

거의 울듯이 다리나가 말했다.

-Mi kaj Klara eliris el la lernejo post la fino de la lernohoroj, sed ni ne ekiris kune al la bushaltejo. Klara diris, ke pli malfrue veturos al Marino.

-Kian okupon ŝi povus havi en Burgo? - demandis surprizite Darina.

-Mi ne sicias. Ŝi nur diris, ke iom pli malfrue veturos al Marino.

-Dio mia! Mi provis kelkfoje telefoni, sed ŝia telefono ne funkcias kaj jam tri horojn ŝi ne revenas. Certe io malbona okazis. Klara ĉiam diras al mi, kiam ŝi malfruiĝos aŭ devas resti iom pli en Burgo, sed ĉi matene nenion ŝi diri s···

-Ne maltrankviliĝu - mildvoĉe diris Nina. - Mi certas, ke ŝi baldaŭ revenos. Ja, ŝi jam estas sufiĉe aĝa. Vi ne devas ĉiam kontroli ŝin. Vi scias, ke la knabinoj jam pensas pri amikoj kaj povas esti, ke en Burgo ŝi havas rendevuon kun iu knabo.

-Jes, sed ĝis nun Klara neniam menciis al mi pri knabo. Eble vere iu amindumas ŝin, sed mi estos pli trankvila, se mi scius tion - preskaŭ plore diris Darina.

그녀는 조용했고 긴장하여 니나를 쳐다보고 마치 자신에게 무언가를 속삭이듯 입술을 살짝 움직였다.

그녀의 꿀 색 눈에는 두려움과 당혹함이 나타났다.

다리나는 무엇을 할지 알지 못했다.

다시 그녀가 질문했다.

"베로니카. 부탁할게. 혹시라도 클라라가 어느 남자의 이름을 언급하지 않았니? 누구와 만남을 이야기하지 않았니? 부탁할게. 잘 기억해 봐. 아마 너는 클라라와 남자에 관해 이야기했겠지. 정말 너는 아주 좋은 친구잖아."

"한 번도 남자에 관해 우리는 말 하지 않았고 그녀는 누구와도 만나지 않아요." 베로니카는 말하고 한쪽을 바라보았다.

그녀는 무언가를 숨겼지만, 그녀의 생각을 꿰뚫어 볼 수 없었다.

"나는 정말 당황스럽다." 다리나가 말하고 힘들게 숨을 내쉬었다.

"무엇을 할까? 유일한 희망은 클라라가 전화하는 것인데 너에게 전화할 수도 있어. 베로니카. 아쉽게도 그녀 전화기는 계속 꺼져 있어." 그리고 다리나는 다시 전화를 걸었지만 소용없다.

"성가시게 해서 미안해요." 그녀가 니나에게 말했다. "혹시라도 무언가를 알게 되면 곧 내게 전화해 주시기 바랍니다." "잘 가세요. 다리나 씨." 니나가 말했다.

Ŝi silentis, streĉe rigardis antaŭ si, iom movigis lipojn, kvazaŭ flustris ion al si mem. En ŝiaj mielkoloraj okuloj estis timo kaj konfuzo. Darina ne sciis kion fari. Ankoraŭfoje ŝi demandis:

-Veronika, mi petas vin. Ĉu hazarde Klara ne menciis al vi nomon de iu knabo? Ĉu ŝi ne parolis pri rendevuo kun iu? Mi petas vin, rememoru bone. Eble vi konversaciis kun Klara pri knaboj. Ja, vi estis tre bonaj amikinoj···

-Neniam ni parolis pri knaboj kaj kun neniu ŝi rendevuis ‐ diris Veronika kaj alrigardis flanken. Ŝi kaŝis ion, sed ne eblis enpenetri ŝiajn pensojn.

-Mi estas tute embarasita ‐ diris Darina kaj peze elspiris. ‐ Kion mi faru? La sola espero estas, ke Klara telefonos. Povas esti, ke ŝi telefonos al vi, Veronika. Bedaŭrinde ŝia telefono daŭre ne funkcias ‐ kaj Darina denove provis telefoni, sed nesukcese.

-Mi petas pardonon pro la ĝeno ‐ diris ŝi al Nina. ‐ Mi petas, se hazarde vi ekscios ion, bonvolu tuj telefoni al mi.

-Ĝis revido, Darina ‐ diris Nina.

"곧 클라라가 돌아올 거라고 확신해요. 믿으세요. 절망할 필요 없어요. 정말 몇 시간 지났어요. 꼭 돌아올 거예요." 니나는 다리나를 안아주고 마당 문까지 배웅하고 오랫동안 서서 그녀의 뒤를 바라보았다.

다리나는 천천히 걸어갔다.

마치 등에 돌이 가득 찬 가방을 멘 것처럼.

'정말 어머니의 운명은 힘들구나.'

니나가 혼잣말했다.

다리나가 거리 귀퉁이에 도달했을 때 니나는 몸을 돌려 집으로 들어갔다.

그리고 금세 베로니카 방으로 갔다.

베로니카는 책상에 앉아 무언가를 쓰고 있다.

니나는 그녀의 뒤에 서서 심각하게 말했다.

"너와 이야기하고 싶구나."

"나중에 얘기해요. 지금 수학 숙제를 하고 있어요."

"아니야. 바로 해야 해." 엄하게 니나가 말했다.

"나를 쳐다봐. 매우 신중하게 질문 하는데 너는 클라라에 관해 뭔가 알고 있지?

그녀가 친구가 있니?

그녀가 그 아이 집에 갔니?

그녀가 부모와 다투어 집에 돌아오지 않니?

말해. 너는 분명 무언가 알 거야."

"나는 아무것도 몰라요." 조금 큰 소리로 베로니카가 말했다.

- Mi certas, ke baldaŭ Klara revenos. Kredu. Vi ne devas malesperiĝi. Ja pasis nur kelkaj horoj, ŝi nepre revenos.

Nina ĉirkaŭbrakis Darinan, akompanis ŝin al la korta pordo, longe staris kaj rigardis post ŝi. Darina iris malrapide, kvazaŭ surhavis sur la dorso sakon plenan da ŝtonoj. "Jes, diris al si mem Nina, malfacila estas la patrina sorto."

Kiam Darina atingis la stratangulon, Nina turnis sin, eniris la domon kaj tuj iris al la ĉambro de Veronika. Veronika sidis ĉe la skribotablo kaj ion skribis. Nina ekstaris malantaŭ ŝi kaj serioze diris.

-Mi deziras paroli kun vi.

-Ni parolu poste. Nun mi skribas la hejman taskon pri matematiko.

-Ne! Ni parolos tuj! - firme diris Nina. - Rigardu min! Tre serioze mi demandas ĉu vi scias ion pri Klara. Ĉu ŝi havas amikon? Ĉu ŝi iris en lian hejmon? Ĉu ŝi kverelis kun la gepatroj kaj tial ne revenis en la domon? Diru! Vi certe scias ion.

-Nenion mi scias! - iom pli laŭtvoĉe diris Veronika.

"여러 번 되풀이했지만, 아무것도 몰라요.
내게 무엇을 원하나요?"
"베로니카.
사건은 중요해.
클라라의 어머니를 봤잖아.
그녀는 불안해.
부탁하건대 말해 봐.
네가 클라라의 가장 좋은 친구잖아."
"나를 내버려 두세요. 어려운 숙제예요.
그것을 마치고 싶어요."
"알았어. 하지만 생각해. 몇 년 뒤에 너는 어머니가
돼. 그때 너는 어머니의 고통을 알게 될 거야." 니나
는 베로니카의 방에서 나왔다.
그녀는 베로니카와 클라라가 대화하기 몹시 힘든 나이
임을 잘 안다.
'나는 나와 내 딸이 모든 것을 서로 고백하고 모든 문
제를 솔직하게 말하는 친구가 되기를 원해.' 니나는
깊이 생각했다.
내 딸은 나에게 비밀이 없고 나는 그녀의 기쁨과 슬
픔, 고통을 알고, 우선 그녀는 자기를 괴롭히는 모든
것을 내게 말하고, 그녀의 두려움, 의심, 의혹을 솔직
하게 말하고.
그래, 그것을 나는 원하는데 하지만 나는 실패했다.
내 딸은 내 친구가 아니다.

- Mi kelkfoje ripetis - nenion mi scias! Kion vi deziras de mi?

-Veronika, tio, kio okazis estas serioza.[4] Vi vidis la patrinon de Klara. Ŝi maltrankviliĝas. Mi petas vin, diru. Vi estas la plej bona amikino de Klara.

-Lasu min. Mi havas malfacilan hejman taskon kaj mi deziras finfari ĝin.

-Bone, tamen pripensu. Post jaroj vi estos patrino kaj tiam vi eksentos la patrinan doloron.

Nina eliris el la ĉambro de Veronika. Ŝi bone komprenis, ke Veronika kaj Klara estas en aĝo, kiam tre malfacile eblas konversacii kun ili. "Mi deziris, ke mi kaj mia filino estu amikinoj, meditis Nina, ke ni ĉion konfesu unu al alia, ni parolu sincere pri ĉiuj problemoj. Mia filino ne havu sekretojn de mi, mi sciu ŝiajn ĝojojn kaj malĝojon, ŝiajn dolorojn, ŝi unue al mi diru ĉion, kio turmentas ŝin. Ŝi sincere rakontu al mi ŝiajn timojn, dubuojn, suspektojn. Jes, tion mi deziris, sed mi malsukcesis.

Mia filino ne estas mia amikino.

---

4) serioz-a   정색의; 참말의; 진실한, 농담 아닌; 위독한, 중태의

베로니카는 나에게 감정을 숨겨, 결코 나는 딸이 무엇을 느끼고 무슨 생각을 하고 나를 어떻게 여기는지 알 수 없다.

베로니카는 나와 대화하기를 원하지 않는다.

그녀는 문제나 승부에서 혼자 있기를 더 좋아한다.

우리 사이에는 깊은 골이 있어 이 골을 건널 다리를 찾지 못한다.

니나는 초등학교 교사다.

이 순간 환멸을 느낀다.

정말로 나는 내가 가르치는 학생을 돕고 있어.

그러나 내 딸은 도울 수 없어.

그녀에게 나는 이방인이야.

Veronika kaŝas de mi siajn sentojn kaj neniel mi povas kompreni kion ŝi sentas, kion pensas, kion ŝi opinias pri mi. Veronika ne deziras konversacii kun mi. Ŝi preferas esti sola kun siaj problemoj, venkoj kaj malvenkoj. Inter ni estas abismo[5] kaj mi ne trovas ponton por transiri tiun ĉi abismon."

Nina estis instruistino en baza lernejo kaj en tiu ĉi momento ŝi sentis senreviĝon. "Ja, mi helpas la infanojn, kiujn mi instruas, sed mi ne povas helpi mian propran filinon. Por ŝi mi estas fremdulino."

---

5) abism-o   <宗> 혼돈(混沌), 한없이 깊은 바다[구렁텅이, 굴속], 심연(深淵),

4장. 클라라의 실종

다리나는 집에 들어와 문을 열고 방에 들어가서 벽에 기댔다. 더는 걸을 힘조차 없다.

남편 **도브리**가 그녀를 보고 즉시 일어났다.

"무슨 일이요? 상태가 안 좋나요?" 다리나는 대답하지 않았다.

그녀의 얼굴은 분필처럼 하얗고, 자주 웃던 꿀 색 눈동자는 지금 눈물 속에서 헤엄친다.

"베로니카가 무엇이라고 말했나요?" 도브리가 물었다.

"아무것도." 다리나가 속삭였다.

"수업이 끝난 뒤 클라라가 베로니카가 모르는 어딘가로 갔어요."

다리나는 눈물을 흘리며 신음했다.

방은 조용했다.

커다란 벽시계의 긴장되고 리듬 있는 두드리는 소리만 들렸다.

도브리는 집 마당의 정원이 보이는 창을 쳐다보았다.

창밖에는 오래된 자두나무가 꽃 피고 있다.

도브리는 생각했다.

'봄이구나. 곧 저녁에 되는데 클라라는 돌아오지 않는구나.'

"우리는 수수방관하지 맙시다. 무엇이든 합시다."

다리나가 말했다. "무엇을?"

4.

Darina revenis hejmen, malfermis la pordon, eniris la ĉambron kaj apogis sin al la muro. Ŝi ne havis forton eĉ paŝon plu fari. Kiam Dobri, la edzo, vidis ŝin, tuj ekstaris.

-Kio okazis? Ĉu vi malbone fartas?

Darina ne respondis. Ŝia vizaĝo blankis kiel kreto kaj ŝiaj mielkoloraj okuloj, ofte ridantaj, nun naĝis en larmoj.

-Kion diris Veronika? ‾ demandis Dobri.

-Nenion··· - flustris Darina. ‾ Post la fino de la lernohoroj Klara iris ien, sed kien ‾ Veronika ne scias···

Darina plorĝemis. En la ĉambro estis silento. Aŭdiĝis nur la streĉaj ritmaj frapoj de la granda murhorloĝo. Dobri alrigardis la fenestron, tra kiu videblis la ĝardeno en la korto de la domo. Antaŭ la fenestro la malnova pruna arbo floris. "Printempas, meditis Dobri. Baldaŭ vesperiĝos, sed Klara ne venas."

-Ni ne staru senpovaj! Ni faru ion! ‾ diris Darina.

-Kion?

"경찰서에 우리 딸이 집에 돌아오지 않는다고 알리러 갑시다."
"아마 돌아오겠지."
도브리가 주저하듯 말했다.
"아직 저녁이 안 되었는데."
'정말로 오후 1시에 그녀는 학교에서 나가 지금 저녁 전인 6시다.' 도브리는 생각했다.
"나는 딸에게 뭔가 무서운 일이 생겼다고 느껴요. 그 아이 전화기는 계속 꺼져 있어요.
우리는 아무것도 몰라요." 울며 신음하듯 다리나가 속삭였다.
"가장 나쁜 일은 생각하지 마요." 무겁게 도브리가 숨을 내쉬었다.
밖은 어느새 저녁이 되었다.
검은 커튼이 창 앞에 떨어졌다.
어둠이 방에 가득 찼지만, 다리나와 도브리는 전등을 켜지 않았다.
그들은 서로 마주 보고 서서, 두 사람 사이에는 1km가 된 듯 불안한 생각에 잠겨 조용했다.
갑자기 다리나가 서두르듯 말했다.
"우리 경찰서로 바로 가요.
더 기다릴 수 없어요."
서둘러 그들은 문으로 갔다.
거리 위에서 두 사람은 거의 뛰었다.

-Ni iru al la polico anonci, ke nia filino ne revenis hejmen.

-Eble ŝi revenos ⁻ hezite diris Dobri. ⁻ Ankoraŭ ne vesperiĝis…

"Ja, je la unua horo posttagmeze ŝi eliris el la lernejo kaj nun estis sesa antaŭ vespere, meditis Dobri."

-Mi sentas, ke io terura okazis al ŝi. Ŝia poŝtelefono daŭre ne funkcias. Nenion ni scia s… - plorĝeme flustris Darina.

-Ni ne pensu pri la plej malbona okazo ⁻ elspiris peze Dobri.

Ekstere nesenteble vesperiĝis. Nigra kurteno falis antaŭ la fenestro. Mallumo plenigis la ĉambron, sed ne Darina, nek Dobri ŝaltis la lampon. Ili staris unu kontraŭ la alia kaj inter ili estis kvazaŭ kilometroj, silentis, obseditaj de maltrankviligaj meditoj. Subite Darina haste diris:

-Ni iru en la policejon! Tuj!6) Ni ne povas plu atendi!

Rapide ili ekiris al la pordo. Sur la strato ambaŭ preskaŭ kuris.

---

6) tuj <副> 즉시, 조속히, 곧바로. tujantaŭ 바로 전에.

경찰서 앞에서 당직 경찰이 불안하고 걱정에 가득 찬 그들을 보고서 바로 경찰서장 방으로 안내했다.

다리나와 도브리가 방으로 들어오자 경찰서장 **마린 테네브**는 일어섰다.

"베셀리노브 박사님. 무슨 일이십니까?" 경찰서장이 물었다.

그는 시립병원 의사인 도브리와 다리나를 잘 안다.

도브리 베셀리노브 박사는 유명한 신경과 의사고, 베셀리노바 박사는 소아청소년과 의사다.

2년 전 테네브 경찰서장은 아들이 심하게 아파서 다리나가 그를 치료했다.

테네브는 매우 감사해서 베셀리노바 의사의 큰 도움을 잊을 수 없다.

"우리 딸 클라라가 학교에서 집으로 돌아오지 않았어요." 다리나가 말했다.

"어떻게? 언제요?" 경찰서장이 당황해서 물었다.

도브리와 다리나는 수업이 끝난 뒤 클라라가 부르고에서 돌아오지 않았다고 이야기했다.

그녀의 휴대전화기는 꺼져 있고 그녀에 대해 아무것도 알지 못했다.

La dejoranta[7] policano, antaŭ la urba policejo, vidante ilin maltrankvilaj kaj zorgpremitaj, tuj enkondukis ilin en la kabineton de la polica estro. Kiam Darina kaj Dobri eniris la kabineton, majoro Marin Tenev, la policestro, ekstaris.

-Doktoro Veselinov, kio okazis? ‐ demandis la majoro.

Li bone konis Dobrin kaj Darinan, ambaŭ kuracistoj en la urba hospitalo. Doktoro Dobri Veselinov ‐ konata neŭrologo kaj doktoro Veselinova ‐ pediatro. Antaŭ du jaroj la pli juna filo de majoro Tenev estis serioze malsana kaj Darina kuracis lin. Tenev estis tre dankema kaj ne forgesis la grandan helpon de doktoro Veselinova.

-Nia filino, Klara, ne revenis hejmen de la lernejo ‐ diris Darina.

-Kiel? Kiam? ‐ demandis la majoro embarasita.

Dobri kaj Darina rakontis al li, ke post la fino de la lernohoroj Klara ne revenis el Burgo. Ŝia poŝtelefono ne funkcias kaj nenion ili scias pri ŝi.

---

7) dejor-i [자] 당직하다.

"따님이 돌아오지 않는 데는 여러 가지 가정이 있을 수 있어요." 경찰서장이 말을 시작했다.

그는 40살이고 키가 크고 고슴도치 가시 같고 진한 검은 머릿결, 결단의 빛이 나는 검은 눈동자를 가졌다.

"저는 이해해요." 그가 말했다.

"따님은 몇 살인가요?"

"18살이에요." 다리나가 대답했다.

"언젠가 지금과 마찬가지로 집에 돌아오지 않은 적이 있나요?"

"예. 늦게 돌아온 적은 있어요." 바로 다리나가 대답했다.

"하지만 늦을 거라고 항상 전화했어요.

그런데 오늘은 전화하지 않고 지금 전화기는 꺼져 있어요. 그것이 아주 우리를 불안하게 만들어요."

"그녀가 부르고에 친구, 지인, 친척이 있나요?

아마 거기 누군가와 함께 있겠지요."

"그녀는 부르고에 사는 동급생이 있어요. 우리는 거기 친구가정도 있어요. 하지만 그들 집에서 밤을 보내며 머물 가능성은 없어요. 그들은 꼭 우리에게 전화할 겁니다." 도브리가 말했다.

"정확히 무슨 일이 생겼는지 써 보세요.

저는 부르고에 있는 경찰에게 요청하는 글을 보낼게요. 그리고 우리와 부르고의 경찰이 따님을 찾기 시작할 겁니다."

-Povas esti pluraj supozoj pri ŝia nereveno ‾ komencis la majoro.

Kvardekjara, Tenev estis alta, forta kun densa[8] nigra hararo, simila la erinacaj pikiloj kaj nigraj okuloj kun decidema rigardo.

-Mi komprenas ‾ diris li. ‾ Kiom jara ŝi estas?

-Dekok ‾ respondis Darina.

-Ĉu okazis, ke iam ŝi same ne revenis hejmen?

-Jes okazis, ke ŝi malfrue revenis ‾ tuj diris Darina. ‾ Tamen ŝi ĉiam telefonis, ke malfruiĝos, sed hodiaŭ ŝi ne telefonis kaj nun ŝia poŝtelefono ne funkcias. Tio ege maltrankviligis nin!

-Ĉu ŝi havas amikojn, konatojn, parencojn en Burgo? Eble ŝi restis ĉe iu tie.

-Ŝi havas gesamklasanojn, kiuj loĝas en Burgo. Ni havas amikajn familiojn tie, sed ne eblas, ke Klara restis ĉe ili tranokti. Ili nepre telefonus al ni⋯ - diris Dobri.

-Priskribu kio ĝuste okazis. Mi sendos la petskribon al la polico en Burgo. Kaj ni, kaj la polico en Burgo komencos serĉi ŝin.

---

8)dens-a 밀집한, 밀생한, (인구가)조밀한. densa arbaro, barbo, nebulo 밀집한 나무, 수염, (짙은)안개.

테네브 경찰서장은 도브리에게 필기구와 종이를 주었다. 도브리는 사건에 관해 적기 시작했다. 그가 쓰는 것을 마치자 경찰서장이 그것을 쭉 읽고 내일 경찰 수색 시작을 알려 주겠다고 말했다.

"감사합니다. 테네브 서장님." 도브리와 다리나가 말했다.

Majoro Tenev donis al Dobri skribilon, paperfoliojn kaj Dobri komencis priskribi la okazintaĵon. Kiam li finis, la majoro tralegis ĝin kaj diris, ke morgaŭ informos ilin pri la komenco de la polica serĉado.

-Dankon, majoro Tenev – diris Dobri kaj Darina.

5장. 4월 16일

부르고 시는 커다란 항구와 수십만의 주민이 사는 나라 남쪽 해안의 해양도시다.

여러 세계 각국에서 온 배들이 여기로 다양한 상품을 싣고 온다.

마찬가지로 배들이 부르고 항구에서 곡식, 옷감, 치료약 등을 가득 싣고 출발한다.

도시의 많은 주민이 항구에서 일한다.

부르고 시에서 여름에는 국내외 수많은 휴양객을 볼 수 있다.

도시에 황금색 부드러운 모래가 있는 긴 모래사장을 따라 여러 호텔, 좋은 식당, 카페가 있다.

지금 4월에 여기는 활기가 넘친다.

바다로 이끄는 중심가에는 벌써 인도 위에 탁자를 둔 카페가 있고 거기에 걱정 없는 사람들이 넘쳐난다.

바닷가 옆 공원에는 늙은이, 아이를 가진 엄마들이 산책하고 아이 중 일부는 공원 어린이 놀이터에서 논다.

고요한 아침에 여기서 산책하는 것은 상쾌하다.

나무는 꽃이 피고 여러 가지 꽃 색깔이 눈을 어루만진다.

바다는 비단 같다.

5. La 16-an de aprilo

Burgo estis mara urbo sur la suda marbordo de la lando kun granda haveno kaj kelkcentmil da loĝantoj. Ŝipoj el diversaj mondpartoj alportis ĉi tien plurajn varojn. Ŝipoj same eknaĝis de la burga haveno, plenaj je greno, ŝtofoj, kuraciloj··· Multaj loĝantoj de la urbo laboris en la haveno.

Somere en Burgo oni povis vidi sennombrajn ripozantojn: enlandajn kaj eksterlandajn. Ĉe la urbo estis longa strando kun mola orkolora sablo, pluraj hoteloj, bonaj restoracioj, kafejoj. Nun, en aprilo, ĉi tie regis vigleco. Sur la ĉefa strato, kiu gvidis al la maro, abundis kafejoj kun tabloj jam sur la trotuaroj, kaj ĉe ili - senzorgaj homoj. En la parko ĉe la maro promenadis gemaljunuloj, patrinoj kun infanoj kaj iuj el la infanoj ludis en la parka infanludejo. Agrable estis promeni ĉi tie en la serenaj matenoj, la arboj floris, la koloroj de la buntaj floroj karesis la okulojn, la maro similis al silka tolo.

부르고의 대규모 5층 건물 중앙경찰서는 도심에 있다. 매일 아침 8시에 **칼로얀 사피로브** 위원은 경찰서에 출근해서 입구까지 10계단을 걸어 올라가 당직 경찰관에게 인사를 나누고 사무실로 걸어갔다.

사피로브는 여기서 벌써 25년을 근무해서 거리에서 입구까지 얼마의 계단이 있는지, 나중에 입구에서 1층에 있는 사무실까지 얼마나 걸어가야 하는지 정확히 35걸음임을 외워서 안다.

그렇게 키가 크진 않지만, 운동선수 같은 몸매의 사피로브는 파란 눈에 잘 익은 밀색 머릿결을 가졌다.

25년 전에 대학에서 법학을 마치고 경찰관이 되리라고 짐작조차 하지 못했지만, 아버지의 친구인 경찰서장 **바실** 아저씨가 칼로얀이 경찰서에서 일하도록 권유했다.

그때 바실 아저씨는 말했다.

"너는 법학을 마쳤어.

경찰서에서 우리는 법학자를 간절히 원해.

너는 젊고 일이 마음에 들 거야.

그것은 많은 사람과 연결되어있어.

너는 범죄행위를 조사하고 범인을 찾는 데 성공할 때 그것이 네게 가장 큰 만족을 줄 거야."

La burga ĉefpolicejo, masiva kvinetaĝa konstruaĵo, troviĝis en la centro de la urbo. Ĉiun matenon je la oka horo komisaro Kalojan Safirov venis en la policejon, supreniris la dek ŝtupojn al la enirejo, salutis la dejorantan policanon kaj ekpaŝis al sia kabineto.

Safirov laboris ĉi tie jam dudek kvin jarojn kaj parkere sciis kiom da ŝtupoj estas de la strato al la enirejo kaj poste kiom da paŝoj - de la enirejo al la kabineto sur la unua etaĝo - precize tridek kvin.

Ne tre alta, kun atleta korpo, Safirov havis bluajn okulojn kaj hararon kun koloro de matura tritiko. Antaŭ dudek kvin jaroj, kiam li finis juron en la universitato, tute ne supozis, ke estos policano, tamen onklo Vasil, policestro, amiko de lia patro, proponis, ke Kalojan eklaboru en la polico. Tiam onklo Vasil diris: "Vi finis juron. En la polico ni tre bezonas juristojn. Vi estas juna kaj la laboro plaĉos al vi. Ĝi estas ligita al multaj homoj. Vi esploros krimagojn kaj kiam vi sukcesos trovi la krimulon, tio estos por vi la plej granda kontentigo."

칼로얀 사피로브는 경찰에서 일하기 시작해 경찰관이 된 것을 후회하지 않는다.

그 당시 바실 아저씨가 말한 것처럼 많은 사람을 알게 되고 그들 대다수가 도와주었다.

사피로브는 책상에 앉아 그 위에 놓인 서류를 넘겨보았다.

한 개의 종이 서류함에서 18살 소녀의 사진을 들고 잠깐 그것을 자세히 쳐다보았다.

클라라 베셀리노바. 부르고 17 고등학교 학생. 마리노 시 거주. 4월 15일 실종.

사진 속 소녀는 긴 금발 머리에 시안 색 눈동자를 가진 미인이었다.

사진을 찍을 때 살짝 웃어 결코 그렇게 즐겁고 마음 착한 미소를 사피로브는 본 적이 없는 것 같다.

'무슨 일이야? 클라라.' 사피로브는 혼잣말했다.

'너의 실종은 청소년기의 변덕이냐?

누군가에게 화나서 네가 벌써 나이가 들었고, 자립심이 있는 것을 그렇게 보이고 싶니 아니면 너에게 정말 사고가 생겼니?

지금 나와 우리 동료는 너를 찾아 나서겠지만 어디서 우리가 너를 찾을까?

언제나처럼 진지한 노력이 필요해.

Kalojan Safirov eklaboris en la polico kaj li ne bedaŭris, ke iĝis policano. Kiel onklo Vasil diris dum tiuj jaroj li konatiĝis kun multaj homoj kaj al pluraj el ili helpis.

Safirov sidiĝis ĉe la skribotablo kaj komencis trafoliumi[9] la dokumentojn sur ĝi. El unu paperujo li elprenis foton de dekokjara knabino kaj dum iom da tempo atente rigardis ĝin. "Klara Veselinova, lernantino en 17-a gimnazio en Burgo, loĝanta en urbo Marino, malaperis la 15-an de aprilo."

La knabino sur la foto estis bela kun longaj blondaj haroj kaj ciankoloraj okuloj. Kiam oni fotis ŝin, ŝi ridetis kaj ŝajnis al Safirov, ke neniam li vidis tian gajan, bonaniman rideton.

"Kio okazis, Klara, diris al si mem Safirov? Ĉu via malapero estas adoleska kaprico? Ĉu vi estis kolera al iu kaj tiel deziris montri, ke vi jam estas aĝa kaj memstara, aŭ al vi vere okazis akcidento? Nun mi kaj miaj kolegoj serĉos vin, tamen kie? Ĉu ni trovos vin? Kiel ĉiam necesas seriozaj klopodoj.

---

9) foli-o 잎사귀, 나뭇잎, 한장(종이, 책장, 양철판 등) foli(um)i 책장을 넘기다. foliigi (금속을) 얇은 박(箔)으로 만들다. folii, ekfoliiĝi 잎사귀가 나다[생기다]. dufolia 쌍엽(雙葉)의

우선 너를 잘 알아야 하고, 너의 습관이 무엇인지 무엇 하기를 좋아하는지, 네 친구는 누구인지, 누구와 자주 만나는지, 감정적인지 혹시라도 싫어하는 사람은 없는지 조사해야 한다.

내가 풀어야 할 어려운 숙제다.

어디서부터 시작할까?

물론 너의 부모님부터 시작해야지.

그들이 네 실종의 이유일 수 있으니까.

너 같은 청소년은 부모와 갈등이 생기면 사라지고 집에서 도망치고 그렇게 부모를 상처 주고 싶어 한다.

너는 그것을 했니? 나는 아직 모른다.

나는 부모들이 아이와 사이가 나쁘다고 항상 고백하지 않음을 잘 이해할지라도 그것을 추측해 볼 것이다.

그럼 먼저 나는 부모들이 어떤지 알아봐야만 해.'

사피로브는 휴대전화기를 꺼내 마리노에 있는 테네브 서장에게 전화했다.

"안녕하세요? 서장님." 사피로브가 말했다.

"클라라 베셀리노바에 관해 어떤 소식이 있나요? 혹시라도 돌아왔나요?"

"아닙니다." 테네브가 대답했다.

"벌써 이틀째 흔적조차 없습니다.

그녀는 마치 바다에 빠진 듯합니다."

Unue mi devas bone ekkoni vin, ekscii kiaj estis viaj kutimoj, kion vi ŝatis fari, kiuj estis viaj amikoj, kun kiuj vi kutimis renkontiĝi, ĉu vi estis emocia, ĉu hazarde vi ne havis malamikojn. Malfacilaj taskoj, kiujn mi devas solvi. De ie mi tamen komencu kaj kompreneble, mi komencos de viaj gepatroj. Povas esti, ke ili estas la kialo pri via malapero. Kiam adoleskuloj, kiel vi, konfliktas kun la gepatroj, ili malaperas, forkuras el la domo kaj tiel ili deziras puni la gepatrojn. Ĉu tion vi faris? Mi ankoraŭ ne scias. Mi provos diveni tion, malgraŭ ke mi bone komprenas, ke ne ĉiam la gepatroj inklinas konfesi, ke ili konfliktis kun la infano. Do, mi unue devas ekscii kiaj estas viaj gepatroj."

Safirov elprenis la poŝtelefonon kaj telefonis al majoro Tenev en Marino.

-Saluton, majoro – diris Safirov. – Ĉu estas iu novaĵo pri Klara Veselinova? Ĉu hazarde ŝi revenis?

-Ne – respondis Tenev. – Jam du tagojn de ŝi ne estas eĉ spuro. Ŝi kvazaŭ dronis en la maro.

"그것도 가능하지요." 사피로브가 말했다.
"부모님들과 이야기 하고 싶군요.
그들에게 오늘 오후 4시에 부르고에 있는 경찰서로
와 달라고 말씀해 주세요."
"알겠습니다. 위원님. 그들에게 말하겠습니다.
제가 보낸 클라라의 사진을 받았기를 바랍니다."
"예, 고마워요. 잘 받았어요.
그것은 내 앞 책상 위에 있어요. 들어가세요."
"안녕히 계십시오." 테네브가 말했다.
사피로브는 서류를 들춰보기를 계속했다.
'클라라. 클라라. 너만 있는 게 아니구나.
내게는 다른 일도 있어. 그러나 지금 오직 네 일에 매
달릴 거야. 너는 젊고 모든 인생이 네 앞에 있어.
너를 찾아야만 해.
내 딸 **그레타**는 너와 거의 같은 나이야.
지금 네 부모가 어떨지 잘 이해해.
너는 그들의 유일한 아이라 분명 그들은 벌써 미칠
지경일 거야.
잠시도 네가 사라졌다고 상상할 수도 없어.
갑자기 네가 돌아오기를 바라면서 부모는 기다린다.
우리 부모들은 아이를 갖기 원하고 아이를 바라지만
아이들이 우리에게 얼마나 많은 문제를 가져다주는지
짐작하지도 않는다.
우리에게 아이는 커다란 보물이다.

–Tio same eblas – diris Safirov. – Mi deziras paroli kun ŝiaj gepatroj. Bonvolu diri al ili, ke hodiaŭ je la kvara horo posttagmeze ili venu en la ĉefan policejon en Burgo.

–Bone, sinjoro komisaro. Mi diros al ili. Mi esperas, ke vi ricevis la foton de Klara, kiun mi sendis al vi.

–Jes, dankon. Mi bonorde ricevis ĝin kaj ĝi estas antaŭ mi, sur la skribotablo. Ĝis reaŭdo.

–Ĝis – diris Tenev.

Safirov daŭrigis trafoliumi la dokumentojn.

"Klara, Klara, ne estas nur vi. Mi havas aliajn taskojn, sed nun mi okupiĝos nur pri vi. Vi estas juna, la tuta vivo estas antaŭ vi kaj mi devas trovi vin. Mia filino, Greta, estas preskaŭ samaĝa kiel vi kaj mi bone komprenas kiel fartas nun viaj gepatroj. Vi estas la sola ilia infano kaj certe ili jam freneziĝis. Eĉ por momento ili ne povas imagi, ke vi malaperis kaj ili atendas vin, esperante, ke subite vi revenos. Ni, la gepatroj, deziras havi infanojn, ni sopiras infanojn kaj ni ne supozas kiom da problemoj povus kaŭzi al ni niaj infanoj. Por ni la infanoj estas granda trezoro.

우리는 우리 아이들이 행복하기 위해서는 지옥이라도 갈 정도로 그들에게 모든 것을 할 준비가 되어 있다. 하지만 자주 그들은 우리의 돌봄을 이해하지 못하고 그들에게 줄 수 있는 것보다 더 많은 것을 요구한다. 우리는 항상 그들의 잘못을 용서한다.'

사피로브는 일어나 사무실에서 조금 서성거렸다.

그렇게 넓지 않은 방에 컴퓨터가 있는 책상을 제외하고 책장과 종이 서류함만 있다.

책상 앞에 안락의자가 두 개 있어 그가 조사하는 사람들이 앉는다.

사피로브는 창으로 가서 도시의 큰 도로 중 하나인 거리를 바라본다.

늙은이, 젊은이가 거기 걸어간다.

누군가는 아주 천천히 누군가는 빠르게 거의 뛰어간다. 모두 문제와 걱정을 안고서.

그리고 그들 많은 사람은 도시에서 한 소녀가 실종되고 그의 부모가 벌써 이틀간이나 밤잠을 못 자고 불안해하며 딸의 귀환을 기다린다는 것을 알지 못한다.

4시에 경찰서 입구의 당직 경찰이 사피로브에게 베셀리노브 부부가 왔다고 전화했다.

"기다리고 있어요." 사피로브가 말했다.

"내 사무실로 안내해 주세요."

Por ili ni pretas al ĉio, eĉ iri en la inferon, por ke niaj infanoj estu feliĉaj. Tamen ofte ili ne komprenas niajn zorgojn kaj postulas de ni plu ol ni povus doni al ili. Ni tamen ĉiam pardonas iliajn deliktojn."

Safirov ekstaris kaj iom promenis en la kabineto. Krom skribotablo kun komputilo en ne tre vasta ĉambro estis librobretaro kaj ŝranko kun paperujoj. Antaŭ la skribotablo staris du foteloj, en kiuj sidis la personoj, kiujn li pridemandis. Safirov iris al la fenestro, rigardis la straton, kiu estis unu el la grandaj urbaj stratoj. Maljunuloj, junuloj iris tien. Iuj tre lante, aliaj rapidis, preskaŭ kuris, ĉiuj kun siaj problemoj kaj zorgoj. Kaj tiuj multaj homoj ne sciis, ke en la urbo unu knabino malaperis, ke ŝiaj gepatroj jam du tagnoktojn ne dormis kaj maltrankvilaj atendas la revenon de sia filino.

Je la kvara horo la deĵoranta policano ĉe la enirejo de la policejo telefonis al Safirov, ke gesinjoroj Veselinovi alvenis.

-Mi atendas ilin – diris Safirov. – Bonvolu akompani ilin al mia kabineto.

2분 뒤 다리나와 도브리가 사무실로 들어왔다.

사피로브가 그들을 바라보았다.

클라라의 어머니 다리나는 약 40세로 키가 크고 날씬한 몸매에 초콜릿 색 웃옷, 밤색 치마를 입었다.

그녀의 금발은 길고 숱이 많고 눈은 특별한 꿀벌 색이었다.

남편 도브리는 아마 그녀보다 두세 살 나이 많고 턱수염에 안경을 썼다.

검은 머리카락은 벌써 조금 하얗게 되고 눈동자는 밝은 푸른색으로 불안하고 혼란스러운 눈길을 가졌다.

"안녕하세요? 위원님." 그가 인사했다.

"안녕하세요? 여기 앉으세요." 그리고 사피로브는 책상 앞에 있는 두 개의 안락의자를 가리켰다.

다리나와 도브리는 앉았다.

"그럼" 그가 시작했다.

"벌써 이틀 전에 따님 클라라가 사라졌습니다.

우리는 찾고 있고, 사진을 이웃 도시와 마을에 있는 경찰서에 보냈지만 어떤 정보도 얻지 못했습니다.

더 철저한 조사가 필요한 것이 분명합니다.

그래서 몇 가지 질문을 드리고 싶습니다."

다리나와 도브리는 서로 쳐다보더니 나중에 사피로브를 보았다.

Post du minutoj la kabineton eniris Darina kaj Dobri. Safirov alrigardis ilin. Darina, la patrino de Klara, ĉirkaŭ kvardekjara, estis alta kun harmonia korpo, vestita en ĉokoladkolora jako kaj kaŝtankolora jupo. Ŝia blonda hararo estis longa kaj densa kaj ŝiaj okuloj havis neordinaran mielkoloron. Dobri, la edzo, eble estis du aŭ tri jarojn pli aĝa ol ŝi kun lipharoj kaj okulvitroj. Lia nigra hararo jam iom arĝentis, la okuloj estis helverdaj kun maltrankvila kaj konfuzita rigardo.

–Bonan tagon, sinjoro komisaro – salutis ili.

–Bonan tagon. Bonvolu sidiĝi – kaj Safirov montris la du fotelojn antaŭ la skribotablo.

Darina kaj Dobri sidiĝis.

–Do – komencis li. – Jam de du tagoj via filino, Klara, malaperis. Ni serĉas ŝin, sendis ŝian foton al la kvartalaj policejoj, al la najbaraj urboj kaj vilaĝoj, sed ni ne ricevis informojn pri ŝi. Evidente necesas pli insista serĉado. Tamen mi ŝatus starigi kelkajn demandojn al vi.

Darina kaj Dobri rigardis unu la alian kaj poste Safirov.

"아시다시피" 위원이 말을 이어갔다.

"청소년기는 아주 예민한 때입니다.

그들은 자립하려고 애쓰고 자기의 삶을 스스로 결정하기를 원합니다.

혹시 부모님과 클라라 사이에 갈등이 있었나요?

어떤 갈등이 따님이 집을 떠나 어딘가로 숨도록 할 수 있거든요."

조금 조용히 있다가 다리나가 감정을 갖고 반응했다.

"위원님. 우리와 딸의 관계는 아주 좋습니다.

우리는 결코 책망하거나 성가시게 하거나 무시하지 않았어요. 딸과 가정에서도 전혀 갈등이 없었어요.

우리 가정생활은 항상 평온했어요.

클라라는 잘 교육 받았고 결코 우리를 맘 상하게 하지 않았어요."

"부모님 두 분은 다른 사람들과 갈등이 있었나요?

두 분은 많은 환자가 있는 의사고 아마 어떤 환자가 불만족했을까요? 누군가에게 큰돈을 빚지고 있나요?

정말 누군가가 따님을 납치해 어딘가에 감금한 것 같아요."

다리나는 울음을 터뜨리고 수건을 꺼내 뺨 위로 흐르는 눈물을 닦기 시작했다.

도브리는 그녀를 안심시키려고 했다.

"울지 말아요. 위원님이 그런 일이 일어날 수 있다고 짐작한 것뿐이니까."

-Vi scias ⁻ daŭrigis la komisaro, - ke la adoleskuloj estas tre sentemaj. Ili strebas memstariĝi, deziras mem decidi pri sia vivo. Ĉu hazarde okazis konfliktoj inter vi kaj Klara? Povas esti, ke ia konflikto igis ŝin forlasi la domon kaj kaŝi sin ie.

Post iom da silento Darina emocie reagis:

-Sinjoro komisaro, la rilatoj inter ni kaj Klara estis tre bonaj. Neniam ni riproĉis, ĝenis aŭ mallaŭdis ŝin. Ni ne havis konfliktojn nek kun ŝi, nek en la familio. Nia familia vivo ĉiam estas trankvila. Klara estas bone edukita, neniam estis ofendita al ni.

-Ĉu vi ambaŭ havis konfliktojn kun iuj personoj. Vi estas kuracistoj kun multaj pacientoj kaj eble iu paciento estis malkontenta de vi? Ĉu vi ŝuldas al iu grandan monsumon? Verŝajne iu perforte forkundukis Klaran kaj nun ŝi estas fermita ie?

Darina ekploris, elprenis tukon kaj komencis viŝi la larmojn, kiuj ekfluis sur ŝiajn vangojn. Dobri provis trankviligi ŝin:

-Ne ploru. La sinjoro komisaro nur supozas, ke tio povus okazi···

나중에 도브리는 설명했다.

"아니요. 누구와도 개인적으로 갈등한 적이 없어요. 우리 환자들은 우리를 존경해요.

누구에게도 돈을 빌리지 않았어요."

그가 말하는데 목소리에서 이 질문이 그의 마음을 상하게 한 것을 느낄 수 있다.

"선생님은 부자고 크고 우아한 집을 마리노 시에, 휴양지 라주로 마을에 빌라를 가지고 있어요.

자주 외국으로 여행 갔지요.

누군가 어느 집단이 강제적으로 딸을 데려가 돈 때문에 선생님을 등쳐먹을 계획을 했을까요?

클라라가 실종된 뒤 누군가가 전화했습니까?"

사피로브가 물었다.

"아니요. 지금까지 누구도 전화하지 않았어요." 두려워하며 다리나가 대답했다.

"누가 전화 건다면 바로 우리에게 알려 주셔야 합니다."

"예. 물론이지요." 도브리가 말했다.

사피로브는 자기 앞에 놓인 수첩을 보고 조금 생각하더니 그 안에 무언가를 쓰고 나서 다시 물었다.

"따님이 누군가 동급생 친구와 다투었나요?

누가 그녀를 미워했나요?"

"전혀 아닙니다. 그녀는 매우 착해요. 누구와도 다투지 않았어요." 다리나가 말했다.

Poste Dobri komencis klarigi:

-Ne. Kun neniu pesrone ni konfliktis. Niaj pacientoj estimas nin. Al neniu ni ŝuldas monon — diris li kaj en lia voĉo senteblis, ke tiu ĉi demando iom ofendis lin.

-Vi estas riĉaj, havas grandan elegantan domon en Marino, vilaon en la ripozejo "Lazura Maro", ofte vi ekskursas eksterlanden. Ĉu eblas, ke iu aŭ ia bando perforte forkondukis Klaran kaj planas ĉantaĝi vin pro mono? Ĉu post la malapero de Klara iu telefonis al vi? — demandis Safirov.

-Ne. Ĝis nun neniu telefonis — time respondis Darina.

-Se iu telefonos, vi tuj devas informi min.

-Jes, kompreneble — diris Dobri.

Safirov rigardis al la notlibreto, kiu estis antaŭ li, iom meditis, skribis ion en ĝin kaj poste denove demandis:

-Ĉu Klara konfliktis kun iu, samklasano, amiko? Ĉu iu malamis ŝin?

-Tute ne! Ŝi estas tre bonkora. Kun neniu ŝi kverelis[10] — diris Darina.

---

10) kverel-i <自> 논쟁(論爭)하다, 언쟁하다, 다툼하다, 말로 싸우다.

"질문이 마음을 상하게 할 수 있는 것을 알지만 꼭 물어봐야 합니다." 사피로브가 설명했다.

"정말 정신적으로 아픈 여러 사람이 있습니다.

한마디 상처 주는 말 때문에 따님을 해칠 수 있어요.

베셀리노브 박사님. 비슷한 사람을 잘 아시죠?

선생님은 의사시니까 사람들의 특징은 다양하거든요."

"예, 맞아요.

여러 사람, 다양한 특징. 누구는 잔인하고 이유 없이 누군가를 괴롭히죠." 조용하게 도브리가 말했다.

"지금 따님에 관해서 더 잘 알아야만 합니다." 사피로브가 계속 말했다.

"따님이 좋아하는 일이 무엇인가요?"

"독서예요.

시간이 있으면 책만 읽어요.

클라라는 마리노 시 도서관에 있는 모든 순수문학책은 거의 다 읽었어요." 도브리가 말했다.

"이미 어릴 때부터 많이 읽었어요."

"그녀는 새를 아주 좋아해요." 다리나가 덧붙였다.

"알다시피 마리노 근처에 새 도래지가 있어 클라라는 자주 거기 가요.

여러 종류의 희귀한 새들을 살펴요.

거기 마리노 시 가까이에 유럽에서 아시아로 이동하는 철새의 유명한 길 **비아포티카**가 지나가요."

-Mi scias, ke la demandoj povas ŝajni ofendigaj,[11] sed mi nepre devas starigi ilin ‒ klarigis Safirov. ‒ Ja, estas diversaj homoj, psike malsanaj kaj ili nur pro unu ofenda vorto povus damaĝi Klaran. Vi, doktoro Veselinov, bone konas similajn homojn, vi estas neŭrologo, la homaj karakteroj estas diversaj, ĉu ne?

-Jes. Diversaj homoj, diversaj karakteroj. Iuj ‒ tre kruelaj, sen kialo emas damaĝi iun ‒ mallaŭte diris Dobri.

-Nun mi devas iom pli bone ekkoni Klaran ‒ daŭrigis Safirov. ‒ Kio estis ŝia ŝatata okupo?

-Legi. Kiam estis libera, ŝi nur legis. Klara verŝajne tralegis ĉiujn beletrajn librojn en la urba biblioteko de Marino ‒ diris Dobri. ‒ Jam de la infaneco ŝi multe legas.

-Ŝi tre ŝatis birdojn ‒ aldonis Darina. ‒ Vi scias, ke proksime al Marino troviĝas birdrezervejo kaj Klara ofte estis tie, observis la diversspecajn rarajn birdojn. Tie, proksime al Marino, pasas la fama vojo Via Pontika de la migraj birdoj de Eŭropo al Azio.

---

11) ofend-i <他> 감정을 상하다, 성나게 하다; 죄[과오]를 범하다

"문학이 그녀의 가장 좋아하는 과목입니다." 도브리가
언급했다.
"그녀의 담임 **드라코브** 선생님은" 다리나가 말했다.
"문학을 가르치는데 클라라가 문학에서 가장 뛰어나다
고 말했어요.
그녀는 여러 수필을 썼어요.
짐작하건대 시도 썼을 겁니다.
하지만 결코 내게 보여 주지 않았어요.
그것들을 숨겼죠."
"그녀의 수필을 읽었나요?
거기서 무엇을 표현했나요?"
사피로브가 다리나에게 몸을 돌렸다.
"아쉽게도 읽지 않았어요." 그녀가 대답했다.
"그녀의 숙제를 읽지 못했어요.
클라라는 매우 독립적이라 숙제를 할 때 거의 우리에
게 도움을 구하지 않아요."
"그녀의 친구는 누구입니까?
누구와 자주 만나나요?"
"결코, 누가 친구고 누구와 만나는지 이야기하지 않았
어요." 도브리가 말했다.
"자주 무도장에 가서 집에 늦게 돌아왔나요?"
다리나는 때로 클라라가 부르고에 가서 무도장에 있고
나중에 저녁 늦게 집에 돌아왔다고 위원에게 말하고
싶지 않았다.

-La literaturo estas ŝia ŝatata lernoobjekto - menciis Dobri.

-Ŝia klasestro, sinjoro Drakov, - diris Darina, - kiu instruas literaturon, diris, ke Klara estas la plej bona lernantino pri literaturo. Ŝi verkis interesajn eseojn. Mi suspektas, ke ŝi verkis same poemojn, sed neniam montris ilin al mi. Ŝi kaŝis ilin.

-Ĉu vi legis ŝiajn eseojn kaj kion ŝi esprimas en ili? - turnis sin al Darina Safirov.

-Bedaŭrinde ne - respondis ŝi. - Mi ne legis ŝiajn hejmtaskojn. Klara estis tre memstara kaj ne petis helpon de ni, kiam skribis la hejmtaskojn.

-Kiuj estis ŝiaj geamikoj? Kun kiuj Klara kutimis renkontiĝi?

-Neniam ŝi menciis al ni kiuj estas ŝiaj geamikoj, kun kiuj ŝi renkontiĝas - diris Dobri.

-Ĉu ŝi kutimis viziti dancklubejojn kaj malfrue revenis hejmen?

Darina ne deziris diri al la komisaro, ke de tempo al tempo Klara venis en Burgon, estis en dancklubejoj kaj poste malfrue vespere revenis hejmen.

"아니요." 그것을 말하지 않는 것이 더 좋겠다고 다리나는 마음먹었다.

"한 번은 그녀 나이의 모든 여자아이처럼 클라라는 무도장에 갔어요." 도브리가 말하자 다리나는 조금 꼬집듯이 그를 바라보았다.

"어느 무도장에 갔나요? 정말 부르고에는 몇 개 유명한 무도장이 있어요." 사피로브가 물었다.

"잘 몰라요. 결코, 어느 무도장에 갔는지 물어보지 않았어요." 도브리가 대답했다.

"클라라는 마음에 맞는 친구가 있나요?" 다리나는 조금 놀라서 사피로브를 쳐다보았다.

"그것도 저는 몰라요.
어느 소년이 마음에 든다거나 마음에 맞는 친구가 있다고 절대 말하지 않아요." 그녀가 말했다.

"나는 개인적인 문제로 딸과 말하는 것을 피해요. 정말로 그 아이는 아주 어리고 3학년 학생이고 갓 18살이에요."

다리나가 말하는 동안 도브리는 그들 부부가 클라라를 거의 잘 모른다고 생각했다.

그들은 그녀의 친구가 누구인지, 부르고에서 저녁에 늦게 돌아올 때 어느 무도장에 갔는지 무도장에 있었는지 아니면 다른 곳에 있었는지 알지 못했다.

이제 도브리는 클라라와 아주 가끔 대화했다는 것을 알아차렸다.

"Ne. Pli bone mi ne diru tion, decidis Darina."

-Foje, foje, kiel ĉiu knabino je ŝia aĝo, Klara estis en dancklubejoj - diris Dobri kaj Darina iom riproĉe alrigardis lin.

-Kiujn dancklubejojn ŝi vizitis? Ja, en Burgo estas kelkaj famaj dancklubejoj - demandis Safirov.

-Mi ne scias, neniam mi demandis ŝin en kiu dancklubejo ŝi estis - respondis Dobri.

-Ĉu Klara havas koramikon?

Darina iom mire alrigardis Safirov.

-Tion same mi ne scias. Klara neniam diris al mi, ke iu knabo plaĉas al ŝi aŭ ke ŝi havas koramikon - diris ŝi. - Mi evitis paroli kun ŝi pri intimaj problemoj. Ja, ŝi estas tre juna, lernantino en dekunua klaso, nur dekokjara ŝi estas.

Dum Darina parolis, Dobri meditis, ke li kaj Darina preskaŭ ne konas Klaran. Ili ne scias kiuj estas ŝiaj geamikoj, en kiun dancklubejon ŝi iris aŭ ĉu estis en dancklubejo aŭ alie, kiam foje-foje vespere ŝi venis en Burgon. Nun Dobri konsciis, ke li tre malofte konversaciis kun Klara.

'딸이 무엇을 느끼는지, 무엇이 딸의 마음에 드는지, 무엇을 원하는지, 무슨 꿈을 꾸는지, 딸에게 무슨 일이 매력적인지 알지 못했다.

나는 항상 매우 바빠서 자주 늦게 저녁에 집에 돌아오고 클라라와 함께 있을 시간, 같이 대화할 시간도 거의 없었다.

아마 딸은 언젠가 나와 대화할 필요를 느꼈지만, 내가 자기에게 너무 관심이 없는 것을 알았다.

클라라가 어린이였을 때 나는 자주 딸과 함께 있었다. 우리는 놀고 산책하고 딸은 항상 우리와 함께 있기를 원했지만, 나중에 더 나이가 들자 어느새 우리는 멀어졌다. 그리고 지금 서로 길을 찾는 것이 늦었다.'

도브리는 속으로 혼잣말했다.

"이 나이에 소녀들은 한 명은 좋은 여자 친구를 가져 모든 비밀을 털어놓곤 해요.

클라라가 그런 여자 친구가 있나요?" 사피로브가 물었다.

"예" 다리나가 금세 대답했다.

"그녀의 가장 좋은 친구는 베로니카입니다.

그들은 한 반에서 공부해요.

베로니카는 우리 집 가까이에 살아요.

우리는 거의 이웃이지요. 클라라와 베로니카는 이미 어릴 때부터 서로 잘 알아요.

그들은 초등학교도 같이 공부했어요."

Li ne sciis kion ŝi sentas, kio plaĉis al ŝi, kion ŝi deziras, pri kio ŝi revas, kia profesio allogas ŝin. "Mi ĉiam estis tre okupata, ofte malfrue vespere mi revenis hejmen kaj preskaŭ ne havis tempon esti kun Klara, konversacii kun ŝi. Eble ŝi sentis bezonon iam diri ion al mi, sed ŝi vidis, ke mi ne tro intersiĝas pri ŝi. Kiam Klara estis infano, mi pli ofte estis kun ŝi. Ni ludis, promenadis, ŝi ĉiam deziris esti kun mi, sed poste, kiam ŝi iĝis pli aĝa iel nesenteble ni malproksimiĝis. Kaj nun jam estas malfrue serĉi vojon unu al alia, diris al si mem Dobri."

-Je tiu ĉi aĝo la knabinoj havas unu bonan amikinon, al kiu konfesas[12] iujn siajn sekretojn. Ĉu Klara havis tian amikinon? – demandis Safirov.

-Jes – tuj respondis Darina. – Ŝia la plej bona amikino estas Veronika. Ili lernas en unu klaso. Veronika loĝas proksime al nia domo, ni estas preskaŭ najbaroj. Klara kaj Veronika konas unu la alian jam de la infaneco. Ili kune lernis en la baza lernejo.

---

12) konfes-i   <他> (죄 · 과실(過失) 등을) 자백하다, 고백하다

"아주 좋습니다. 베로니카의 주소를 적어주세요." 다리나가 주소를 불러주자 사피로브는 수첩에 그것을 적었다.

"우리는 따님의 컴퓨터를 살펴봐야만 합니다." 사피로브가 말했다.

"아마 거기서 따님에 관해 뭔가 더 알 수 있습니다. 아쉽지만 따님 휴대전화기를 볼 수 없어요.

정말 그것은 실종된 첫날부터 꺼져 있었어요.

두 분께 감사드립니다.

대화는 유익했고 따님을 찾는 데 도움이 되길 바랍니다. 따님 정보를 알게 되면 바로 전화 드리겠습니다." 사피로브는 다리나와 도브리에게 작별인사하려고 일어섰다.

"안녕히 계십시오. 위원님. 감사드립니다." 그들이 말했다.

-Tre bone. Bonvolu doni al mi la adreson de Veronika.

Darina diktis[13] la adreson kaj Safirov skribis ĝin en la notlibreton.

-Ni devas vidi la komputilon de Klara ⁻ diris Safirov. ⁻ Eble el ĝi ni sukcesos ekscii ion plian pri ŝi. Bedaŭrinde ŝian poŝtelefonon ni ne povas vidi. Ja, ĝi jam de la unua tago de ŝia malapero ne funkcias. Mi dankas al vi. La konversacio estis utila kaj mi esperas, ke ĝi helpos por la serĉado de Klara. Kiam mi havos informojn pri ŝi, mi tuj telefonos.

Safirov ekstaris por adiaŭi Darina kaj Dobrin.

-Ĝis revido, sinjoro komisaro. Ni dankas vin ⁻ diris ili.

---

13) dikt-i [타] * 받아 쓸 사람에게 단어들을 불러주다, 받아쓰게 하다, 구술하다. * 명령으로 강요하다. * (좋고 필요한 것으로서)지시하다, 보여주다. * 받아쓰기. * <정치> 지령, 명령.

6장. 루멘 콜레브 경사

벌써 3년이나 칼로얀 사피로브와 **루멘 콜레브**는 함께 일했다.

그들의 주요 업무는 갑자기 예기치 않게 실종된 사람들을 찾는 것이다.

경찰 간부 **토마 라이코브**는 사피로브를 불러 루멘 콜레브 경사와 동료가 되어 일하라고 말했을 때 사피로브는 기쁘지 않았다.

그는 콜레브를 잘 모르고 그 앞에 24살 젊은이가 서 있을 때 사피로브에게 든 첫인상은 이 젊은이는 복잡한 업무를 수행하는데 할 수 없다는 것이었다.

루멘 콜레브는 키가 크고 노랗고 빨간 머릿결에 뚱뚱하며 눈동자는 사람들이 정확하게 파랗거나 회색이라고 말할 수 없다.

콜레브에 대한 사피로브의 첫 질문이 '콜레브 경사 어디서 태어났니?'였다.

"**포폴로** 마을입니다."

"무엇을 공부했니?"

"처음에 마을에 있는 초등학교에 다녔고, 나중에 부르고에 있는 고등학교에 다녔습니다.

그리고 경찰 고등교육원을 졸업했습니다."

"결혼은 했니?"

"아직입니다." 콜레브가 대답했다.

6.

Jam tri jarojn Kalojan Safirov kaj Rumen Kolev laboris kune. Ilia ĉefa tasko estis la serĉado de homoj, kiuj subite kaj neatendite malaperis. Kiam la ĉefo de la polico, Toma Rikov, vokis Safirov kaj diris al li, ke serĝento Rumen Kolev estos lia kolego, Safirov tute ne kontentis. Li ne konis Kolev kaj kiam antaŭ li ekstaris la dudekkvarjara junulo, la unua penso de Safirov estis, ke tiu ĉi junulo ne povos plenumi la komplikajn taskojn.

Rumen Kolev estis alta, sed maldika kun flavruĝa hararo kaj okuloj, pri kiuj oni ne povis precize diri ĉu estas bluaj aŭ grizaj.

La unuaj demandoj de Safirov al Kolev estis:

-Serĝento Kolev, kie vi naskiĝis?

-En vilaĝo Poplo.

-Kion vi lernis?

-Unue mi lernis en la baza lernejo en la vilaĝo, poste en gimnazio en Burgo kaj mi finis la Polican Altlernejon.

-Ĉu vi estas edzita?

-Ankoraŭ ne — respondis Kolev.

"네가 이 일을 맡게 되면 결혼할 수 없을 것이라고 말할게.

아가씨를 만나 알 시간이 없고, 혹시라도 어느 아가씨를 알게 된다 해도 같이 많은 시간을 보낼 수 없어.

그녀는 매일 일에 힘들어하는 너를 가끔 볼 것이고 빨리 너를 떠날 거니까."

물론 루멘 콜레브는 아무 대답도 하지 않았다.

그는 단지 사피로브를 쳐다보고 말을 들었다.

콜레브와 사피로브가 같이 일한 지 겨우 일주일 만에 15살 소녀가 사라졌다는 통지가 왔다.

그들은 바로 조사를 시작했고 사피로브는 콜레브에 대한 자기평가가 정확하지 못한 것을 깨달았다.

콜레브는 일에 완전히 헌신하는 사람이었다.

그는 실종된 소녀와 관련 있는 여러 사람, 친척, 지인들을 조사하고 지방을 차로 다니며 이웃 도시와 마을의 경찰서를 찾아가서 그 소녀를 발견했다.

그녀는 공부하기 싫어서 집에서 나와 도망쳐, 멀고 작은 마을의 남자 친구와 같이 살았다.

콜레브의 연락을 받은 지역 경찰관은 거기서 그녀를 보았고, 그렇게 해서 소녀를 찾게 되었다.

-Mi diros al vi, ke se vi laboros en tiu ĉi fako, vi ne povos edziĝi. Vi ne havos tempon konatiĝi kun junulino aŭ se vi hazarde konatiĝos kun iu junulino, vi kaj ŝi ne estos multe kune, ĉar ŝi malofte vidos vin pro via ĉiutaga okupateco kaj rapide ŝi forlasos vin.

Kompreneble Rumen Kolev nenion respondis. Li nur rigardis kaj aŭskultis Safirov.

Jam en la unua semajno, kiam Kolev kaj Safirov kune eklaboris, venis sciigo, ke dekkvinjara knabino malaperis. Ili tuj komencis la serĉadon kaj Safirov komprenis, ke lia pritakso pri Kolev okazis malĝusta. Kolev estis el tiuj homoj, kiuj entute dediĉis sin al la laboro. Li pridemandis plurajn personojn: parencojn, konatojn de la malaperinta knabino, traveturis la regionon, renkontiĝis kun la policanoj en la najbaraj urboj kaj vilaĝoj kaj trovis la knabinon.

Okazis, ke ŝi ne deziris lerni, forkuris el la domo kaj ekloĝis en la domo de sia fianĉo en malproksima, malgranda vilaĝo. La loka policano, kiu estis informita de Kolev, vidis ŝin tie kaj tiel la knabino estis trovita.

지금 사피로브와 콜레브가 클라라를 찾으라는 업무를 맡았을 때 그들은 함께 모든 가능성을 서로 토의했다. 클라라가 집에서 도망쳤는지, 누가 그녀 부모에게 돈을 빼앗으려고 그녀를 납치했는지, 누가 몸을 팔게 하려고 외국으로 그녀를 강제로 데려갔는지 콜레브는 모든 가능성을 바로 조사했다.

경찰의 비밀 정보원 중 누가 고층건물 숙소에 몇몇 의심스러운 여자아이들이 있다고 그에게 알려주었다. 콜레브는 세 명의 경찰관과 함께 거기에 갔다.

얼마 전에 세워진 10층짜리 건물은 해변공원 가까이에 있다.

그들이 말한 숙소는 8층이다.

콜레브와 경찰관들은 엘리베이터를 타고 올라가 숙소 문의 초인종을 눌렀다.

아무도 문을 열지 않았지만, 안에 사람이 있는 것은 확실했다.

몇 번 울린 후 콜레브는 문을 부수기로 마음먹었다. 그와 경찰관들은 그것을 부수고 숙소로 들어가, 그곳이 유곽임이 밝혀졌다.

사람들이 몇 명 소녀들에게 강제로 매춘을 시키고, 유명한 시민을 포함한 부자들이 이곳을 찾았다.

하지만 거기에 클라라는 없었다.

Nun, kiam Safirov kaj Kolev ricevis la taskon serĉi Klaran, ili kune pridiskutis ĉiujn eblojn: ĉu Klara forkuris el la domo, ĉu iu forkondukis ŝin por ĉantaĝi ŝiajn gepatrojn aŭ ĉu oni perforte veturigis ŝin eksterlanden por prostitui.

Kolev tuj komencis esplori ĉiujn eblojn. Iu el la sekretaj informantoj de la polico sciigis lin, ke en loĝejo en multetaĝa domo estas kelkaj suspektindaj junulinoj. Kolev kun tri policanoj iris tien. La domo, deketaĝa, antaŭnelonge konstruita, troviĝis proksime al la ĉemara parko. La loĝejo, pri kiu temis, estis sur la oka etaĝo. Kolev kaj la policanoj supreniris per la lifto kaj sonoris ĉe la pordo de la loĝejo. Neniu malfermis la pordon, sed estis klare, ke ene estas homoj. Post kelkfoja sonoro Kolev decidis disrompi la pordon. Li kaj la policanoj disrompis ĝin, eniris la loĝejon kaj okazis, ke estas bordelo.

Oni perforte devigis kelkajn junulinojn prostitui kaj la loĝejon vizitis riĉuloj, inter kiuj estis konataj urbanoj. Tie tamen ne estis Klara.

콜레브는 예쁘고 매력적인 클라라가 이같이 강제로 매춘하게 되었다고 짐작했다.

콜레브가 사피로브에게 사건에 관해 보고할 때 사피로브는 클라라 수색에 더 조직적으로 행동해야 한다고 결론지었다.

"지난해 여러 아가씨가 매춘하도록 강제로 외국으로 보내졌어." 사피로브가 말했다.

"이 일을 하는 조직이 있어.

비슷한 조직이 클라라를 데려가지 않았는지 조사해야만 해.

우리는 그녀의 지인이 누구인지, 어떤 사람들과 연락했는지 조사하자!

그녀의 습관과 삶의 방식을 잘 조사해야만 해.

그녀는 젊고 그녀 같은 아가씨는 주로 인터넷을 사용해 많은 관계를 맺는 것을 잊지 말아야 해.

루멘 콜레브 경사의 업무는 베셀리노브 가정집에 가서 클라라의 컴퓨터, 서랍, 공책을 찾아보고, 일기를 가지고 있다면 일기를 살펴야 해."

아침 8시에 콜레브는 마리노로 차를 타고 갔다.

부르고에서 가까운 이 작은 도시에 두 번 간 적 있다.

첫 번째는 공적인 일로 갔다.

Kolev supozis, ke Klara, kiu estis bela kaj alloga, eble same estis perforte devigita prostitui.

Kiam Kolev raportis al Safirov pri la okazintaĵo, Safirov konkludis, ke por la serĉado de Klara necesas pli bone organizi la agadon. —Dum la lastaj jaroj pluraj junulinoj estis perforte veturigitaj eksterlanden por prostitui — diris Safirov. — Estas bandoj, kiuj okupiĝas pri tio. Ni devas espori ĉu simila bando ne forkondukis Klaran. Ni eksciu kiuj estis ŝiaj konatoj kun kiaj personoj ŝi kontaktis. Ni devas bone espori ŝiajn kutimojn kaj vivmanieron. Ŝi estas juna, tamen ni ne forgesu, ke junulinoj kiel ŝi havas multajn ligojn ĉefe pere de interreto.

La tasko de serĝento Rumen Kolev estis iri en la domon de familio Veselinovi kaj trarigardi la komputilon de Klara, ŝiajn kajerojn, notlibretojn kaj taglibron, se ŝi havas taglibron.

Estis oka matene, kiam Kolev ekveturis al Marino. En tiu ĉi urbeto, proksima al Burgo, li estis nur dufoje. La unuan fojon li venis ofice.

그때 마리노에 사는 소년이 부르고에 있는 가게에서 담배를 훔쳤다.

그래서 콜레브는 소년 부모와 만나 이야기해야 했다.

두 번째는 여기 모래사장에 왔다.

아주 멋진 8월의 하루였다.

마리노에서 해만은 커서 여기 바다는 거의 항상 평온했다.

바닷물은 그렇게 투명해서 헤엄치는 작은 물고기가 해안 근처에서 보인다.

콜레브는 마리노 모래사장에서 보낸 이 일요일의 한 날을 잘 기억했다.

지금 그는 마리노에 가야 한다.

베셀리노브 가정집은 넓은 마당이 있는 3층짜리다.

이미 전부터 콜레브는 마리노에 있는 거의 모든 집이 2~3층인 것을 알고 있다.

여기에 화려한 집을 가진 부자들이 산다.

주민 중 일부는 법률가, 고위 기술자거나 베셀리노브 부부와 같은 의사다.

많은 사람이 부르고에서 일하고 여기에서 산다.

작은 도시가 조용하고 편안하고 도시보다 휴양지에 가깝기 때문이다.

콜레브는 베셀리노브 집 마당으로 들어서 건물로 가까이 간 뒤 초인종을 눌렀다.

몇 분 뒤 다리나가 문을 열었다.

Tiam knabo, loĝanta en Marino, ŝtelis cigaredojn el vendejo en Burgo, kaj Kolev devis renkontiĝi kaj paroli kun la gepatroj de la knabo. La duan fojon li venis ĉi tien ĉe la strando. Estis belega aŭgusta tago. Ĉe Marino la golfo estis granda kaj tial ĉi tie la maro preskaŭ ĉiam estis trankvila. La mara akvo tiel diafanis, ke videblis la etaj fiŝoj, kiuj naĝis, proksime al la bordo. Kolev tre bone memoris tiun ĉi dimanĉan tagon, kiun li pasigis sur la strando de Marino.

Nun li denove venis en Marinon. La domo de familio Veselinovi estis trietaĝa en vasta korto. Jam antaŭe Kolev rimarkis, ke preskaŭ ĉiuj domoj en Marino estis du aŭ trietaĝaj. Ĉi tie loĝis riĉaj homoj, kiuj havis luksajn domojn. Iuj el la loĝantoj estis juristoj, aliaj inĝenieroj aŭ kuracistoj, kiel geedzoj Veselinovi. Multaj laboris en Burgo kaj loĝis ĉi tie, ĉar la urbeto, silenta kaj trankvila, pli similis al ripozejo ol urbo.

Kolev eniris la korton de Veselinovi, proksimiĝis al la domo, sonoris kaj post kelkaj minutoj Darina malfermis la pordon.

"안녕하세요." 그가 인사했다.

"저는 루멘 콜레브 경사입니다.

사피로브 위원님이 실종에 대한 어떤 단서를 우리에게 알려 줄 클라라의 컴퓨터, 공책, 수첩을 살펴보라고 지시했습니다."

다리나는 그를 쳐다보았다.

콜레브는 뚱뚱하고 노랗고 빨간 머릿결에 회색이나 아마 파란 눈동자를 가졌다.

"어서 오세요." 그녀가 말했다.

"저는 잘 지내지 못해요.

아파요. 그리고 집에 혼자 있어요.

남편은 일하러 나갔어요. 그래도 도울게요.

보고 싶은 모든 것을 내줄게요."

그녀는 시든 나뭇잎 같은 얼굴을 한 채 걱정과 고통 때문에 피곤하고 연약하게 보였다.

눈 주위에는 어두운 그림자가 있고 관자놀이에는 거미줄처럼 주름이 생겼다.

다리나는 천천히 걷고 조금 휘청거렸다.

"클라라의 방으로 가지요."

그녀가 말하고 집 2층으로 가는 계단으로 향했다.

여러 방 가운데 한 개 문을 열고 그들은 들어갔다.

방은 넓지 않지만, 바다를 향해 큰 창이 있다.

바다가 창문 앞에 있는 것처럼 신비로운 풍경이었다.

-Bonan tagon ⁻ salutis li. ⁻ Mi estas serĝento Rumen Kolev. Komisaro Safirov ordonis al mi veni trarigardi la komputilon de Klara, ŝiajn kajerojn, notlibretojn, kiuj verŝajne direktus nin al iu spuro pri ŝia malapero.

Darina alrigardis lin. Kolev estis maldika kun flavruĝa hararo kaj grizaj aŭ eble bluaj okuloj.

-Bonvolu ⁻ diris ŝi. ⁻ Mi ne fartas bone, mi malsaniĝis kaj estas sola hejme, mia edzo laboras, sed mi helpos vin, mi montros ĉion, kion vi deziras vidi.

Ŝia vizaĝo similis al velkita arbofolio kaj pro la ĉagreno kaj doloro, ŝi aspektis laca kaj senforta. Ĉirkaŭ ŝiaj okuloj estis malhelaj ombroj kaj ĉe la tempioj - sulkoj kiel reto. Darina paŝis malrapide kaj iom ŝanceliĝis.

-Ni iru al la ĉambro de Klara ⁻ diris ŝi kaj ekiris sur la ŝtuparon al la dua etaĝo de la domo.

Ŝi malfermis la pordon de unu el la ĉambroj kaj ili eniris. Ĉambro, ne vasta, kun granda fenestro al la maro. Rava pejzaĝo, kvazaŭ la maro estas antaŭ la fenestro.

방에는 침대, 책상, 책장, 작은 선반, 옷장 등이 있다.
"여기 있는 모든 것은 클라라가 놔둔 그대로입니다."
고통스러운 목소리로 다리나가 말했다.
"아무것도 손대거나 옮긴 것이 없어요."
콜레브는 주의 깊게 방을 살폈다.
책장 위에는 작고 하얀 곰 인형이 있다.
다리나는 그가 곰 인형을 쳐다보는 것을 알고 말했다.
"그것은 클라라가 가장 좋아하는 작은 곰이에요."
침대 위에는 베개 옆에 아마 클라라가 읽고 여기에
놓아둔 책이 있다.
책상에는 컴퓨터가 있고 푸른색 표지의 공책이 있다.
공책 옆에는 몇 장의 종이가 있는데 그 위에 수학 공
식이 쓰여 있다.
콜레브는 공책을 넘겨보았다.
그 안에 수학 과제가 들어있다.
"컴퓨터를 보겠습니다." 그가 말했다.
"그렇게 하세요."
콜레브는 컴퓨터를 켰다.
다행히 비밀번호는 없었다.
그래서 컴퓨터 파일을 살필 수 있었다.
차례차례 그것들을 열고 내용을 읽었다.

En la ĉambro – lito, skribotablo, librobretaro, eta ŝranko, vestŝranko···

-Ĉio ĉi tie estas tiel, kiel Klara postlasis ĝin – dolorvoĉe diris Darina. – Nenion mi prenis, nek movis.

Kolev alrigardis atente la ĉambron. Sur la librobretaro estis eta pluŝa blanka urseto. Darina rimarkis, ke li rigardas la urseton kaj diris:

-Ĝi estis la plej ŝatata ŝia urseto.

Sur la lito, ĉe la kuseno, kuŝis libro, kiun Klara eble legis kaj lasis ĝin ĉi tie. Sur la skribotablo estis la komputilo kaj ĉe ĝi kajero kun verdaj kovrilpaĝoj. Ĉe la kajero kelkaj paperfolioj, sur kiuj estis skribitaj matematikaj formuloj. Kolev trafoliumis la kajeron. En ĝi estis matematikaj taskoj.

-Mi vidos la komputilon – diris li.

-Bone.

Kolev ŝaltis la komputilon. Feliĉe ne estis pasvorto kaj li povis trarigardi la fajlojn. Unu post alia li malfermis ilin kaj legis ilian enhavon.

파일 중 여러 가지가 수업 내용, 몇 개의 수필, 클라
라가 쓴 과제 같은 것이다.
여러 다이어트 관련 메모, 유명 록 음악가의 전기와
사진이 있다.
클라라의 갑작스러운 실종과 연결된 무엇도 관심을 불
러일으킬 수 있는 것이 없었다.
파일을 쭉 훑어본 뒤 콜레브가 클라라의 전자우편을
열어보려는데, 비밀번호가 필요했다.
"전자우편 비밀번호를 아시나요?"
그가 다리나에게 물었다.
"아니요.
나는 클라라가 누구에게 편지 쓰고 누구에게 편지를
받는지 전혀 호기심이 없어요." 그녀가 말했다.
콜레브는 여러 가지 비밀번호를 시도했지만, 전자우편
을 열지 못했다.
"전자우편에 대해 우리 전문가의 도움을 받아야 하겠
습니다." 그가 말했다.
컴퓨터 다음에 책상 서랍을 열었다.
그러나 그 안에는 필기구, 색연필, 칼 등이 있었다.
그는 일어나서 책장으로 갔다.
선반에는 책, 교과서, 공책이 있다.
콜레브는 자세히 책, 교과서, 공책을 넘겨보았다.

En pluraj el la fajloj estis lecionoj, kelkaj eseoj, verŝajne hejmaj taskoj, kiujn Klara verkis. Estis notoj pri diversaj dietoj, biografioj kaj fotoj de famaj rokmuzikantoj. Nenio, kio povis direkti la atenton pri io, ligita al la subita malapero de Klara.

Post la trarigardo de la fajloj, Kolev provis malfermi la retpoŝton de Klara, sed li bezonis la pasvorton.

-Ĉu vi scias la pasvorton de la retpoŝto - demandis li Darina.

-Ne. Neniam mi scivolis kun kiu korespondas Klara, al kiu ŝi skribas leterojn kaj de kiu ŝi ricevas leterojn - diris ŝi.

Kolev provis diversajn pasvortojn, sed ne sukcesis malfermi la poŝton.

-Pri la retpoŝto ni devas uzi la sperton de niaj specialistoj - diris li.

Post la komputilo li malfermis la tirkestojn de la skribotablo, sed en ili estis nur skribiloj, krajonoj, tondilo···Li ekstaris kaj iris al la librobretaro. Sur la bretoj estis libroj, lernolibroj, kajeroj. Kolev komencis atente trafoliumi la librojn, la lernolibrojn, la kajerojn.

책장 옆에는 작은 선반이 있어 그것을 열어봤다.

그 안에 하얀 종이, 오래된 유행잡지, '**불꽃**'이라는 문학 잡지가 있었다.

잡지들 사이에 작은 선반 구석에 마분지 표지의 작은 수첩을 발견했다.

그것을 꺼내들고 열어봤다.

첫 페이지에 철학가와 작가의 문장들이 손으로 쓰여 있어 콜레브는 그것을 읽었다.

'사랑은 꿈속에서 웃고 깨어나서 운다. **피타고라스**'

'사랑에 빠진다는 것은 미친다는 것을 의미한다. **오비디오**'

'사랑하고 사랑받는 것은 세상에서 가장 큰 행복이다. **헨리코 하이네**'

문장 뒤에는 클라라가 쓴듯한 글이 적혀 있다.

콜레브가 그것을 읽어나갔다.

　　'당신은 세상을 향한 나의 눈,

　　당신은 어둠 속에서 나의 빛,

　　포도주처럼 당신은 나를 취하게 하고,

　　용처럼 나를 불타게 한다.

　　내가 바다를 응시할 때

　　당신의 밝은 눈빛을 본다.

　　　나뭇잎이 살랑거릴 때

　　　나는 당신의 목소리를 듣는다.

　　　바람이 나를 어루만질 때

Ĉe la librobreto staris eta ŝranko kaj li malfermis ĝin. En ĝi estis blankaj paperfolioj, malnovaj revuoj pri modo, numero de la literatura revuo "Flamo". Inter la revuoj kaj la ĵurnaloj, en la angulo de la ŝranketo Kolev rimarkis notlibreton kun kartona kovrilo. Li prenis kaj malfermis ĝin. Sur la unuaj paĝoj manskribite estis sentencoj de filozofoj kaj verkistoj kaj Kolev komencis legi ilin. "La amo ridas en la sonĝoj kaj ploras, kiam vekiĝas." Pitagoro, "Esti enamiĝinta, signifas esti freneza" Ovidio, "Ami kaj esti amata estas la plej granda feliĉo en la mondo" Henriko Hajne.

Post la sentencoj estis versaĵo, verŝajne verkita de Klara. Kolev eklegis ĝin.

Vi estas mia okulo al la mondo,
vi estas mia lumo en la nokto.
Vi kiel vino ebriigas min,
kiel Drako vi flamigas min.
Kiam kontempladas mi la maron,
vidas vian helrigardon.
Kiam susuras la arbofolioj,
mi aŭdas vian voĉon.
Kiam la vento karesas min

나는 당신 손바닥의 따스함을 느낀다.'
이 글이 콜레브의 관심을 불러일으켰다.
분명 클라라가 이것을 누군가에게 바친 것이다.
그리고 이것으로 그녀 사랑을 표현했다.
"이 수첩을 가져갈게요."
콜레브가 다리나에게 말했다.
"우리는 조금 더 자세히 이것을 조사해야 합니다."
"나는 그것에 관해 알지 못해요." 다리나는 수첩을 바라보았다.
"거기에 클라라가 무엇을 썼나요?"
"사랑에 대한 글들과 사랑 시입니다." 콜레브가 대답했다.
"그녀가 몰래 시를 쓴다고 짐작했어요. 하지만 결코 어떤 시도 내게 보여 주거나 읽어 주지 않았어요."
"보세요." 그리고 콜레브는 수첩을 다리나에게 주었다. 그녀는 문장들과 시를 읽었다.
"무엇이라고 생각하십니까? 누구에게 클라라가 이 글을 바쳤나요?" 콜레브가 물었다.
"저는 몰라요. 그녀가 사랑에 빠졌다고 짐작조차 못했어요. 나는 항상 클라라가 아직 어린아이고 사랑의 감정에 아직 빠질 때가 아니라고 생각했어요." 다리나가 말했다.
"부모는 어린이가 다 자라고 사랑의 감정이 생겼다고 알아차리지 못해요. 그들은 얼마나 빨리 변하는지!

mi sentas la varmon de viaj manlplatoj.

Tiu ĉi versaĵo vekis la atenton de Kolev. Certe estis, ke Klara dediĉis ĝin al iu kaj per ĝi ŝi esprimis sian amon.

-Tiun ĉi notlibreton mi prenos ⁻ diris Kolev al Darina. ⁻ Ni devas iom pli detale esplori ĝin.

-Mi ne sciis pri ĝi ⁻ Darina alrigardis la notlibreton. - Kion Klara skribis en ĝi?

-Estas sentencoj pri la amo kaj ampoemo ⁻ respondis Kolev.

-Mi supozis, ke ŝi kaŝe verkas poemojn, sed neniam ŝi montris, nek legis iun poemon al mi.

-Bonvolu ⁻ kaj Kolev donis la notlibreton al Darina.

Ŝi komencis legi la sentencojn kaj la poemon.

-Kion vi opinias? Al kiu Klara dediĉis tiun ĉi versaĵon? ⁻ demandis Kolev.

-Mi ne scias. Mi eĉ ne supozis, ke ŝi estas enamiĝinta. Mi ĉiam opiniis, ke Klara estas ankoraŭ infano kaj la amsentoj ankoraŭ ne obsedis ŝin ⁻ diris Darina.

-La gepatroj, ne rimarkas kiam la infanoj iĝas plenkreskaj kaj kiam obsedas ilin la amsentoj. Kiel rapide ili ŝanĝiĝas!

그들 인생의 많은 구체적인 일들을 부모들은 몰라요. 부모에게 어린이는 들어갈 수 없는 닫힌 세계입니다." 콜레브가 말했다.

"인제야 나는 아쉬워요. 내가 내 딸 클라라를 더 잘 알지 못해서." 다리나가 슬프게 탄식했다.

"아마 나는 딸에게 더 가까이 있어야 했는데. 실종에 대한 책임을 느껴요."

"여사님 잘못이 아닙니다." 콜레브가 말했다.

"모든 부모가 그렇습니다. 자녀를 더 잘 이해하려고 애쓸지라도 성공하지 못합니다. 어린이는 닫힌 세계고 잠겨진 방이라 사람들은 그것을 열 열쇠를 갖고 있지 않아요."

"아마 그 말이 맞을 겁니다." 작게 다리나가 말했다.

"감사드립니다." 콜레브가 말했다.

"클라라의 수색에 관해 전화해서 알려 드리겠습니다. 아마 그것을 바친 누군가와 같이 있을 것이고 우리는 곧 그들을 찾아낼 겁니다."

다리나는 콜레브를 문까지 배웅하고 작별했다.

Kiom multaj detaloj el ilia vivo la gepatroj ne scias. Por la gepatroj ofte la infanoj estas fermita mondo, en kiun ne povas eniri ⁻ diris Kolev.

-Nun mi bedaŭras, ke mi ne sukcesis pli bone ekkoni mian Klaran ⁻ ĝemsopiris[14] Darina. ⁻ Eble mi devis esti pli proksime al ŝi. Mi kulpas pri ŝia malapero.

-Vi ne estas kulpa ⁻ diris Kolev. ⁻ Ĉiuj gepatroj, estas tiaj. Eĉ se ili strebas pli bone ekkoni siajn infanojn, ili ne sukcesas. La infanoj estas fermitaj mondoj, ŝlositaj ĉambroj kaj oni ne havas la ŝlosilojn por malfermi ilin.

-Eble vi pravas ⁻ mallaŭte diris Darina.

-Mi dankas vin ⁻ diris Kolev. - Ni telefonos kaj informos vin pri la serĉado de Klara. Eble ŝi estas kun tiu, al kiu ŝi dediĉis la versaĵon kaj verŝajne ni baldaŭ trovos ilin.

Darina akompanis Kolev al la pordo kaj adiaŭis lin.

---

14) ĝem-i <自> 신음(呻吟)하다, 한숨쉬다, 탄식(歎息)하다. dolorĝemi 고통스러워 신음하다. ekĝemi 한숨쉬다. plorĝemi 흐느껴 울다, 목 메어 울다.
sopir-i <自> 몹시 바라다[그리다], 그리워하다, 열망(熱望)[갈망(渴望)]하다; 사모(思慕)하다; 탄식하다. sopirĝemi 장탄식하다.

7장. 베로니카 면담

칼로얀 사피로브는 클라라의 여자 친구 **베로니카**를 만나려고 출발했다.

오직 그녀만이 클라라가 실종되기 전에 불안했는지 어딘가에서 누구와 만나려고 서둘렀는지 말할 수 있다.

사피로브는 베로니카와 대화하는 것이 아주 주의해야 하고 어떤 방식으로든 베로니카가 솔직하고 직접 대화하도록 자극해야 함을 안다.

그래서 마리노 시로 혼자 갔다.

누군가와 같이 가면 베로니카가 불안해 말을 할 용기를 못 낼 테니까.

사피로브의 차 '**페요**'는 새 차가 아니다.

하지만 그것 덕분에 부르고 지역에 있는 시내와 마을에 차로 간다.

마리노로 가는 고속도로는 넓고 평탄했다.

오른쪽으로 커다란 **부르고** 호수가 보이고 왼쪽으로는 끝없는 파란 바다가 우리 눈을 어루만진다.

호수의 물은 짜지 않고 그 안에서 오리가 헤엄치고 작은 섬에는 황새가 앉아 있다.

가까이에는 클라라의 어머니가 언급한 바 있는 희귀한 새가 있는 철새도래지가 있다.

고속도로에서 새들을 관찰할 수 있는 높은 전망대가 보인다.

7.

Kalojan Safirov ekveturis renkontiĝi kun Veronika, la amikino de Klara. Nur ŝi povis diri ĉu antaŭ la malapero, Klara estis maltrankvila, ĉu rapidis ien renkontiĝi kun iu. Safirov konsciis, ke la konversacio kun Veronika devas esti atenta kaj iamaniere li instigu ŝin al sincera senpera konversacio. Tial li ekveturis al Marino sola, ĉar se li estus kun iu, Veronika maltrankviliĝus kaj ne kuraĝus paroli.

La aŭto de Safirov ne estis nova, "Peĵo", sed dank' al ĝi li veturis al la urboj kaj vilaĝoj en la regiono de Burgo.

Larĝa, glata estis la aŭtovojo al Marino. Dekstre videblis la granda Burga lago - maldekstre la maro, kies senlima blueco karesis la rigardon. La akvo de la lago ne estis sala, en ĝi naĝis anasoj kaj sur la etaj insuloj sidiĝis cikonioj. Proksime estis la birdrezervejo kun la raraj birdoj, kiun menciis la patrino de Klara. De al aŭtovojo videblis la alta turo de kie eblis observi la birdojn.

사피로브는 오랜만에 마리노에 와서 다시 마음에 드는 작은 도시를 볼 수 있어 기뻤다.

부르고 근처에 마리노처럼 조용하고 편안한 다른 작은 도시는 없다.

거기에는 건물이 주로 가정집이라 봄, 여름, 가을에 과일나무의 그늘에 잠기는 넓은 마당을 가지고 있다.

거리는 소란과 활기찬 교통이 없고 주민들은 조용하고 안정적이고 호의가 있게 보인다.

모래사장도 매력적이지만 여름에 이곳에 많은 휴양객이 오지 않는다.

사피로브가 더 젊었을 때 마리노 시에 빌라 짓기를 꿈꿨지만, 그것은 오로지 아름다운 꿈으로 남아 있다.

건축을 시작할 정도의 돈을 결코 가질 수 없으니까.

꿈에는 계속해서 바다 비둘기같이 하얀 2층 빌라, 과일나무 몇 그루, 넓지는 않지만 많은 꽃을 가진 마당을 그린다.

아내 **밀라**가 꽃을 무척 좋아하니까.

사피로브는 빌라의 마당에서 손자들과 노는 것조차 꿈을 꾼다.

비록 그의 딸 **그레타**가 아직 학생이라 언제 결혼할지 그가 손자녀를 가질지 아무도 말하지 않아도.

어느새 차는 마리노에 진입했다.

Delonge Safirov ne estis en Marino kaj nun kontentis, ke denove vidos la urbeton, kiu tre plaĉis al li. Proksime al Burgo ne estis alia silenta kaj trankvila urbeto kiel Marino. En ĝi la domoj, ĉefe familiaj, havis grandajn kortojn, kiuj printempe, somere kaj aŭtune dronis sub la ombroj de fruktaj arboj. Sur la strratoj ne estis tumulto kaj vigla trafiko, la loĝantoj aspektis kvietaj, trankvilaj kaj gastamaj. La strando allogis, sed somere ĉi tien ne venis multaj ripozantoj.

Kiam Safirov pli junis, li revis konstrui en Marino vilaon, sed tio restis nur bela revo, ĉar neniam li sukcesis havi tiom da mono por komenci la konstruadon. En la revoj tamen li daŭre vidis duetaĝan vilaon, blankan kiel maran laron, kun ne granda korto, kelkajn fruktajn arbojn, multajn florojn, ĉar lia edzino, Mila, tre ŝatis florojn. Safirov eĉ revis, ke en la korto de la vilao ludos liaj genepoj, malgraŭ ke lia filino Greta estis ankoraŭ lernantino kaj neniu dirus kiam ŝi edziniĝos kaj ĉu li havos genepojn.

Nesenteble la aŭto eniris Marinon.

사피로브는 속도를 줄여 중심가를 지나가고 '**모자 발로(장미 계곡)**' 거리에 있는 오른쪽으로 향했다가 건물의 어느 마당 문에 21이라는 숫자를 보았다.

그리고 차를 세웠다.

건물은 3층이고 밝은 푸른색으로 칠해져 있고 2~3층에는 넓은 난간이 있다.

마당에는 주차장이 있다.

분명 가족은 차가 한두 대 있다.

사피로브는 차에서 내려 마당을 가로질러 문에서 초인종을 눌렀다.

어느 정도 시간이 지나 약 40살에 검은 머릿결, 개암 같은 눈에 마음씨 착해 보이는 여자가 문을 열었다.

"안녕하세요." 사피로브가 인사했다.

"아주머니는 베로니카의 어머니 **캄보바** 씨인 것 같네요. 우리는 전화로 통화했지요.

저는 칼로얀 사피로브 위원입니다.

클라라 베셀리노바와 관련해서 베로니카 양과 이야기 나누러 왔습니다."

"예" 니나가 말했다.

"기다렸습니다. 어서 오세요." 사피로브가 집으로 들어갔다. "바로 베로니카를 부를게요." 그녀는 말하고 집 2층으로 갔다.

얼마 있다가 니나와 베로니카가 내려왔다.

"안녕하세요. 선생님." 베로니카가 그에게 인사했다.

Safirov malrapidigis ĝin, trapasis la ĉefan straton, direktiĝis dekstren, kie estis strato "Roza Valo", vidis numeron 21 sur la korta pordo de iu el la domoj kaj haltigis la aŭton. La domo estis trietaĝa, helverde farbita kaj sur la dua kaj tria etaĝoj estis vastaj balkonoj. En la korto staris garaĝo. Certe la familio havis unu aŭ du aŭtojn.

Safirov eliris el la aŭto, trapasis la korton kaj sonoris ĉe la pordo. Post iom da tempo la pordon malfermis simpatia virino, ĉirkaŭ kvardekjara, nigrahara kun okuloj, similaj al aveloj.

—Bonan tagon — salutis Safirov. — Vi verŝajne estas sinjorino Kambova, la patrino de Veronika. Ni parolis telefone. Mi estas komisaro Kalojan Safirov kaj venas konversacii kun Veronika pri Klara Veselinova.

—Jes — diris Nina. — Ni atendas vin. Bonvolu.

Safirov eniris la domon.

—Mi tuj vokos Veronikan — diris ŝi kaj iris al la dua etaĝo de la domo.

Nepostlonge Nina kaj Veronika venis.

—Bonan tagon, sinjoro — salutis lin Veronika.

사피로브는 그녀를 바라보았다.

그렇게 크지는 않고 날씬하고 검은 긴 머리, 커다란 갈색 눈동자를 가졌다.

"안녕" 사피로브가 말했다.

그는 니나에게 몸을 돌리고

"베로니카와 단둘이서 이야기 나누고 싶어요.

우리 대화는 비밀스러워 부탁드립니다."

"잘 이해합니다. 위원님." 니나가 말했다.

"거실에서 대화하실 수 있어요.

방해하지 않을게요."

그리고 그녀는 거실로 안내했다.

사피로브와 베로니카는 거기로 들어갔다.

무겁고 커다란 안락의자, 큰 책장, 새로운 TV, 유리로 된 커피용 탁자, 소파 등 현대식 가구가 놓인 방이다.

벽에는 두 개의 바다 풍경화가 걸려 있다.

하나는 마리노 남쪽, **펠리아** 강이 바다로 흘러가는 바닷가를 표현하고 있다.

많은 백합꽃이 있는 아주 멋지고 이국적인 곳이다.

사피로브는 이 가족이 잘 산다는 추측이 확실하여지자 베로니카에게 부모님이 무슨 일 하시냐고 물었다.

"아빠는 가구 제작하는 회사를 운영하고 계세요.

Safirov alrigardis ŝin. Ne tre alta, maldika kun longaj nigraj haroj, ŝi havis grandajn brunkolorajn okulojn.

-Bonan tagon – diris Safirov. – Sinjorino Kambova – li turnis sin al Nina. – Mi ŝatus nur duope paroli kun Veronika. Nia konversacio estos diskreta kaj mi pardonpetas.

-Mi bone komprenas vin, sinjoro komisaro – diris Nina. – Vi povus konversacii en la gastĉambro, mi ne ĝenos vin – kaj ŝi montris la gastĉambron.

Safirov kaj Veronika eniris ĝin. Estis moderne meblita ĉambro kun pezaj, masivaj foteloj, granda libroŝranko, nova televidilo, vitra kafotablo, kanapo. Sur la muroj pendis du maraj pejzaĝoj. Unu el ili montris la maran bordon, sude de Marino, kie rivero Felia enfluas la maron. Tre pitoreska, ekzotika loko kun multaj lilioj.

La supozo de Safirov, ke la familio estas riĉa, konfirmiĝis kaj li demandis Veronika kion laboras ŝiaj gepatroj.

-Paĉjo posedas firmon por ellaboro de mebloj – diris ŝi.

여기 소파, 안락의자, 책장은 아빠 회사에서 만든 것이에요."
"그럼 어머니는?"
"엄마는 마리노의 초등학교 교사입니다."
"너는 교사의 딸이구나." 사피로브가 말했다.
"나도 교사를 매우 존경해.
내가 학생이었을 때 우리 선생님에 대한 아주 예쁜 기억이 있거든.
지금 너는 부르고에서 배우고 클라라와 같은 반이지."
"예"
방문이 열리고 니나가 들어와서 과자와 커피를 가지고 왔다.
"죄송합니다. 커피 한잔이 정신을 맑게 해 준다고 생각해서."
그녀는 말하고 커피용 탁자 위에 과자와 함께 작은 커피잔과 커피 수저를 두었다.
"감사합니다. 저는 커피를 아주 좋아해요." 사피로브가 말했다.
니나가 나가자 그는 베로니카와 대화를 이어 나갔다.
"너와 클라라는 좋은 친구지, 그렇지?
매일 너희는 같이 있어.

- Ĉi tie la kanapo, la foteloj, la libroŝranko estis faritaj en lia firmo.

-Kaj la patrino?

-Ŝi estas instruistino en la baza lernejo en Marino.

-Vi estas filino de instruistino ‑ diris Safirov. ‑ Mi ege estimas[15] la instruistojn. Tre belajn rememorojn mi havas de miaj geinstruistoj, kiam mi estis lernanto. Nun vi lernas en Burgo kaj vi estas samlernantino de Klara.

-Jes.

La pordo de la ĉambro malfermiĝis, eniris Nina kaj alportis kafon kaj biskvitojn.

-Mi petas pardonon, tamen mi opiniis, ke unu kafo estos bone por freŝigi vin ‑ diris ŝi kaj metis la glaseton kaj la teleron kun la biskvitoj sur la kafotablon.

-Dankon. Mi tre ŝatas kafon ‑ diris Safirov.

Kiam Nina eliris li daŭrigis la konversacion kun Veronika.

-Vi kaj Klara estis bonaj amikinoj, ĉu ne? Ĉiutage vi estis kune.

---

15) estim-i <他> 귀하게 여기다, 존경(尊敬)하다, 중시(重視)하다 estimata 존경하는; malestimi 무시하다, 경시하다;

학교 수업이 끝난 뒤 역시 같이 있고.

그녀 부모가 내게 말하기를 저녁에 부르고에 춤추러 간다고 했어.

어느 무도장에 갔니?”

“우리는 자주 항구에서 가까운 ‘**님포(요정)**’에 갔어요.” 베로니카가 대답했다.

“나는 이 무도장을 아주 잘 알아.

여러 번 거기서 젊은이들이 다투고 서로 때렸어.

거기 가는 것이 무섭지 않았니?”

“소년들이 서로 싸워요.

우리는 한 무리에 있어서 낯선 남자들이 감히 우리를 성가시게 하지 않아요.” 베로니카가 말했다.

“너의 무리에 누가 있니?” 사피로브가 물었다.

“클라라, 저, 클라라를 좋아하는 **필립**, 내 친구 **이보**, 필립의 친구 **스토얀**, **노라**입니다,”

“정말 큰 무리구나.” 그가 알아차렸다.

“필립이 누구니? 같은 학교 학생이니?

어디에서 공부하니?”

“필립은 우리보다 나이가 더 많아요.

항구에서 일해요.

기중기 기사죠.” 베로니카가 설명했다.

“필립과 클라라가 만나니?”

“필립이 자주 학교 앞에서 클라라를 기다려요.

하지만 그는 너무 건방지고 질투가 심해요.”

Post la fino de la lernolecionoj vi same estis kune kaj ŝiaj gepatroj diris al mi, ke vespere vi iris en Burgon danci. En kiun dancklubejon vi iris?

-Ni ofte estis en "Nimfo", proksime al la haveno - respondis Veronika.

-Mi bone konas tiun ĉi dancklubejon. Foje-foje tie la gejunuloj kverelas kaj batas unu la alian. Ĉu vi ne timiĝis iri tien?

-La knaboj batas unu la alian. Ni estas en kompanio kaj la nekonataj knaboj ne kuraĝis ĝeni nin - diris Veronika.

-Kaj kiuj estas en via kompanio? - demandis Safirov.

-Klara, mi, Filip, al kiu Klara plaĉas, mia amiko, Ivo, Stojan - amiko de Filip, Nora.

-Granda kompanio ĝi estas - rimarkis li.

-Kiu estas Filip? Ĉu li lernas en la sama lernejo, en kiu vi lernas?

-Filip estas pli aĝa ol ni, laboras sur la haveno, estas gruisto- klarigis Veronika.

-Ĉu Filip kaj Klara renkontiĝas?

-Filip ofte atendas Klaran antaŭ la lernejo, sed li estas tro impertinenta kaj ĵaluza.

"필립이 언젠가 클라라를 위협했니?" 사피로브가 물었다.

"예, 그가 클라라에게 '너는 내 것이야. 다른 누구의 것도 아니야.'라고 말했어요.

몇 번 내 이웃 블라드 아저씨가 차로 우리를 아침에 부르고로 데려다주었어요. 한 번은 제가 아파서 블라드 아저씨가 클라라만 차로 태워주었어요.

블라드 아저씨가 차를 학교 앞에 세우자 거기에 필립이 있었다고 나중에 클라라가 나에게 말했어요.

그는 클라라가 블라드 아저씨의 차에서 내리는 것을 보고 클라라가 남자 차에서 내렸다고 큰 추문을 만들고 그녀를 위협했어요. 하루 뒤 필립이 다시 학교에 와서 클라라에게 잘못을 빌었어요."

"마지막으로 클라라를 본 것이 언제니?" 사피로브가 물었다.

"3일 전이요. 학교 수업 마친 뒤 우리는 함께 학교에서 나왔어요, 클라라가 더 늦게 마리노에 갈 것이라고 말했어요."

"왜 부르고에 머무를 것인지 그녀에게 물었니?"

"제가 물었지만 클라라는 아무 말도 안 했어요."

"나중에 그녀에게 전화했니?"

"제가 마리노에 돌아와서 1시간 뒤 전화했지만, 전화기가 꺼져 있었고 이유를 전혀 알 수 없었어요.
나중에 다시 전화 걸었지만, 전화 신호도 없었어요.

-Ĉu Filip iam minacis Klaran? – demandis Safirov.

-Jes, li diras al ŝi: "Vi estos mia kaj al neniu alia." Kelkfoje Vlad, nia najbaro, per sia aŭto veturigis nin matene al Burgo. Foje mi estis malsana kaj Vlad veturigis nur Klaran. Poste Klara diris al mi, ke kiam Vlad haltigis la aŭton antaŭ la lernejo, tie estis Filip. Li vidis, ke Klara eliras el la aŭto de Vlad, faris grandan skandalon, ke Klara estis en la aŭto de viro kaj minacis ŝin. Post tago Filip denove venis en la lernejon kaj petis Klaran pardoni lin.

-Kiam lastfoje vi vidis Klaran? – demandis Safirov.

-Antaŭ tri tagoj. Post la fino de la lernolecionoj ni kune eliris el la lernejo. Klara diris, ke pli malfrue veturos al Marino.

-Ĉu vi demandis ŝin kial ŝi restos en Burgo?

-Mi demandis, sed Klara nenion diris.

-Ĉu poste vi telefonis al ŝi?

-Kiam mi revenis en Marinon, post unu horo, mi telefonis, sed ŝia telefono ne funkciis kaj mi tute ne komprenis kial. Poste denove mi telefonis, sed ne estis telefonsignalo.

저는 크게 걱정이 되었죠. 그녀를 찾으실 거죠?" 베로니카는 사피로브를 쳐다보고 그녀 눈에는 슬픔이 묻어 있다.

"정말 클라라는 저의 가장 좋은 친구고 벌써 3일째 그 누구도 그녀에 관해 알지 못해요. 우리 반에서 모두 클라라에게 무슨 일이 있었는지 왜 학교에 오지 않는지 궁금해요."

"우리는 클라라를 찾기 위해 최선을 다할 거야." 사피로브가 말했다.

"하지만 어렵구나. 3일이 지났어. 우리는 그녀에 관해 많이 알지 못해. 지금 너로부터 필립에 관해 들었어. 그것이 분명 도움이 될 거야."

"저는 매일 곧 경찰이 그녀를 찾으리라고 기도해요. 클라라 없는 제 인생은 재미없어요. 우리는 함께 배우고 함께 놀았어요. 그녀는 매우 즐거워요. 여름에 우리는 일광욕하고 바다에서 수영하고 모래사장에서 놀았어요. 그러나 지금은 저 혼자예요.

너무 무서워요. 저는 그녀가 어디 갔는지 누구와 있는지 알지 못해요."

"고맙구나. 베로니카. 네가 나를 도와줬어. 다른 질문이 있다면 다시 올게. 잘 있어. 그리고 부탁하건대 조심해. 모르는 사람을 믿지 마. 모두가 좋은 의도를 가진 것은 아니야." "감사합니다. 저는 조심하는 편입니다. 클라라가 실종된 뒤 아주 무서워요."

Mi ege maltrankviliĝis··· Ĉu vi trovos ŝin?

Veronika alrigardis Safirov kaj en ŝiaj okuloj li vidis triston.

-Ja, ŝi estas mia la plej bona amikino kaj jam trian tagon neniu ion scias pri ŝi. En nia klaso ĉiuj demandas sin kio okazis al Klara, kial ŝi ne frekventas la lernejon?

-Ni faros ĉion por trovi ŝin ‾ diris Safirov, - sed estos malfacile. Pasis tri tagoj. Ni ne multe scias pri ŝi. Nun de vi mi aŭdis pri Filip kaj tio certe helpos nin.

-Mi ĉiutage preĝas, ke vi baldaŭ trovu ŝin. Sen Klara mia vivo ne estos interesa. Ni kune lernis, kune amuziĝis. Ŝi estis tre gaja. Somere ni sunbaniĝis, naĝis en la maro, ludis sur la strando kaj nun mi estas sola. Tio teruras. Mi ne scias kien ŝi iris, kun kiu ŝi estas···

-Dankon, Veronika. Vi helpis min. Se mi havus aliajn demandojn, mi denove venos. Ĝis revido. Kaj mi petas vin, atentu, ne fidu nekonatajn personojn. Ne ĉiuj estas bonintencaj.

-Dankon. Mi estos singardema. Post la malapero de Klara, mi ege timiĝas.

사피로브는 베로니카 어머니에게 '잘 계세요.' 인사하고 도와주서서 감사하고 집을 나왔다.

부르고로 돌아가는 차 안에서 베로니카와 대화하고 이미 뭔가 중요한 것을 알았다고 묵상했다.

'클라라는 어떤 필립을 안다.

하지만 그 필립은 누구인가? 그는 어디에서 사나? 어떻게 생겼을까? 베로니카는 그가 건방지고 질투심이 있고 클라라를 성가시게 하며 학교 앞에서 기다렸다고 말했다. 그는 클라라보다 나이가 많고 기중기 기사로 항구에서 일한다.'

그것은 사피로브에게 그를 찾는 데 충분하다.

이제 사피로브는 필립과 만나서 클라라가 사라진 날 그와 함께 있었는지 알아야 한다. 베로니카는 다른 이름으로 이웃인 블라드를 언급했다. '그는 누구인가?' 몇 번 그는 자기 차로 학교까지 소녀들을 데려다주었다. 사피로브는 마찬가지로 그 블라드에 대해서 무언가 알아야만 한다.

차는 부르고로 속도를 올렸다. 베로니카가 말한 대로 3일이 지났고, 그 누구도 클라라에 관해서 아무것도 알지 못한다.

이웃 도시의 경찰에서도 아직 아무 소식이 없고 지역 경찰에서도 없다.

벌써 사건은 크게 걱정스럽다. '클라라는 살아있는가?' 신속한 행동이 필요하다. 시간이 없다.

Safirov diris "ĝis revido" al la patrino de Veronika, dankis pro la kunhelpo kaj eliris el la domo.

En la aŭto survoje al Burgo, li meditis, ke post la konversacio kun Veronika, li jam scias ion gravan. Klara konis iun Filip, sed kiu estas tiu Filip? Kie li loĝas? Kiel li aspektas? Veronika diris, ke li estas impertinenta, ĵaluza, ĝenis Klaran, atendis ŝin antaŭ la lernejo. Li pli aĝas ol Klara, estas gruisto kaj laboras sur la haveno. Tio sufiĉis por Safirov trovi lin. Nun Safirov devis renkontiĝi kun Filip kaj ekscii ĉu Klara ne estis kun li en la tago, kiam ŝi malaperis. Veronika menciis alian nomon, Vlad, najbaro. Kiu li estas? Kelkfoje li veturigis la knabinojn per sia aŭto al la lernejo. Safirov devis same eksciis ion pri tiu Vlad.

La aŭto rapidis al Burgo. Kiel diris Veronika, pasis tri tagoj kaj neniu ion scias pri Klara. Ne venis informoj el la najbaraj urbaj policoj, nek el la kvartalaj policoj. Jam la okazintaĵo estas ege maltrankviliga. Ĉu Klara estas viva? Necesas rapida agado, ne estas tempo.

사피로브는 차를 경찰서 앞에 세우고 사무실로 들어가 바로 전화로 항구의 기중기 기사 필립을 찾아 조사하게 호출하라고 지시했다.

Safirov haltigis[16] la aŭton antaŭ la policejo, eniris sian kabineton kaj tuj telefone ordonis, ke oni serĉu Filip, havena gruisto kaj alvoku lin por pridemandado.

---

16) halt-i <自> 정지하다, 휴지하다, 서다, 멈추다. haltadi 서 있다. halteti, ekhalti 잠깐서[쉬]다. haltu! 섯! 서라! 스톱! haltostreko <印・文> 대쉬. haltigi 서게하다. haltigilo 브레이크, 제동기(制動機). haltigŝuo 제동구(制動具). antaŭhaltigi 방지(防止)하다. senhalta 쉬지않는, 계속하는; 직통(直通)의.

8장. 다리나의 악몽

해가 나와 침실의 창을 밝게 비추었다.

'마침내 아침이구나.' 다리나는 혼잣말했다.

'여전히 고요한 아침이지만 내 마음은 무덤처럼 캄캄해. 밤새도록 잠을 이루지 못하고 뜬눈으로 침대에 누워 있었어.'

집 문이 열리고 부드러운 머뭇거리는 발걸음 소리가 들리는 듯했다.

'클라라가 돌아왔다.' 다리나는 속삭이고 정말 문이 열렸는지 보려고 몇 번 침대에서 일어났다.

하지만 모든 집안은 침묵과 어둠만 가득했다.

다리나는 돌아와 다시 누웠다.

그녀 눈앞에 클라라의 얼굴이 나타났다.

정말 그녀는 길고 부드러운 금발, 사랑스러운 수레국화 색 눈동자를 가졌다.

'클라라, 너로구나. 내가 너를 본다. 나는 정말 너를 잘 봐. 나는 작은 달을 닮은 오른쪽 어깨 위 점까지도 봐.' 다리나는 헛것을 보았다.

자면서 팔을 뻗어 클라라를 안으려고 했지만, 갑자기 깨어나 소리 없이 울음을 터뜨렸다.

방안의 짙은 어둠이 그녀를 숨 막히게 했다.

다리나는 숨을 쉴 수 없어 세게 소리치고 싶었다.

8. La 18-an de aprilo

La suno aperis kaj lumigis la fenestron de la dormĉambro. "Fin-fine mateniĝis, diris al si mem Darina. Ankoraŭ unu serena mateno, sed en mia animo malhelas kiel en tombo." Tutan nokton ŝi ne dormis, kuŝis en la lito kun malfermitaj okuloj. Ŝajnis al ŝi, ke la pordo de la domo malfermiĝas kaj aŭdas molajn malkuraĝajn paŝojn. "Klara revenas" - flustris Darina kaj kelkfoje stariĝis de la lito por vidi ĉu vere la pordo malfermiĝis. En la tuta domo tamen regis silento kaj mallumo. Darina revenis, kuŝis denove kaj antaŭ ŝia rigardo aperis la vizaĝo de Klara. Jen ŝi, kun la longaj, molaj, blondaj haroj kaj la karaj cejankoloraj okuloj. "Klara, vi estas, mi vidas vin, mi tre bone vidas vin. Mi vidas eĉ la nevuson sur via dekstra ŝultro, similan al eta luno, deliras Darina." En la dormo ŝi etendas brakojn por ĉirkaŭbraki Klaran, sed subite vekiĝas kaj senvoĉe ekploras. La densa mallumo en la ĉambro sufokas ŝin, Darina ne povas spiri kaj deziras forte ekkrii:

"공기를, 공기를, 빛과 공기를. 숨이 막혀요."
다시 고통스럽게 긴장했다.
문이 다시 열리는 것처럼 보였는데, 마침내 첫 햇살이
창의 커튼을 통과해서 비쳤다.
아침이 되었다.
악몽 같은 밤이 끝났다.
다리나는 침대에서 일어나 욕실로 가서 샤워기 밑에서
다시 울기 시작했다.
여기 욕실에서 그녀가 울어도 도브리는 볼 수 없다.
다리나는 그에게 숨어서 울었다.
그를 걱정시키고 싶지 않으니까.
나중에 그녀는 옷을 입고 나갈 준비를 했다.
"어디 가요?" 도브리가 물었다.
"오늘 휴가를 받았어요." 다리나가 대답했다.
"부르고에 가서 사피로브 위원에게 클라라에 관해 무
언가 아느냐고 물어보려고요."
"여보. 당신을 이해해요." 도브리가 말했다.
"하지만 아침부터 저녁까지 부르고에 있어도 그녀를
찾지 못해요. 그 누구도 클라라가 어디 있는지 그녀에
게 무슨 일이 생겼는지 몰라요. 경찰이 무언가 안다면
그들은 바로 우리에게 전화할 거예요."
"예. 하지만 나는 여기서 움직이지 않고 기다릴 수 없
어요. 당신이 나를 이해해 주지 않으면 나는 미칠 거
예요." 그리고 다리나는 다시 울기 시작했다.

"Aeron, aeron, lumon kaj aeron, mi sufokiĝas!"

Denove dolore ŝi streĉiĝas, ĉar denove ŝajnas al ŝi, ke la pordo malfermiĝas.

Fin-fine la unuaj sunradioj traboras la fenestrajn kurtenojn. Mateniĝis. La koŝmara nokto finiĝis. Darina ekstaris de la lito, ekiris al la banejo kaj sub la duŝo ŝi denove ekploris. Ĉi tie, en la banejo, Dobri ne vidas, ke ŝi ploras. Darina ploras kaŝe de li, ĉar ne deziras maltrankviligi lin. Poste ŝi vestiĝas kaj estas preta por foriri.

-Kien vi iras? – demandis Dobri.

-Hodiaŭ mi petis forpermeson – respondis Darina – kaj mi iros en Burgon demandi komisaron Safirov ĉu oni eksciis ion pri Klara.

-Darina kara, mi komprenas vin – diris Dobri, – tamen se de mateno ĝis vespero vi estos en Burgo, vi ne trovos ŝin. Neniu scias kie estas Klara kaj kio okazis al ŝi. Se la polico ekscios ion, ili tuj telefonos al ni.

-Jes, sed mi ne povas esti senmova ĉi tie kaj atendi. Mi freneziĝis, ĉu vi ne komprenas min? – kaj Darina denove ekploris.

"여보. 나는 당신을 이해해요.

나도 미칠 지경이에요. 하지만 우리는 힘이 없어요.

우리가 무엇을 하겠소?

우리가 어디로 가겠소?

우리는 아무것도 모르고 무슨 일이 일어났는지 이유도 알 수 없어요."

"하지만 부르고에 갈게요. 결심했어요. 잘 있어요." 그리고 다리나는 집을 나섰다.

다리나가 부르고에 도착한 때는 이른 아침이었다.

버스에서 내려 '**니그라 마로(흑해)**' 거리로 걸어갔다.

그녀의 앞뒤로 많은 사람이 지나갔다.

그들 중 일부는 일터로 서둘러 가고 나머지는 학교나 대학으로 갔다.

다리나는 힘없이 아가씨들을 쳐다보고 이런 소란 틈에 갑자기 클라라를 볼 수 있을 것 같았다.

눈앞에 검은 옷을 입은 금발의 여자아이를 보았다.

그녀의 심장은 달리는 말처럼 심하게 뛰기 시작했다.

다리나는 급하게 발걸음을 옮겨 여자아이에게 다가가 어깨를 붙들고 크게 말했다.

"클라라!"

여자아이는 몸을 돌리고 눈을 동그랗게 뜨고 다리나를 바라보았다.

그제야 여자아이가 클라라가 아님을 보고 "미안해요, 미안해요." 그녀는 중얼거렸다.

-Kara, mi komprenas vin. Ankaŭ mi frenenziĝis, sed ni estas senpovaj. Kion ni faru? Kien ni iru? Nenion ni scias kaj ne trovas klarigon de tio, kio okazis.

-Mi tamen iros en Burgon! Mi decidis! Ĝis revido – kaj Darina eliris el domo.

Estis frue matene, kiam Darina alvenis en Burgon, descendis el la aŭtobuso kaj ekiris sur straton "Nigra Maro". Post ŝi kaj kontraŭ ŝi paŝis multaj homoj. Iuj el ili rapidis al la laborejoj, aliaj – al lernejoj kaj universitatoj. Darina febre rigardis la junulinojn kaj ŝajnis al ŝi, ke en la tumulto subite vidos Klaran. Antaŭ si Darina rimarkis knabinon kun blondaj haroj kaj ruĝa jako. Ŝia koro komencis bati kiel galopanta ĉevalo. Darina rapidigis paŝojn, atingis la knabinon, kaptis ŝiajn ŝultrojn kaj laŭte diris:

-Klara!

La knabino turnis sin kaj per larĝe malfermitaj okuloj alrigardis Darinan. Tiam Darina vidis, ke la knabino ne estas Klara.

-Pardonu min, pardonu min – ekbalbutis ŝi.

여자아이는 살짝 웃기만 하고 다리나가 아마 상태가 좋지 못하다고 생각한 듯했다.

다리나는 빠르게 길을 지나가 금세 클라라가 공부한 고등학교 앞에 도착했다.

커다란 4층 건물에 창이 많았다.

넓은 운동장에는 농구, 배구 코트가 있다.

학생들이 차례대로 혹은 모여서 등교했다.

20분이 지나 첫 번째 수업이 시작될 것이다.

학교 운동장 앞에 있는 밤나무 옆에 서서 그들을 쳐다보았다.

그녀는 그들 사이에 클라라가 있어서 학교에 들어가면 반드시 그 아이를 보리라고 바랐다.

학교 운동장으로 24살의 검은 곱슬머리, 푸른 올리브 같은 눈을 가진 젊은 남자가 뛰어갔다.

그는 밝고 파란 정정에 하얀 와이셔츠, 체리 색 넥타이를 맸다.

다리나는 곧 그를 알아차렸다.

클라센 드라코브는 클라라의 담임 선생이고 문학 과목을 가르친다.

다리나가 그에게 다가갔다.

"안녕하세요, 드라코브 선생님." 다리나가 그에게 인사했다.

남자는 그녀를 보더니 누구인지 기억하려고 했다.

"저는 클라라의 어머니입니다." 다리나가 말했다.

La knabino nur ekridetis, eble opiniis, ke Darina ne bone fartas.

Darina rapide daŭrigis sur la straton kaj baldaŭ estis antaŭ la gimnazio, kie lernis Klara, granda kvaretaĝa konstruaĵo kun multaj fenestroj, en kies vasta korto estis korbopilka kaj retpilka ludejoj. La gelernantoj venis unu post la alia aŭ grupe. Post dudek minutoj komenciĝos la unua lernohoro. Darina staris ĉe kaŝtanarbo, antaŭ la lerneja korto kaj rigardis ilin. Ŝi esperis, ke inter ili estos Klara kaj nepre vidos ŝin, kiam eniros la lernejon.

Al la lerneja korto rapidis juna viro, dudek kvarjara kun krispa nigra hararo kaj okuloj kiel verdaj olivoj. Li surhavis helbluan kostumon, blankan ĉemizon, ĉerizkoloran kravaton. Darina tuj rekonis lin. Estis Krasen Drakov, la klasestro de Klara, instruisto pri literaturo. Darina alpaŝis al li.

—Bonan matenon, sinjoro Drakov— salutis lin Darina.

La viro alrigardis ŝin kaj provis rememori kiu ŝi estas.

—Mi estas la patrino de Klara — diris Darina.

"예"

"클라라가 실종됐어요. 동급생 중 누가 그 아이에 관해 뭔가 알고 있나요?"

"아무도 몰라요." 교사가 말했다.

"그러나 죄송합니다. 제가 바쁩니다. 수업이 있어요. 학생들에 앞서 교실에 꼭 들어가 봐야 하거든요."

그리고 드라코브는 거의 달려서 교문으로 갔다.

다리나는 움직이지 않고 그 뒷모습을 바라보고 섰다.

오직 두 달 전에 그녀는 학교에 클라라의 학교 목표 평가 점검차 왔는데 그때 드라코브는 클라라가 아주 완벽한 학생이고 매우 아름다운 수필을 써서 그녀에 관해 만족하다고 말했다.

그리고 지금 드라코브는 거의 다리나를 알아차리지 못했다.

그는 급했고 정말 그녀 보기를 전혀 기다리지 않았다.

다리나는 학교 운동장 앞에서 조금 더 머물렀다.

학생들이 교실로 들어가고 첫 수업 시간을 알리는 학교 종이 울렸다.

다리나의 눈에서는 눈물이 나왔다.

모든 학생이 벌써 학교에 있는데 클라라만 그렇지 못했다.

그녀는 어디 있는가?

지금 그녀에게 무슨 일이 생겼나?

어떻게 그리 갑자기 사라졌는가?

-Jes.

-Klara malaperis. Ĉu iu el ŝiaj samklasanoj scias ion pri ŝi?

-Neniu ion scias ⁻ diris la instruisto, - sed pardonu min. Mi rapidas, mi havas lecionon kaj devas nepre eniri la klasĉambron antaŭ la gelernantoj ⁻ kaj Drakov preskaŭ ekkuris al la lerneja pordo.

Darina restis senmova, rigardanta post li. Nur antaŭ du monatoj ŝi estis en la lernejo por kontroli la lernoobjektajn pritaksojn de Klara kaj tiam Drakov diris, ke Klara estas perfekta lernantino, verkas tre belajn eseojn kaj li tre kontentas pri ŝi. Kaj nun Drakov preskaŭ ne rekonis Darinan. Li rapidis kaj verŝajne tute ne atendis vidi ŝin.

Darina restis ankoraŭ iomete antaŭ la lerneja korto. La gelernantoj eniris la klasĉambrojn, eksonis la lerneja sonorilo, kiu anoncis la komencon de la unua lernohoro. La okuloj de Darina denove eklarmis. Ĉiuj gelernatoj jam estis en la lernejo, nur Klara ⁻ ne. Kie ŝi estas? Kio nun okazas al ŝi? Kiel tiel subite ŝi malaperis?

이 모든 질문에 대답은 없다.

언젠가 다리나가 다시 클라라를 볼 것인가 아니면 결코 클라라에게 무슨 일이 생겼는지 알 수 없는 걸까?

천천히 다리나는 중앙경찰서로 출발했다.

'**피린**' 거리는 바닷가 공원 옆을 지나갔다.

다시 무거운 슬픔이 그녀를 압도했다.

클라라가 여섯 살 때 다리나는 자주 아이와 함께 이 공원에 왔다.

클라라는 그네 타기를 아주 좋아했다.

그때 클라라는 얼마나 행복했는지.

다리나는 오래된 속담을 기억했다.

'작은 아이에게는 작은 걱정이.'

맞다. 클라라가 아이였을 때 그녀는 모두에게 기쁨이었다.

지금 그녀는 슬픔과 고통을 불러일으켰다.

어머니의 운명은 어렵다고 다리나는 생각했다.

어머니는 자녀를 낳고 돌보고 가르치고, 조금씩 아이들은 자라고 나이가 들고 스스로 서고 부모의 둥지를 떠나지만, 어머니에게 그들은 늘 아이로 남고 그들을 돌보려는 어머니의 사랑은 절대 사라지지 않는다.

다리나는 경찰서로 들어가서 근무하는 경찰관에게 사피로브 위원에게 전화해서 다리나 베셀리노바가 만나 뵈러 왔다고 말해 달라고 부탁했다.

경찰관이 전화했다.

Al tiuj ĉi demandoj ne estis respondo. Ĉu iam Darina denove vidos Klaran aŭ neniam ekscios kio okazis al ŝi?

Malrapide Darina ekiris al la ĉefa policejo. La strato "Pirin" pasis preter la parko ĉe la maro kaj denove peza tristo obsedis[17] ŝin. Kiam Klara estis sesjara Darina ofte venis kun ŝi en tiun ĉi parkon. Klara tre ŝatis luli sin sur la luliloj. Kiel feliĉa ŝi estis tiam. Darina rememoris malnovan proverbon: "Malgrandaj infanoj – malgrandaj zorgoj." Jes, kiam Klara estis infano, ŝi estis ĝojo por ĉiuj kaj nun ŝi kaŭzis triston kaj doloron. Malfacila estas la patrina sorto, meditis Darina. La patrinoj naskas infanojn, zorgas pri ili, edukas ilin, iom post iom la infanoj kreskas, iĝas plenaĝaj, memstaraj, forlasas la gepatran neston, sed por la patrinoj ili ĉiam restas infanoj kaj la patrina emo zorgi pri ili neniam malaperas.

Darina eniris la ĉefpolicejon kaj petis la deĵorantan policanon telefoni al komisaro Safirov kaj diri, ke Darina Veselinova venis al li. La policano telefonis.

---

17) obsed-i   <他> (사람,마음을)번거롭게 하다, 괴롭히다

"여사님, 사피로브 위원님이 기다립니다." 그는 다리나에게 몸을 돌리며 말했다.

그녀는 사피로브의 사무실로 갔다.

"안녕하세요. 위원님." 그녀는 방으로 들어가면서 인사했다.

"안녕하세요, 베셀리노바 여사님." 사피로브가 말하고 일어섰다.

"성가시게 해서 죄송합니다. 희망이 있는지 여쭤보려고 왔습니다." 다리나는 떨리는 목소리로 조그맣게 말했다.

"우리는 벌써 첫 번째 단서를 찾았어요." 사피로브가 대답했다.

"지금 자세한 것을 언급하고 싶지 않지만, 조만간 클라라 실종에 관해, 더 구체적인 무언가를 알게 되기를 바랍니다."

"감사합니다. 위원님."

"저는 조금 더 인내심을 가지시기를 부탁하고 싶습니다. 갑자기 사라진 여자아이를 찾기가 쉽지 않음을 이해해 주세요. 벌써 4일째 생각합니다. 이유와 추측은 무성합니다. 하지만 마침내 클라라를 찾을 겁니다. 사람이 사라지고 우리가 찾지 못하는 경우는 아주 적습니다."

"감사합니다. 밤낮으로 저는 그 아이를 기다립니다. 저는 벌써 완전히 지쳤습니다.

-Sinjorino, komisaro Safirov atendas vin – li turnis sin al Darina.

Ŝi ekiris al la kabineto de Safirov.

-Bonan matenon, sinjoro komisaro –salutis ŝi enirante en la ĉambron.

-Bonan matenon, sinjorino Veselinova – diris Safirov kaj ekstaris.

-Mi petas pardonon pro la ĝeno, sed mi venis demandi ĉu estas espero? – diris mallaŭte per tremanta voĉo Darina.

-Ni jam havas la unuan spuron –respondis Safirov. – Nun mi ne deziras mencii detalojn, sed mi esperas, ke baldaŭ ni scios ion pli konkretan pri la malapero de Klara.

-Dankon, sinjoro komisaro.

-Mi nur deziras peti vin havi pli da pacienco. Vi komprenas, ke ne estas facile trovi knabinon, kiu subite malaperis. Jam kvar tagojn mi meditas. La kialoj kaj la supozoj estas sennombraj. Tamen fin-fine ni trovos Klaran. Tre malofte estas la okazoj, kiam homoj malaperis kaj ni ne trovis ilin.

-Dankon. Tage kaj nokte mi atendas ŝin. Mi jam tute elĉerpiĝis.

저는 울면서 잠도 못 자고 일도 할 수 없어요."
"이해합니다. 우리는 꼭 찾아낼 겁니다. 하지만 지금 안심을 시켜 드릴 수가 없습니다. 인내심을 가지고 이런 고통스러운 날을 힘차게 헤쳐나가기를 말씀드릴 뿐입니다."
"다시 한번 죄송합니다." 다리나가 말했다.
"안녕히 계십시오." 그녀는 사무실을 나섰다.
이 며칠 사이 다리나는 완전히 변했다.
그녀의 얼굴은 회색이 되고 눈동자의 빛도 사라지고 그림자가 그녀를 감싸고 있다.
마치 10년은 더 늙은 것 같다.
하지만 사피로브는 수색을 계속해야만 한다.
그는 벌써 구체적으로 행동할 정확한 계획을 세웠다.

Mi ploras, ne dormas, ne povas labori⋯

-Mi komprenas vin. Ni nepre trovos ŝin. Tamen nun mi ne povas trankviligi vin. Mi nur diros: havu paciencon kaj estu forta por travivi tiujn ĉi turmentajn[18] tagojn.

-Ankoraŭfoje pardonu min ⁻ diris Darina. ⁻ Ĝis revido.

Ŝi eliris el la kabineto.

Dum tiuj ĉi kelkaj tagoj Darina tute ŝanĝiĝis. Ŝia vizaĝo iĝis grizkolora, la brilo de ŝiaj okuloj malaperis kaj ombro vualis ilin. Darina kvazaŭ maljuniĝis per dek jaroj. Safirov tamen devis daŭrigi la serĉadon. Li jam havis precizan planon, kiun strikte realigos.

---

18) turment-i <他> 괴롭히다, 심한 고통을 주다;못살게 굴다, 곤난케 하다, 골리다, 학대하다, 뇌살시키다. turmento 고통;고뇌, elturmenti <他> 죽을 지경으로 괴롭히다[못살게 굴다], 유린하다

9장. 필립

필립의 집은 부르고의 변두리 어부들이 사는 지역에
있다.

수년 전부터 이 지역은 바닷가 근처에 어부들의 오두
막집이 생겨났고 모든 오두막집 앞에는 배가 묶여 있
다. 조금씩 어부들이 집을 짓기 시작해 그렇게 해서
어부 지역이 생겨났다.

그곳은 도시에서 멀지만 모든 지역처럼 똑같이 여기에
학교, 가게, 종합병원, 지역 경찰서가 있다.

필립은 방 2개와 부엌으로 이루어진 집에서 어머니랑
둘이 산다.

집 앞에는 작은 마당이 있어 필립의 어머니 **네델리아**
아주머니가 약간의 토마토와 오이를 기르고 있다.

필립의 아버지는 어부였는데 필립이 초등학교 다닐 때
갑자기 돌아가셨다.

네델리아 아주머니는 재봉사인데, 이 지역에 가난한
사람들이 살아서 그녀는 항상 일이 있는 것은 아니다.

9.

La domo de Filip troviĝis en kvartalo de la
fiŝkaptistoj, en la rando de Burgo. Antaŭ jaroj
ĉi tie estis nur fiŝkaptistaj kabano, faritaj
proksime al la mara bordo kaj antaŭ ĉiu
kabano kuŝis boato. Iom post iom la fiŝkaptistoj
komencis konstrui domojn kaj tiel aperis la
fiŝkaptista kvartalo. Ĝi troviĝis malproksime de
la urbo, sed kiel en ĉiuj kvartaloj, same ĉi tie
estis lernejo, vendejoj, polikliniko,[19) kvartala
policejo…

Filip loĝis kun sia patrino en domo, kiu
konsistis el du ĉambroj kaj kuirejo. Antaŭ la
domo estis malvasta korto, kie onklino Nedelja,
la patrino de Filip, kultivis iom da tomatoj kaj
kukumoj. La patro de Filip, fiŝkaptisto, forpasis
subite, kiam Filip estis lernanto en la baza
lernejo.

Onklino Nedelja estis kudristino, sed en la
kvartalo loĝis malriĉuloj kaj ŝi ne ĉiam havis
laboron.

---

19) poliklinik-o   임상강의소(臨床講義所); 종합병원[진찰소].

보통 그녀는 옷을 재봉질하지 않고, 오래된 치마, 바지, 웃옷을 수리하고 바짓단을 줄이거나 여자 외투를 약간 수선한다.

어느 여자아이가 옷을 입어야 하는데, 언니의 옷을 가지고 있으면 네델리아 아주머니가 그것을 더 젊은 여자아이에게 적합하도록 수선해 준다.

필립은 초등학교를 마치고 고등학교에서 공부를 계속하지 않고 부르고 항구에서 기중기 기사로 일을 시작했다.

네델리아 아주머니는 필립이 일해서 기뻤다.

아들의 급여가 그들에게 아주 필요했기에.

필립은 친구가 없다.

이미 어릴 때부터 혼자 있기를 더 좋아해서 소란스러운 장난꾸러기 아이들 무리를 피했다.

일을 시작할 때 가장 좋아하는 놀이는 무도장이었다. 그는 부르고에 있는 거의 모든 무도장을 알고 거기서 시간을 보내며 음악을 듣고 춤추는 젊은이들을 쳐다보았다.

필립은 술 마시기를 좋아했는데, 조금 많이 마셔서 술 취한 경우가 몇 번 있었다.

그때 추문을 만들었다.

무도장의 경비는 그를 잘 알고 있어 필립이 조금 취한 것을 보면 조심스럽게 그에게 무도장에서 나가 달라고 요청했다.

Ordinare ŝi ne kudris vestojn, sed riparis malnovajn jupojn, pantalonojn, jakojn, mallongigis pantalonojn aŭ iomete modifis virinajn robojn. Se iu knabino devis vesti kaj esti kun la robo de sia pli aĝa fratino, onklino Nedelja modifis ĝin, por ke estu konvena al la pli juna fratino.

Filip finis la bazan lernejon, ne daŭrigis lerni en la gimnazio kaj komencis labori kiel gruisto sur la haveno de Burgo. Onklino Nedelja ĝojis, ke Filip laboras, ĉar lia salajro estis tre necesa al ili.

Filip ne havis amikojn. Jam kiel infano li preferis esti sola kaj evitis la bruajn petolajn infanajn grupojn. Kiam li komencis labori, lia plej ŝatata amuziĝo estis la dancklubejoj. Li konis preskaŭ ĉiujn dankcklubejojn en Burgo, kie li pasigis horojn, aŭskultis la muzikon kaj rigardis la dancantajn gejunulojn. Filip ŝatis trinki kaj foje-foje okazis, ke iom pli multe li trinkis kaj ebriiĝis. Tiam li faris skandalojn. La gardistoj en la dancklubejoj bone konis lin kaj kiam ili vidis, ke Filip estas iom ebria, delikate petis lin eliri el la dancklubejo.

1년 전 어느 날 밤 필립은 무도장 님포에 있었다.

평소처럼 그는 구석에 있는 탁자에 앉아서 춤추는 젊은이들을 바라보았다.

춤추는 무대에서 몇 명의 청소년이 춤을 추고 있었다. 여자아이 중 하나는 정말 고등학생으로 보이는 데 아주 예쁘고 금발에 잘 빠진 몸매, 유행하는 파란 바지에 눈같이 하얀 블라우스를 입었다.

춤을 추면서 남자아이 중 한 명이 아마 조금 취해서 그녀를 귀찮게 했다.

남자아이는 금발의 여자아이랑 춤추고 싶었으나 그녀는 거절했다.

그때 남자아이가 화가 나서 여자아이의 팔을 잡아당기고 그녀에게 뭐라고 소리쳤다.

필립이 그것을 보고 즉시 무대로 뛰어가서 여자아이를 귀찮게 하지 말라고 남자아이에게 엄히 경고했다.

"너는 누구야?" 남자아이가 물었다.

"네가 걱정할 일이 아니야." 남자아이가 화가 나서 그를 쳐다보았다.

"바로 내가 누구인지 말해 줄게.

내 걱정이 어떤 것인지 말해 줄게." 필립은 말하고 세게 남자아이를 밀었다.

"반복하는데 여자아이를 귀찮게 하지 마라.

후회할 테니까."

Iun vesperon, antaŭ jaro, Filip estis en la dancklubejo "Nimfo". Kiel ĉiam li sidis ĉe tablo en la angulo kaj rigardis la dancantajn gejunulojn. Sur la dancejo dancis kelkaj geknaboj. Unu el la knabinoj tie, verŝajne gimnazianino, estis tre bela, blondhara kun harmonia korpo, vestita en blua moda pantalono kun neĝblanka bluzo. Dum la dancado iu el la knaboj, eble iom ebria, komencis ĝeni ŝin. La knabo deziris danci kun la blondulino, sed ŝi rifuzis. Tiam la knabo koleriĝis, tiris la brakon de la knabino kaj ion kriis al ŝi.

Kiam Filip vidis tion, li tuj saltis, iris al la dancejo kaj severe avertis la knabon ne ĝeni la knabinon.

-Kiu vi estas? – demandis la knabo. – Tio ne estas via zorgo! – alrigardis kolere lin la knabo.

-Tuj mi diros al vi kiu mi estas kaj kia estas mia zorgo – diris Filip kaj forte puŝis la knabon. – Mi ripetos: ne ĝenu la knabinojn, ĉar vi bedaŭros!

남자아이가 무언가 마음 상하게 하는 말을 해서 필립은 더욱 세게 그를 밀어 남자아이가 넘어졌다.

그때 예쁜 금발의 여자아이가 필립에게 감사하다고 인사했다.

그래서 필립은 클라라와 베로니카를 알게 되었다.

이 밤 뒤에 그는 더욱 자주 님포를 찾아가 거기서 클라라와 베로니카를 만났다.

필립은 클라라에게 사랑에 빠져 그녀를 학교 앞에서 자주 기다리기 시작했다.

오늘 필립은 일터에서 돌아와 재빨리 몸을 씻고 옷을 갈아입고 무도장 님포로 가려고 했다.

네델리아 아주머니가 그를 불렀을 때 그는 욕실에 있었다.

"필립, 이리와. **토도르 리야호브**라고 지역 경찰관이 너를 찾아."

"왜요?" 욕실에서 필립이 물었다.

"이리와 어서. 그가 네게 말할 거야." 필립은 욕실에서 허리까지 벗은 채 나와 문으로 갔는데 거기에 리야호브라고 하는 뚱뚱하고 빨간 뺨에 무서운 콧수염을 한 지역 경찰관이 그를 기다렸다.

"여기, 제가 여기 있는데요. 무슨 일이세요?" 필립이 물었다.

"왜 저를 찾으시나요?"

"내일 아침 9시에 시 중앙경찰서로 오세요.

La knabo diris ion ofendan, Filip pli forte puŝis lin kaj la knabo falis.

Tiam la bela blondulino dankis al Filip.

Tiel Filip konatiĝis kun Klara kaj Veronika. Post tiu ĉi vespero li komencis pli ofte viziti "Nimfon" kaj renkontiĝi kun Klara kaj Veronika tie. Filip enamiĝis en Klara kaj komencis ofte atendi ŝin antaŭ la lernejo.

Hodiaŭ Filip revenis de la laborejo, rapidis lavi sin, travestiĝi kaj iri en la dancklubejon "Nimfo". Li estis en la banejo, kiam onklino Nedelja vokis lin.

-Filip, venu. Todor Rjahov, la kvartala policano, serĉas vin.

-Kial? - demandis Filip el la banejo.

-Venu, venu. Li diros al vi.

Filip eliris el la banejo nuda ĝis la lumbo kaj iris al la pordo, kie atendis lin la kvartala policano, Rjahov, dika, ruĝvanga kun timigaj lipharoj.

-Jen. Mi estas ĉi tie. Kio okazis? - demandis Filip. - Kial vi serĉas min?

-Morgaŭ matene je la naŭa horo estu en la ĉefurba policejo.

사피로브 위원이 청년과 이야기하고 싶어요."
"뭐라고요? 나는 아무런 일도 안 했어요.
왜 그분이 나와 이야기 나누고 싶은데요?
누구도 때린 적 없어요."
"그리 가세요. 청년에게 말해 줄 거요." 그리고 지역 경찰관은 조금 교활하게 살짝 웃었다.
"어디에도 안 가요." 필립은 화가 났다.
"오지 않는다면 문제가 생겨요. 내 일은 청년에게 말하는 것이고, 오고 안 오고는 청년 스스로 결정하세요." 경찰관이 떠나고 필립은 집으로 들어왔다.
"무슨 일이니?" 네델리아 아주머니가 불안해서 그에게 물었다.
"너는 다시 어리석은 일을 저질렀니? 누구를 때렸어?"
"저는 아무것도 몰라요." 어쩔 수 없이 필립이 대답을 했다.
"그 누구도 때리지 않았어요."
"필립, 필립." 네델리아 아주머니가 한숨을 쉬었다.
"너는 문제만 일으키는구나."
네델리아 아주머니는 키가 작고 마른 여자다.
약 50살이고 부드러운 얼굴에 편안한 갈색 눈동자를 가졌다. 그녀는 부르고 출신이 아니다.
가까운 마을 **세르다**에서 태어나 18살 때 부르고에 일하러 왔다.

Komisaro Safirov deziras paroli kun vi.

-Diable. Nenion mi faris. Kial tiu ĉi komisaro deziras paroli kun mi? Neniun mi batis.

-Iru tien! Oni diros al vi ⁻ kaj la kvartala policano iom ruzete ekridetis.

-Nenien mi iros! ⁻ koleriĝis Filip.

-Se vi ne iros, vi havos problemojn. Mia tasko estis diri al vi kaj vi mem decidu ĉu iri aŭ ne iri.

La policano foriris kaj Filip eniris hejmen.

-Kio okazis? ⁻ demandis lin onklino Nedelja maltrankvile. ⁻ Ĉu vi denove faris iun stultaĵon, ĉu vi batis iun?

-Nenion mi scias! ⁻ respondis Filip sendezire. ⁻ Neniun mi batis!

-Filip, Filip ⁻ veis onklino Nedelja. ⁻ Vi kaŭza s[20] nur problemojn.

Onklino Nedelja estis malalta, maldika virino, ĉirkaŭ kvindekjara kun milda vizaĝo kaj kvietaj brunkoloraj okuloj. Ŝi ne estis el Burgo, naskiĝis en la proksima vilaĝo Serda kaj kiam ŝi estis dekokjara venis en Burgon labori.

---

20) kaŭzi<他>...(의) 원인이 되다; 야기(惹起)하다;(...로 하여금)...시키다:(남에게 근심.페를)끼치다. kaŭzita de ...에 기인(起因)하다.

그때 의복공장에서 일을 시작했지만 결혼하고 필립이 태어나자 공장 일을 그만두고 자녀를 돌보았다.

네델리아 아주머니는 고향에서 오직 초등학교만 마쳤지만, 천성적으로 지적이고 배우려고 해서 책 읽기를 좋아한다.

그녀의 가장 큰 꿈은 필립이 결혼해서 아이를 낳으면 자신이 손자녀를 돌보는 것이다.

그녀는 필립에게 자주 말했다.

"필립. 너는 이미 결혼해서 가정을 꾸려야만 해. 무도장을 떠나 착하고 겸손한 아가씨를 사귀어 결혼해서 자녀를 낳아라. 인생은 빠르게 지나간다. 너는 늙고 나중에 아이를 돌보기는 쉽지 않아."

필립은 전혀 그녀의 말을 듣고 싶지 않다.

클라라를 알게 된 때부터 오직 그녀 생각뿐이다.

클라라가 그의 마음을 온통 차지했다.

밤낮으로 눈앞에서 그녀를 보는 듯했다.

밤에 필립은 자주 그녀 꿈을 꾼다.

꿈속에서 그는 그녀의 남편이 되고 그들은 가정을 이루고 자녀도 있다.

클라라는 학생이고 지금 3학년이지만 필립은 그녀가 고등학교를 마치면 그녀와 바로 결혼하리라고 굳게 결심했다.

"그녀는 오직 나의 것이지 결코 남의 것이 될 수 없어." 필립은 말했다.

Tiam ŝi komencis labori en fabriko por vestoj, sed kiam edziniĝis kaj naskiĝis Filip, forlasis la laboron en la fabriko kaj komencis zorgi pri Filip. Onklino Nedelja finis nur bazan lernejon en sia naska vilaĝo, sed estis nature inteligenta, lernema kaj ŝatis legi. La plej granda ŝia revo estis, ke Filip edziĝu, havu infanojn kaj onklino Nedelja zorgu pri la nepoj. Ŝi ofte diris al Filip:

–Filip, vi jam devas edziĝi, havi familion. Forlasu la dancklubejojn, konatiĝu kun bona, modesta junulino, edziĝu, havu infanojn. La vivo rapide pasas. Vi maljuniĝos kaj poste ne estos facile zorgi pri infanoj.

Filip tute ne deziris aŭdi ŝin. De kiam li konatiĝis kun Klara, li pensis nur pri ŝi. Klara obsedis lian konscion. Tage kaj nokte li kvazaŭ vidis ŝin antaŭ si. Ofte nokte Filip sonĝis ŝin. En la sonĝoj li vidis sin ŝia edzo, ke ili estas familio, havas infanojn.

Klara estis lernantino, nun en la dekunua klaso, sed Filip firme decidis, ke kiam ŝi finos gimnazion, li tuj edzinigos ŝin. "Ŝi estos nur mia kaj al neniu alia! ‾ diris Filip."

10장. 4월 19일

정확히 아침 9시에 필립은 시 중앙경찰서로 들어갔다. 경찰관이 사피로브 위원 사무실로 안내해 주었다.

사피로브는 그를 쳐다보았다.

정말 21살인 필립은 키가 크고 건강하고 검은 머릿결에 청바지와 스포츠 잠바를 입었다.

"앉아요." 사피로브가 명령했다.

필립은 사피로브 책상 앞에 앉았다.

"왜 여기 있는지 알지요?" 사피로브가 물었다.

필립은 조금 불만족하며 그를 보더니 말할 뿐이다.

"아니요."

"좋아요. 내가 설명해 줄게요. 언제부터 클라라 베셀리노바 양을 알고 있나요?"

"1년 전이요."

"그녀와 언제 어떻게 만났죠?"

"무도장 님포에서요." 그가 대답했다.

"클라라를 성가시게 했나요?"

"결코, 그런 적 없습니다."

화를 내며 필립이 말했다.

"청년이 학교 앞에서 클라라 기다리는 것을 자주 봤다고 하는데."

10. La 19-an de aprilo

Ĝuste je la naŭa horo matene Filip eniris la urban ĉefpolicejon kaj oni enkondukis lin en la kabineton de komisaro Safirov.

Safirov alrigardis lin. Verŝajne dudekunujara, Filip estis alta, forta, nigrahara, vestita en ĝinzo kaj sporta jako.

—Sidiĝu! – ordonis Safirov.

Filip sidiĝis antaŭ la skribotablo de Safirov.

—Ĉu vi scias kial vi estas ĉi tie? – demandis Safirov.

Filip alrigardis lin iom malkontente kaj nur diris:

—Ne.

—Bone. Mi klarigos al vi. De kiam vi konas Klara Veselinova?

—De unu jaro.

—Kie kaj kiel vi konatiĝis kun ŝi.

—En dancklubejo "Nimfo" – respondis li.

—Ĉu vi ĝenis Klaran?

—Neniun mi ĝenis! – diris kolere Filip.

—Oni ofte vidis vin atendi Klaran antaŭ la lernejo.

"나는 그녀가 어디서 공부하는지조차 모릅니다." 필립이 대답했다.

"젊은이가 클라라는 내 것이고 누구 것도 될 수 없다고 말했지. 그렇죠?"

"그건 말도 안 되는 거짓말입니다." 필립이 반박했다.

"그녀에게 그것을 들으셨나요?"

"클라라는 지금 어디에 있나요?"

"저는 몰라요. 제가 그녀의 유모가 아닙니다."

"잘 생각해 봐요." 그리고 사피로브는 그를 뚫어지게 쳐다보았다.

"말했지요. 저는 아무것도 몰라요." 필립이 우겼다.

"마지막으로 언제 그녀를 봤나요?"

"기억나지 않아요."

"잘 기억해 봐요."

"아마 일주일 전쯤." 필립이 말했다.

"어디서요?" "무도장 님포에서요."

"4월 15일에 그녀를 보았나요?"

"4월 15일에 무엇을 먹었는지 기억이 안 나요. 어느 클라라에 관해 물어보시나요?" 사피로브는 그를 엄하게 바라보았다.

"바로 기억해야만 해요."

"제가 기억하지 못하면 무슨 일이 생기나요?" 필립이 건방지게 물었다.

"내가 청년을 체포할 겁니다."

-Mi eĉ ne scias kie ŝi lernas — respondis Filip.

-Vi diris, ke Klara estos nur via kaj al neniu alia, ĉu ne?

-Tio estas fia mensogo! — protestis Filip — Ĉu de ŝi vi aŭdis tion?

-Kie nun estas Klara?

-Mi ne scias. Mi ne estas ŝia vartistino — ekridaĉis Filip.

-Pripensu bone! — kaj Safirov fiksrigardis lin.

-Mi diris. Mi ne scias! — obstinis Filip.

-Kiam lastfoje vi vidis ŝin?

-Mi ne memoras.

-Provu rememori!

-Eble antaŭ semajno — diris Filip.

-Kie?

-En dancklubejo "Nimfo".

-Ĉu la 15-an de aprilo vi ne vidis ŝin?

-Mi ne memoras kion mi manĝis la 15-an de aprilo kaj vi demandas pri iu Klara?

Safirov alrigardis lin severe:

-Vi devas tuj rememri!

-Kio okazos, se mi ne rememoros? — demandis Filip impertinente.

-Mi arestos vin!

"그러실 수 없어요. 저는 자유로운 사람이거든요."
"청년은 경찰 수사를 방해하고 있어요."
"좋습니다. 말하겠습니다. 일주일 전에 님포에서 그녀를 보았어요."
"다른 질문이 없군요." 사피로브가 말했다.
"하지만 청년을 고발할 겁니다. 도시를 떠나거나 멀리 가지 마세요." 그리고 엄격하게 필립을 쳐다보았다.
"좋습니다." 필립은 중얼거리더니 사무실에서 나갔다.
필립이 나가자 사피로브는 루멘 콜레브 경사에게 전화했다.
"콜레브, 이리 와요."
몇 분 뒤에 루멘 콜레브가 사피로브의 사무실로 들어왔다.
"콜레브. 내가 필립 마르코브를 클라라 베셀리노바 실종과 관련해서 조사했어.
그는 그녀를 잘 알고 성가시게 했고 의심스러운 자야. 그를 살펴야 해.
그가 어디로 가고 누구와 만나는지 봐.
우리는 그에 관해 더 많은 정보를 가져야 해.
2년 전부터 몇 번 필립은 붙잡혔어. 그는 습관적으로 술 마시고 술 취해 무도장에서 시비를 일으켰지."
"알겠습니다. 제가 그를 살피고 보고하겠습니다." 콜레브가 말했다.

-Vi ne rajtas. Mi estas libera homo!

-Vi malhelpas la policesploron!

-Bone. Mi diris. Mi vidis ŝin antaŭ semajno en "Nimfo".

-Mi ne havas aliajn demandojn, - diris Safirov, - sed mi avertas vin. Ne forlasu la urbon, ne vojaĝu! ‾ kaj li severe alrigardis Filip.

-Bone ‾ murmuris Filip kaj eliris el la kabineto.

Kiam Filip eliris, Safirov telefonis al serĝento Rumen Kolev.

-Kolev, venu al mi.

Post kelkaj minutoj Rumen Kolev eniris la kabineton de Safirov.

-Kolev, mi pridemandis Filip Markov, rilate la malaperon de Klara Veselinova. Li bone konis ŝin, ĝenis ŝin kaj li estas suspektinda. Vi devas observi lin. Vidu kien li iras kun kiu li renkontiĝas. Ni havu pli da informoj pri li. Antaŭ du jaroj kelkfoje Filip Markov estis arestita, li kutimas trinki, ebriiĝis, faris skandalojn en la dancklubejoj.

-Bone. Mi observos lin kaj mi raportos ‾ diris Kolev.

"오늘부터 조사를 시작해."

"예" 루멘 콜레브가 사피로브의 사무실을 나갔다.

콜레브 경사가 나간 뒤 사피로브는 궁금했다.

필립은 클라라의 실종에 관해 무언가 알고 있는가?

사피로브는 두 가지 중요한 추측을 했다.

클라라가 스스로 집을 도망쳐 어딘가에 숨어 있고 필립은 그녀가 어디 있는지 안다.

혹은 필립이 클라라를 납치해 어딘가에 가두고 열쇠로 잠갔다.

두 번째 가정이 더 그럴듯하다.

필립이 여러 번 클라라는 오직 자신만의 것이며 다른 누구의 것도 될 수 없다고 말했기에.

그것을 필립은 무도장에서 말했고 베로니카도 그의 이 말을 언급했다.

-Jam de hodiaŭ komencu la observadon.

-Jes ‑ diris Rumen Kolev kaj eliris el la kabineto de Safirov.

Post la eliro de serĝento Kolev, Safirov demandis sin: "Ĉu Filip scias ion pri la malapero de Klara?" Safirov havis du ĉefajn supozojn: aŭ Klara mem forkuris el la domo, kaŝis sin ie kaj Filip scias kie ŝi estas, aŭ Filip perforte fortrenis Klaran, fermis kaj ŝlosis ŝin ie. La dua supozo estis pli verŝajna, ĉar Filip plurfoje diris, ke Klara estos nur lia kaj al neniu alia. Tion Filip diris en la dancklubejo kaj same Veronika menciis[21] tiujn liajn vortojn.

---

21) menci-i   <他>언급(言及)하다,   …에   관해서   말하다.
honoramencio 포장(褒狀), 선외가작상(選外佳作賞). menciinda 대
서특필(大書特筆)할만한.

11장. 필립 심문

필립을 몰래 살피기 위해 루멘 콜레브는 잘 준비했다. 경찰 문서보관소에서 찾은 필립의 사진을 열심히 쳐다보았다.

몇 년 전 무도장에서의 시비 때문에 필립은 체포되어 경찰서에 사진이 남아 있다.

오후 5시에 콜레브는 경찰 유니폼이 아닌 평상복으로 항구의 커다란 문 앞에 가까이 갔다.

버스 정류장 옆 인도에 서서 어부들 지역으로 가는 버스를 기다리는 것처럼 보였다.

항구에서 5시 10분에 부두 종사원, 기중기 기사. 전동 운전사 등 노동자들이 나오기 시작했다.

콜레브는 필립을 금세 알아챘다.

그는 세 명의 남자와 활기차게 수다를 떨며 걸어갔다.

콜레브는 필립이 버스 정류장에 와서 어부 지역으로 가는 버스를 기다릴 것이라고 짐작했지만, 필립은 남자들과 함께 도시 중심가로 갔다.

콜레브는 즉시 그를 뒤따랐다.

11.

Por la spionado[22]) de Filip, Rumen Kolev bone preparis sin. Li trarigardis la foton de Filip, kiu troviĝis en la arkivo de la polico. Antaŭ jaroj, post kelkaj skandaloj en dancklubejoj, Filip estis arestita kaj en la polico estis lia foto.

Je la kvina horo posttagmeze Kolev, vestita ne en polica uniformo, sed en ordinaraj vestoj, estis proksime ĉe la granda havena pordo. Li staris sur la trotuaro ĉe la bushaltejo kaj ŝajnigis sin, ke atendas la buson al la kvartalo de la fiŝkaptistoj.

Je la kvina horo kaj dek minutoj de la haveno komencis veni la laboristoj: dokistoj, levmaŝinistoj, motorvagonistoj···Kolev tuj rimarkis Filip. Li iris kun tri viroj, kiuj vigle babilis. Kolev supozis, ke Filip venos al la bushaltejo kaj same atendos la buson al la kvartalo de la fiŝkaptistoj, sed Filip kun la viroj ekiris al la centro de la urbo. Kolev tuj sekvis ilin.

---

22) spion-o   간첩(間諜), 스파이, 밀정, 군사정탐; 비밀첩보원. spioni
<他> spion하다, 염탐하다 =gvati. spionado spion행위[활동].

필립의 무리는 중앙역 앞의 커다란 광장을 지나쳐 '블랑카 리베로(하얀 강)' 거리로 들어선 뒤 '예 비아 사노(건강을 위하여)'라는 술집으로 들어갔다.

콜레브는 술집 가까이서 몇 분 기다린 뒤 마찬가지로 거기 들어갔다.

필립과 동료들은 탁자 둘레에 앉아 맥주를 주문했다.

콜레브는 그들을 더 잘 살피기 위해 옆 탁자에 앉아 역시 맥주를 주문했다.

필립 동료들은 즐겁게 대화하고 웃고 다시 맥주를 시켰다.

1시간 뒤 필립과 동료들은 술집을 나왔다.

그래서 그들은 헤어져 여러 방향으로 떠났다.

콜레브는 버스를 기다리기 위해 근처 버스 정류장으로 가는 필립을 뒤따랐다.

버스가 오자 필립과 콜레브는 거기 탔다.

어부들 지역에서 그들은 내렸다.

필립은 집으로 가고 콜레브는 필립의 집 근처 카페로 갔다.

필립이 집에서 나올지 보려고 기다렸다.

1시간 뒤 콜레브는 카페에서 나와 떠났다.

다음 날 아침 콜레브는 항구 앞으로 갔다.

8시에 일을 시작하지만, 필립은 오지 않았다.

콜레브는 곧 필립의 상관에게 가서 자신을 소개했다.

La kompanio de Filip trapasis la grandan placon antaŭ la ĉefa stacidomo, ekiris sur la straton "Blanka Rivero" kaj eniris la drinkejon "Je via sano". Kolev atendis kelkajn minutojn proksime al la drinkejo kaj poste same eniris ĝin. Filip kaj liaj kolegoj sidis ĉirkaŭ tablo kaj mendis bieron. Kolev sidiĝis ĉe flanka tablo por pli bone observi ilin kaj ankaŭ mendis bieron. La kompanio de Filip vigle konversaciis, ridis kaj denove mendis bieron.

Post horo Filip kaj liaj kolegoj forlasis la drinkejon. Sur la strato ili disiĝis kaj ekiris al diversaj direktoj. Kolev sekvis Filip, kiu iris al la proksima bushaltejo por atendi la aŭtobuson. Kiam venis la aŭtobuso Filip kaj Kolev eniris ĝin. En la kvartalo de la fiŝkaptistoj ili descendis. Filip ekiris hejmen kaj Kolev eniris kafejon, proksime al la domo de Filip kaj atendis vidi ĉu Filip eliros el la domo. Post horo Kolev eliris el la kafejo kaj foriris.

La sekvan matenon Kolev denove estis antaŭ la haveno. Je la oka horo oni komencis la laboron, sed Filip ne venis. Kolev tuj iris al la ĉefo de Filip kaj prezentis sin.

"저는 루멘 콜레브 경사입니다."

그는 튼튼하고 수염이 있고 얼굴이 화강암으로 조각한 듯한 남자에게 말하고 신분증을 보여 주었다.

"오늘 필립 마르코브가 왜 출근하지 않는지 아십니까?"

"아니요." 남자가 대답했다.

"어제는 일했는데 오늘은 오지 않았어요.

이유가 무엇인지 나는 몰라요.

전화도 하지 않고 미리 말하지도 않았어요.

오늘 그의 기중기는 가동하지 않아 큰 손실이 생겨요."

콜레브는 항구에서 나와 30분 정도 더 기다렸지만, 필립은 출근하지 않아 사피로브에게 필립이 갑자기 사라졌다고 전화했다.

사피로브는 신속한 대응을 위해 경찰조직을 소환했다. 조직의 책임자는 **보안 다메브**로 젊고 유능한 경찰관이다. 사피로브는 그에게 지시했다.

"여러분의 업무는 필립 마르코브 집이 있는 어부 지역에 가서 그가 거기 있다면 그를 체포하는 것입니다. 그는 클라라 베셀리노바 실종의 용의자입니다.

집에서 그를 찾지 못하면 클라라 베셀리노바 실종 범죄 단서를 찾기 위한 가택 수색영장을 확보하시오."

보안 다네브 조직은 즉시 어부 지역으로 차를 타고 떠났다.

-Mi estas serĝento Rumen Kolev ‒ dirs li kaj montris sian legitimilon al korpulenta, liphara viro, kies vizaĝo estis kvazaŭ ĉizita el granita ŝtono . ‒ Ĉu vi scias kial hodiaŭ Filip Markov ne venis?

-Ne ‒ respondis la viro. ‒ Hieraŭ li laboris, sed hodiaŭ ne venis. Kia estas la kialo mi ne scias. Li ne telefonis kaj ne avertis min. Hodiaŭ lia gruo ne laboros kaj tio estos granda perdo. Kolev eliris el la haveno, atendis ankoraŭ duonhoron, sed Filip ne venis kaj Kolev telefonis al Safirov, ke Filip subite malaperis.

Safirov tuj kunvokis la polican grupon por rapida reago. Grupestro estis Bojan Danev, juna sperta policano, kaj Safirov ordonis al li:

-Via tasko estas iri en la kvartalon de la fiŝkaptistoj, en la domon de Filip Markov kaj se li estas tie, aresti lin. Li estas suspektinda pri la malapero de Klara Veselinova. Se vi ne trovos lin en la domo, vi havos skriban ordonon priserĉi la loĝejon por krimindicoj pri la malapero de Klara Veselinova.

La grupo de Bojan Danev tuj ekveturis al la kvartalo de la fiŝkaptistoj.

하지만 집에는 필립의 어머니 네델리아 아주머니밖에
없었다.

경찰관들을 보고 처음에 그녀는 심하게 무서워 목소리
도 낼 수 없었다.

"아드님이 어디 있습니까?" 보안 다네브가 물었다.

"일하러 갔어요. 항구에서 일합니다." 어머니가 말했다.

"오늘 그는 거기 없습니다. 그가 어디 있는지 솔직하
게 말 하시기 바랍니다." 다네브가 물었다.

네델리아 아주머니는 진실을 말하지 않으면 좋지 않음
을 알았다.

"필립은 무서워서 도망쳤어요. 실종된 부잣집 여학생
때문에 경찰이 자기를 고발할까 봐 그가 숨겠다고 말
했지만 어딘지는 나도 몰라요."

"경고합니다. 어디 있는지 말하세요." 다네브가 엄하
게 그녀를 바라보았다.

"그를 숨긴다면 공범이 되는 것이니까 같이 처벌받으
실 겁니다." 경찰관이 자세히 집을 수색했지만, 범죄
증거물을 찾지 못했다.

"필립이 돌아오면" 보안이 어머니에게 말했다. "바로
우리에게 알려야 합니다."

"예" 아주 크게 두려워하며 그녀가 약속했다.

경찰조직은 떠났다.

En la domo tamen ili trovis nur la patrinon de Filip, onklinon Nedeljan. Ŝi serioze ektimiĝis, kiam vidis la policanojn kaj en la unua momento ŝi ne povis eĉ sonon prononci.

-Kie estas via filo? – demandis Bojan Danev.

-Li iris labori. Li laboras sur la haveno – diris la patrino.

-Hodiaŭ li ne estas tie kaj mi konsilas vin sincere diri kie li estas? – demandis Danev.

Onklino Nedelja komprenis, ke estos malbone, se ŝi ne diros la veron.

-Filip ektimis, ke vi akuzos lin pro la riĉulino, la lernantino, kiu malaperis kaj li forkuris, li diris, ke kaŝos sin, sed kie mi ne scias.

-Mi avertas vin! Diru kie li estas, – severe alrigardis ŝin Danev – ĉar se vi kaŝas lin, vi estas lia kunaganto kaj vin oni same kondamnos.

La policanoj detale traserĉis la loĝejon, sed ne trovis krimindicojn.

-Se Filip revenos, – diris Bojan al la patrino – vi devas tuj informi nin!

-Jes – promesis ŝi forte timigita.

La polica grupo foriris.

경찰서에서 사피로브는 전 지역에 필립 마르코브 수색
을 지시했다.

En la policejo Safirov ordonis la serĉadon de Filip Markov en la tuta regiono.[23)]

---

23) region-o 지방(地方), 지역(地域), 지구(地區), 구역(區域), 지대(地帶); <解, 動> (신체의) 부위(部位), 국부(局部); 활동범위, 분야(分野), 영역(領域). regionismo 지방주의, 지방습관<제도>.

12장. 테오필 아저씨

밤이 숲을 덮어 침묵이 더욱 깊어진 듯했다.

가지들 사이로 하늘이 보이고 가지 위로 작은 불꽃처럼 무수한 별들이 반짝인다.

작은 배를 닮은 달이 천천히 하늘을 헤엄친다.

희미한 바람이 바다에서 불어온다.

온종일 필립은 숲에 숨어서 지금 밤이 되자 그가 앉아 있던 넘어진 나무에서 일어서 오솔길로 걸어갔다.

벌써 차는 드문드문 지나갔다.

오직 때로 차나 버스의 전조등이 아스팔트 길을 길고도 강한 빛처럼 비추었다.

필립은 오솔길 변두리에서 일어서 좌우를 둘러 보고 나중에 급하게 지나갔다.

오솔길 다른 편에는 바닷가이고 거기 아까시나무 몇 그루 아래로 **테오필** 아저씨의 나무 오두막이 보였다.

바닷가에 벌써 사람들은 없지만, 필립은 살그머니 걸어서 오두막으로 가까이 갔다.

언젠가 필립 아버지의 친구인 어부 테오필 아저씨는 여름철을 이곳에서 보냈다.

12.

La nokto kovris la arbaron kaj kvazaŭ pli profunda estiĝis la silento. Inter la brançoj videblis la ĉielo kaj tie supre kiel flametoj tremis la sennombraj steloj. La luno, simila al eta barko, malrapide naĝis. Febla vento blovis de la maro.

Tutan tagon Filip kaŝis sin en la arbaro kaj nun, kiam vesperiĝis, li ekstaris de la falanta arbo sur kiu li sidis, kaj ekiris al la ŝoseo. Jam pli malofte pasis aŭtoj. Nur de tempo al tempo kiel longaj fortaj radioj lumigis la asfaltan vojon la lumĵetiloj de iu aŭto aŭ aŭtobuso. Filip ekstaris ĉe la rando de la ŝoseo, rigardis dekstren kaj maldekstren kaj poste rapide trapasis ĝin.

Je la alia flanko de la ŝoseo estis la mara bordo kaj tie, sub kelkaj akacioj, videblis la ligna kabano de oĉjo Teofil. Sur la bordo jam ne estis homoj, sed Filip ŝtelire proksimiĝis al la kabano.

Fiŝkaptisto, iama amiko de la patro de Filip, oĉjo Teofil pasigis la somerojn ĉi tie.

오두막 앞에는 그의 오래된 배가 놓여있고 그 옆 말
뚝 위에서 커다란 어부 그물을 말리고 있다.
필립은 매우 조심스럽게 어둠 속에서 걸었다.
파도의 조용한 철썩이는 소리만 저녁의 적막을 깨우고
있다.
그는 문 앞에 서자 조그맣게 두드렸다.
안에서 남자의 낮은 목소리가 들렸다.
"누구시오?"
"접니다. 부르고에서 온 필립입니다."
"들어오너라. 아들아." 남자는 말하고 문을 넓게 활짝
열었다.
필립은 반쯤 불이 켜진 오두막으로 들어갔다.
여기에는 전기가 들어오지 않아 테오필 아저씨는 석유
전등을 사용한다.
"무슨 일이니?" 노인이 물었다.
"네 엄마가 편찮으시니?" 필립은 대답하지 않았다.
"앉아라." 테오필이 말했다.
필립은 오래된 나무 탁자로 가까이 가서 의자 중 한
개 위에 앉았다.
여러 번 여기에 왔지만 지금 다시 주변을 살폈다.
오두막집에는 탁자, 의자 두 개, 나무 침대 2개, 선반,
가스난로가 있다.
오직 여름에만 테오필 아저씨는 여기서 산다.

Antaŭ la kabano kuŝis lia malnova boato kaj ĉe ĝi, sur palisoj, sekiĝis la granda fiŝkaptista reto.

Filip paŝis tre atente en la mallumo. Nur la kvieta plaŭdo de la ondoj rompis la noktan silenton. Li ekstaris antaŭ la pordo kaj ekfrapetis. Ene aŭdiĝis basa vira voĉo:

-Kiu estas?

-Mi, Filip el Burgo.

-Eniru, filo, - diris la viro kaj malfermis larĝe la pordon.

Filip eniris la duonluman kabanon. Ĉi tie ne estis elektro kaj oĉjo Teofil uzis petrolan lampon.

-Kio okazis? ‑ demandis la maljunulo. ‑ Ĉu via patrino ne bone fartas?

Filip ne respondis.

-Sidiĝu ‑ diris Teofil.

Filip proksimiĝis al la malnova ligna tablo kaj sidiĝis sur unu el la seĝoj. Plurfoje li venis ĉi tien, sed nun denove li ĉirkaŭrigardis. En la kabano estis tablo, du seĝoj, du lignaj litoj, ŝranko, gazforno. Nur somere oĉjo Teofil loĝis ĉi tie.

매일 이른 아침에 그는 깨어나 물고기를 잡고 뒤에 근처 휴양지의 휴양객들에게 고기를 판다.

낮에는 다른 어부들과 수다를 떨기도 하고, 배를 가지고 휴양객들에게 근처 **성 클레멘트** 섬까지 산책을 시켜 준다.

"여기서 나는 아주 잘 지내." 습관적으로 테오필 아저씨는 말했다.

"여기서 정말 나는 살아있어. 겨울에 도시에 있으면 나는 숨이 막혀. 다시 여기 오도록 여름까지 내가 살 것인지 확신하지도 못해."

지금 테오필 아저씨는 탁자 위에 작은 잔을 놓고 거기 브랜디를 부어주면서 필립에게 말했다.

"잘 왔다. 너의 건강을 위해.

무슨 일인지 이야기해라."

필립은 조금 주저했으나, 테오필 아저씨는 서양 자두 같이 큰 눈으로 그를 쳐다보고 조금 쉰듯한 목소리에는 아버지의 돌보는 감성이 묻어나왔다.

"말해라. 정말 또 나쁜 일을 저질렀니?"

천천히 필립은 말을 꺼냈다.

클라라에 관해, 자기를 심문한 사피로브에 관해 이야기했다.

"분명히" 노인이 말했다. "숨으려고 도망쳤구나."

Ĉiutage frumatene li vekiĝis, fiŝkaptadis, poste vendis la fiŝojn al la ripozantoj en la najbaraj ripozejoj kaj dum tage li aŭ babilis kun aliaj fiŝkaptistoj, aŭ per la boato li promenadigis la ripozantojn al la proksima insulo Sankta Klemento.

"Ĉi tie mi plej bone fartas – kutimis diri oĉjo Teofil. – Ĉi tie mi vere vivas. Vintre, kiam mi estas en la urbo, mi sufokiĝas kaj mi ne certas, ĉu mi estos viva ĝis la somero, por ke mi denove venu ĉi tien."

Nun oĉjo Teofil metis glaseton sur la tablon, verŝis en ĝin brandon kaj diris al Filip:

–Bonan venon, je via sano kaj rakontu kio okazis.

Filip iom hezitis, sed oĉjo Teofil alrigardis lin per siaj grandaj kiel prunoj okuloj kaj en lia iom raŭka voĉo eksonis patra zorgemo.

–Diru. Verŝajne denove vi malbone agis?

Malrapide Filip ekparolis. Li rakontis pri Klara, pri la komisaro, kiu lin pridemandis.

–Klare – diris la maljunulo. – Vi forkuris por kaŝi vin.

"경찰이 제가 여자아이에게 무언가 나쁜 일을 했다고 짐작해요." 필립이 말했다.

"아마 저를 체포할 거예요."

"그래. 그들은 이미 여러 번 전에 너를 만났지. 그리고 그녀 실종에 네 잘못이 있다고 짐작해.

하지만 너는 도망쳐서는 안 돼. 그렇게 해서 너는 더 의심스러워졌어. 정말 너는 술 마시면 조금 불꽃처럼 타버려."

"저는 그 여자를 사랑해요." 필립이 말했다.

"나는 사랑이 무엇인지 안다.

나도 예전에는 너처럼 젊었어.

내가 아내 **도나**를 사랑하게 될 때 그녀를 쳐다보는 사람은 누구든지 때릴 준비를 했어.

젊음은 불꽃이야. 건강을 위해."

그리고 테오필 아저씨는 잔을 들어 브랜디를 조금 마셨다.

"나는 아내를 위해 바다를 건너서 헤엄칠 준비가 되었어." 그는 조용해지더니 그 앞에 탁자에 놓인 브랜디 병을 조금 쳐다보고 이어서 말했다.

"내가 처음 도나를 길에서 봤을 때 나도 너처럼 말했지. 그녀는 오직 내 것이야. 여러 번 그녀를 보려고 그녀 집 옆에 숨었지. 내가 거기 있는 것을 그녀가 알고 내게 창문으로 작은 종잇조각을 던져 주었지. 나는 결심하고 집에서 그녀를 데려왔어."

-La policanoj supozis, ke mi ion malbonan faris al la knabino··· - diris Filip - kaj eble arestos min.

-Jes. Ili jam plurfoje renkontiĝis kun vi antaŭe kaj ili supozas, ke vi kulpas pri ŝia malapero. Tamen vi ne devis forkuri. Tiel nun vi estas pli suspektinda. Vere, kiam vi trinkas, vi estas iom flamiĝema.

-Mi ŝin amas - diris Filip.

-Mi scias kio estas la amo. Mi same iam estis juna. Kiam mi ekamis vian onklinon, Dina, mia edzino, mi pretis bati ĉiun, kiu ŝin enrigardis. La juneco estas flamo. Je via sano - kaj oĉjo Teofil levis sian glaseton kaj iom trinkis el la brando. - Mi por Dina pretis tranaĝi la maron.

Li eksilentis, iom rigardis la botelon da brando, kiu estis antaŭ li sur la tablo, kaj daŭrigis:

-Kiam mi unuan fojon vidis Dinan sur la strato, mi diris, kiel vi - ŝi estos nur mia! Plurfoje mi kaŝis min ĉe ŝia domo por vidi ŝin. Ŝi sciis, ke mi estas tie kaj ĵetis al mi el la fenestro notetojn. Mi decidis kaj prenis Dinan de la domo!

테오필 아저씨는 다시 잠잠해졌다.

마치 수년 전에 무슨 일이 정확히 일어났는지 다시 기억하려는 듯이, 아니면 예전 기억 때문에 감정이 아마도 벅차오른 지, 무성한 턱수염을 조금 쓰다듬더니 다시 말을 꺼냈다.

"도나가 나랑 살기 시작할 때 그녀는 옷 한 벌만 가지고 왔어.

아버지 집에서 아무것도 가져올 수 없었지.

그녀의 부모님은 우리가 함께 살아 기쁘지 않았지만, 우리는 결혼하고 몇 년 뒤 큰아들 **당코**가 태어났어. 그래 그것이 진짜 사랑이야."

노인은 필립을 바라보고 신중하게 말했다.

"오늘 밤에 여기서 머물러. 내일 이른 아침에 부르고로 돌아가. 정말 너는 잘못이 없어. 너는 항구에서 네 일을 그만두어서는 안 돼. 경찰은 네가 잘못이 없음을 알 거야. 하지만 너에게 적당한 아가씨를 찾아봐. 그리고 아직 성인이 아니고 무엇을 원하는지 알지 못하는 여자를 뒤쫓지 마."

그리고 늙은 어부는 다시 잔을 들고 마셨다.

"아닙니다. 저는 도시로 돌아가지 않을 겁니다." 굳게 필립이 말했다.

"아저씨. 잘 알다시피 경찰은 누군가에게 잘못을 찾는 것이 중요해요.

Oĉjo Teofil denove eksilentis, kvazaŭ deziris rememori kio ĝuste okazis antaŭ tiom da jaroj aŭ eble li emociiĝis pro la iamaj rememoroj. Iom li gratis sian densan barbon kaj denove ekparolis:

-Kiam Dina ekloĝis kun mi, ŝi venis nur kun unu sola robo. Nenion ŝi sukcesis preni el sia patra domo. Ŝiaj gepatroj ne estis kontentaj, ke ni ekloĝis kune, tamen ni geedziĝis kaj post jaro naskiĝis nia unua filo, Danko. Jes. Tio estas la vera amo.

La maljunulo alrigardis Filip kaj serioze diris:

-Ĉi nokte vi restu ĉi tie, morgaŭ frumatene revenu en Burgon! Ja, vi ne kulpas. Vi ne devas forlasi vian laboron sur la haveno. La policanoj komprenos, ke vi ne kulpas. Tamen trovu junulinon, konvenan por vi kaj ne kuru post knabinoj, kiuj ankoraŭ ne estas plenkreskaj kaj ne scias kion ili deziras – kaj la maljuna fiŝkaptisto denove levis la glaseton kaj trinkis.

-Ne. Mi ne revenos en la urbon! – diris firme Filip. – Oĉjo Teofil, vi tre bone scias, ke por la polico estas grave kulpigi iun.

내게 잘못을 찾으려고 작정했어요. 그들은 내가 그녀를 사랑하고 결코 그녀에게 나쁜 무슨 일도 하지 않은 것을 믿지 않아요."

"그래. 하지만 너는 숨을 수 없어. 마침내 경찰은 너를 찾을 것이고 나중에는 너에게 더 안 좋아. 네가 도망간 뒤 그들은 벌써 네가 잘못이 있다고 확신했어. 여자아이의 실종에 관해 뭔가 안다면 내게 솔직하게 말해."

필립은 조용해지더니 아무 대답도 하지 않고 오직 가만히 탁자 위에 놓인 작은 브랜디 잔을 바라보았다.

"좋아. 너는 무엇을 할 것인지 스스로 판단해라." 노인이 말했다.

밤새도록 필립은 잠을 이루지 못했다.

나무 침대는 편하지 않았다.

그는 좌우로 몸을 뒤척였다.

밖에서 파도는 리듬 있게 철썩거렸다.

무수한 생각과 고민이 필립을 괴롭혔다.

무슨 일이 생길까? 그가 도시로 돌아가면 경찰은 바로 그를 체포할 것이고 다시 심문할 것이다. 그들은 반드시 클라라가 어디 있는지 알기를 원한다. 경찰은 필립이 잘못이 있고 어딘가에 클라라를 숨겼다고 확실히 믿는다. 아니다. 그는 다시는 경찰서에 있고 싶지 않다. 그것보다 그는 돌아다니고 숨어서 도시로 돌아오지 않을 것이다.

Oni decidis kulpigi min. Ili ne kredas, ke mi amis ŝin kaj neniam mi deziris ion malbonan fari al ŝi.

-Jes, sed vi ne povas kaŝi vin. Fin-fine la polico trovos vin kaj poste por vi estos pli malbone. Post via forkuro ili jam certas, ke vi estas kuilpa. Diru al mi sincere, ĉu vi scias ion pri la malapero de la knabino?

Filip silentis, nenion li respondis, nur senmove rigardis la etan glaseton da brando sur la tablo.

-Bone. Vi mem pripensu kion vi faros – diris la maljunulo.

Tutan nokton Filip ne ekdormis. La ligna lito ne estis oportuna. Li turnis sin dekstren kaj maldekstren. Ekstere la ondoj ritme plaŭdis. Sennombraj pensoj kaj meditoj turmentis Filip. Kio okazos? Se li revenus en la urbon, la policanoj tuj arestus lin kaj komencus denove pridemandi lin. Ili nepre deziros ekscii kie estas Klara. La policanoj certe kredas, ke Filip kulpas kaj li kaŝas ie Klaran. Ne! Li ne deziris denove esti en la polico. Prefere li vagos, kaŝos sin, sed ne revenos en la urbon!

13장. 4월 21일

습관처럼 오늘 아침에도 블라드는 바닷가로 산책하러 갔다.

집에서 나와 시원한 공기를 가득 들이마셨다.

정말 아름답고 조용한 4월의 아침이다.

천천히 블라드는 마리노 시의 중심가를 지나 몇 분 뒤 벌써 모래사장에 도착했다.

여기에는 그 누구도 없다.

바다의 파도가 조용하게 철썩였다.

끝없는 바다는 매력적이다.

아마 1시간 모래사장에서 산책했다.

여기 바다에서 자유롭고 걱정 없이 활기참을 느낀다.

시원한 바닷바람이 그의 모든 나쁘고 불쾌한 생각을 날려버린다.

산책이 끝날 때마다 블라드는 더 기분 좋게 일해서 힘을 준 4월의 아침에 감사를 느낀다.

사피로브 위원은 블라드 에조코브가 사는 집 앞에 차를 세우고 차에서 내려 마당 문으로 갔지만, 그것은 잠겨있었다.

사피로브는 주위를 둘러보았다.

이웃 마당에서 65세로 조금 뚱뚱하고 안경을 쓴 갈색 평상복을 입은 여자가 나오더니 사피로브에게 바로 말했다. "이웃은 집에 없어요.

13. La 21-an de aprilo

Kiel kutime, ankaŭ ĉi matene, Vlad iris promenadi sur la mara bordo. Li eliris el la domo kaj profunde enspiris la freŝan aeron. Estis belega serena aprila mateno. Mlrapide Vlad trapasis la centron de Marino kaj post kelkaj minutoj jam estis sur la strando. Neniu videblis ĉi tie. La maraj ondoj kviete plaŭdis. La senlima maro ravis lin. Eble horon li promenadis sur la strando. Ĉi tie, ĉe la maro, li sentis sin libera, senzorga, vigla. La friska mara vento forblovis ĉiujn liajn malbonajn, malagrablajn pensojn. Post ĉiu promenado Vlad pli bone laboris kaj estis dankema al la aprilaj matenoj, kiuj donis al li fortojn.

Komisaro Safirov haltigis la aŭton antaŭ la domo, en kiu loĝis Vlad Ezokov, eliris el ĝi kaj ekiris al la korta pordo, tamen ĝi estis ŝlosita. Safirov ĉirkaŭrigardis. El la najbara korto eliris virino, sesdekkvinjara, iom pli dika, kun okulvitroj, vestita en brunkolora hejma robo kaj tuj ŝi diris al Safirov:

-La najbaro ne estas hejme.

아침에 바다로 산책하러 가서 곧 돌아올 겁니다."

"감사합니다." 사피로브가 말했다.

"기다릴게요."

"경찰에서 왔나요?" 여자가 호기심이 있다.

"예" 사피로브가 대답했다.

"그 사람이 무엇을 했나요?" 여자가 질문했다.

"나는 이웃인 나다 리코바예요.

내가 그 사람을 알아요. 아주 의심스러워요."

"제가 그와 이야기할게요." 사피로브는 말했다.

그는 금세 여자분이 모든 지역마다 있는 수다쟁이 중
한 명임을 알아차렸다.

블라드가 집에 가까이 와서 마당 문 앞에서 경찰차를
봤다.

하지만 왜 바로 집 앞에 경찰차가 서 있는지 궁금하
지 않았다.

문을 열 때 차에서 그렇게 키가 크지는 않고 밝은 머
릿결에 아마 45살의 남자가 나와 그에게 물었다.

"블라드 에조코브 씨입니까?"

"예" 블라드가 대답했다.

"나는 사피로브 위원입니다.

함께 이야기 나누고 싶습니다."

"무슨 일로?" 블라드가 놀라서 물었다.

"들어가서 이야기하시죠.

제가 말씀드리겠습니다."

Matene li promenas ĉe la maro, sed baldaŭ revenos.

-Dankon – diris Safirov. – Mi atendos lin.

-Ĉu vi estas el la polico? – scivolis la virino.

-Jes – diris Safirov.

-Kion li faris? – demandis la virino. – Mi estas Nada Likova, najbarino, mi konas lin. Tre suspektinda li estas.

-Mi nur deziras paroli kun li – diris Safirov, kiu tuj komprenis, ke la virino estas unu el la klaĉulinoj, kiuj estas en ĉiuj kvartaloj.

Kiam Vlad proksimiĝis al la domo, li vidis antaŭ la pordo de la korto polican aŭton, sed ne demandis sin kial la aŭto staras ĝuste antaŭ lia domo. Tamen kiam li komencis malŝlosi la pordon, el la aŭto eliris viro, ne tre alta, helharara, eble kvardekkvinjara kaj demandis lin:

-Ĉu vi estas Vlad Ezokov?

-Jes – respondis Vlad.

-Mi estas komisaro Kalojan Safirov kaj mi ŝatus konversacii kun vi.

-Pri kio temas? – demandis Vlad konsternita.

-Pli bone ni eniru la domon kaj mi diros.

"들어오세요."

그리고 블라드가 위원을 안으로 초대했다.

그들은 방으로 들어가서 위원은 안락의자 중 한 개에 앉고 블라드는 다른 곳에 앉았다.

조금 불안해하며 블라드는 위원의 질문을 기다렸지만, 사피로브는 서두르지 않았다.

처음에 무언가 특별한 것을 보기 원하는 것처럼 방을 잘 살펴보았다.

나중에 책장으로 몸을 돌리더니 그 안에 있는 책들을 살펴보았다.

"벌써 한 달 반 전부터 여기 사시네요. 그렇죠?" 사피로브가 질문했다.

"예" 블라드가 대꾸했다.

"전에는 어디서 사셨나요?" "수도에서요."

이 두 질문을 하고 나서 블라드는 위원이 먼저 그에 관해 그의 삶에 대해 많은 정보를 가지고 있지만, 그 자신으로부터 직접 모든 것을 듣기 원한다고 이해했다. 하지만 경찰의 갑작스러운 방문 이유를 전혀 짐작할 수 없다.

"수도에서 주로 하신 일은 어떤 것입니까?" 사피로브가 묻고, 마치 거기서 찾는 책을 보기 원하는 것처럼 다시 시선을 책장을 옮겼다.

"나는 기자였습니다."

"일간 신문입니까?"

-Bonvolu ⁻ kaj Vlad invitis la komisaron enen.

Ili eniris la ĉambron, la komisaro sidiĝis en unu el la foteloj kaj Vlad en alian. Iom maltrankvile Vlad atendis la demandojn de la komisaro, sed Safirov ne rapidis. Unue li bone trarigardis la ĉambron, kvazaŭ deziris vidi en ĝi ion neordinaran, poste turnis sin al la librobretaro kaj trarigardis la librojn sur ĝi.

-Vi loĝas ĉi tie jam de monato kaj duono, ĉu ne? ⁻ demandis Safirov.

-Jes ⁻ respondis Vlad.

-Kie vi loĝis antaŭe?

-En la ĉefurbo.

Post tiuj ĉi du demandoj Vlad komprenis, ke la komisaro anticipe bone informiĝis pri li kaj lia vivo, sed nun deziras ĉion aŭdi de li mem. Tamen Vlad ne povis diveni kia estas la kialo de la subita polica vizito.

-Kia estis via ĉefa okupo en la ĉefurbo? ⁻ demandis Safirov kaj denove ĵetis rigardon al la librobreto, kvazaŭ li deziris vidi tie serĉatan libron.

-Mi estis ĵurnalisto.

-Ĉu en tagĵurnalo?

"아니요. 정치 잡지 **'세계와 정치'**에서요."
블라드가 대답했다.
"그러면 왜 기자라는 직업과 수도를 떠나서 여기 살러 오셨습니까?"
"나는 이혼했어요." 블라드가 말했다.
"하지만 왜 여기로 오셨나요?"
"나는 소음과 인생의 공허에서 멀리 떠나 조용한 도시에서 살고 싶었어요." 그가 설명했다.
"하지만 어떤 식으로 생계를 하고 계시나요? 제가 잘 안다면 일하고 계시지 않잖아요?" 사피로브가 흥미를 느끼며 매우 자세히 그를 살폈다.
블라드는 정말 위원이 모든 것을 잘 알지만, 질문을 그만두지 않음에 조금 살짝 웃었다.
"지금 아직 일하고 있지 않지만, 여기 오기 전에 수도에 있는 오래된 부모님의 집을 팔았어요. 그래서 약간의 돈이 있죠. 나중에 부르고에서 일을 찾을 겁니다. 나는 여기 와서 글쓰기에 전념하고 있어요."
"정말요?" 분명히 그것은 위원에게 아주 새로운 정보였다. 그는 놀라움을 숨기려고 하지 않았다.
"어떤 것을 쓰시나요?" 사피로브가 물었다.
"소설입니다.
여기서는 누구도 나를 몰라요.
그래서 나는 혼자서 차분하게 글을 쓸 수 있어요."

-Ne. En la politika revuo "Mondo kaj Politiko" - respondis Vlad.

-Kaj kial vi forlasis la ĵurnalistan karieron, la ĉefurbon kaj venis loĝi ĉi tien?

-Mi divorcis - diris Vlad.

-Sed kial vi venis ĉi tien?

-Mi deziris loĝi en trankvila urbo, malproksime de la bruo kaj vanteco - klarigis li.

-Tamen kiamaniere vi vivos ĉi tie. Se mi bone scias, vi ne laboras - ekinteresiĝis Safirov kaj tre atente alrigardis lin.

Vlad iom ekridetis, jes, la komisaro bone scias ĉion, sed ne ĉesas demandi.

-Nun mi ankoraŭ ne laboras. Antaŭ mia alveno mi vendis la malnovan gepatran domon en la ĉefurbo kaj mi havas iom da mono. Poste mi serĉos laboron en Burgo. Mi venis kaj dediĉis min al verkado.

-Ĉu?

Evidente por la komisaro tio estis tute nova informo kaj li ne provis kaŝi sian miron.

-Kion vi verkas? - demandis Safirov.

-Romanon. Ĉi tie neniu min konas kaj mi povas verki en soleco kaj trankvilo.

"정말 좋네요." 사피로브가 살짝 웃었다.

"나는 항상 작가가 되고 싶었어요." 블라드가 심각하게 말했다.

"하지만 기자로 있을 때는 시간이 없었어요. 마침내 나는 모든 것을 버리기로 마음먹고 글쓰기에 매진하고 있어요."

"예" 사피로브가 말했다.

"나는 이미 선생님의 이야기를 읽고 마음에 들었음을 고백해야겠군요. 선생님의 이름은 특별해서 여러 해 전에 여러 잡지와 신문에서 계속 실린 이야기들을 기억합니다."

"위원님이 나와 나의 지금까지 인생에 관해 충분한 정보를 가진 것이 어렵지 않다는 것은 이해해요. 하지만 오로지 나를 알려고 여기 온 것인가요?" 블라드는 묻고 사피로브를 뚫어지게 바라보았다.

"질문을 드리려고 여기 왔습니다." "무슨 질문이요?"

"선생님이 차로 부르고까지 클라라 베셀리노바 양과 베로니카 캄보바 양을 데려다준 것을 사람들이 몇 번 보았답니다."

"예. 그것이 범죄입니까?" 블라드가 물었다.

"나는 숨기지 않아요. 한 번은 아침에 내가 차를 타고 부르고로 출발할 때 비가 내렸어요. 클라라와 베로니카는 학교에 가요. 그래서 내가 그들에게 차를 태워주겠다고 제안했죠."

-Tre bone – iom ridetis Safirov.

-Mi ĉiam deziris esti verkisto – diris serioze Vlad, - sed dum mi estis ĵurnalisto, mi ne havis tempon. Fin-fine mi decidis forlasi ĉion kaj dediĉi min al la verkado.

-Jes – diris Safirov. – Mi devas konfesi, ke mi jam legis viajn rakontojn kaj ili plaĉis al mi. Via nomo estas neordinara kaj mi memoras viajn rakontojn, kiuj antaŭ jaroj aperadis en diversaj revuoj kaj ĵurnaloj.

-Ne estis malfacile kompreni, ke vi havas sufiĉe da informoj pri mi kaj mia ĝisnuna vivo, sed ĉu vi venis nur por konatiĝi kun mi? – demandis Vlad kaj fiksrigardis Safirov.

-Mi venis por demandi vin.

-Kion?

-Kelkfoje oni vidis vin veturigi per via aŭto al Burgo la knabinojn Klara Veselinova kaj Veronika Kambova.

-Jes. Ĉu tio estas krimo? – demandis Vlad. – Mi ne kaŝas, ke foje matene, kiam mi ekiris aŭte al Burgo pluvis. Klara kaj Veronika iris al la lernejo kaj mi proponis al ili veturigi···

"나중에는 그 일이 몇 번 있었지요." 사피로브가 중간에 끼어들었다.

"예. 있었죠." 블라드가 고백했다.

"클라라는 내가 작가라는 것을 알고 시를 쓰고 있으니 그것들을 내게 보여 주겠다고 말했어요. 나는 그것들을 읽고서 내 의견을 말했지요."

"혹시라도 왜 클라라가 실종됐는지 다른 설명할 것을 가지고 있나요?"

"아니요. 나는 아무것도 몰라요." 블라드가 말했다.

"선생님은 클라라를 아는 사람 중 한 명이고 용의자 중 한 명인 것을 잘 아시죠?"

"그렇게 사람들이 생각하는군요." 블라드가 말했다.

"하지만 의심을 증명하셔야 합니다."

"정말 그것이 제 일입니다. 그래서 지금 여기에 와 있는 겁니다. 오늘의 대화는 끝났지만, 우리 통제하에 있기를 부탁드립니다. 결국, 우리는 다시 만나서 또 클라라에 관해 이야기 나누어야 하니까요." 사피로브가 그에게 경고했다.

"나는 멀리 떠날 계획이 없어요. 마리노가 제 마음에 들거든요."

"안녕히 계십시오. 에조코브 선생님.
훌륭한 작품을 바랍니다.
선생님의 새 소설을 읽는 첫 번째 독자가 되기를 희망합니다."

-Poste kelkfoje okazis tio same ‒ interrompis lin Safirov.

-Jes, okazis ‒ konfesis Vlad. ‒ Kiam Klara eksciis, ke mi estas verkisto, ŝi diris, ke verkas poemojn kaj deziris montri ilin al mi. Mi legis ilin kaj mi diris mian opinion pri ili.

-Ĉu hazarde vi ne havas ian klarigon kial Klara malaperis?

-Ne. Nenion mi scias ‒ diris Vlad.

-Vi estas unu el la personoj, kiuj konis Klaran kaj vi bone komprenas, ke vi estas unu el suspektitoj.

-Tiel oni konkuldas ‒ diris Vlad, ‒ sed vi devas pruvi vian suspekton.

-Ja, tio estas mia laboro kaj tial mi estas nun ĉe vi. Nia hodiaŭa konversacio finiĝis, sed mi petas vin estu je nia dispono, ĉar eventuale ni denove renkontiĝos kaj denove konversacios pri Klara ‒ avertis lin Safirov.

-Mi ne planas forveturi. Marino tre plaĉas al mi.

-Ĝis revido, sinjoro Ezokov. Mi deziras al vi sukcesan verkadon kaj mi esperas, ke mi estos inter la unuaj legantoj de via nova romano.

사피로브는 블라드의 집을 나설 때, 다시 이웃집 여자를 보았다.

그녀는 자기 집 마당에 서 있는데 옆에는 다른 여자가 있어 그들은 분명 사피로브가 집에서 나오는 것을 보려고 기다린 것 같다.

여자가 그를 보고 말했다.

"안녕히 가세요."

"안녕히 계세요." 사피로브가 말하고 차로 들어가서 떠났다. 여자들은 차 뒤꽁무니를 쳐다보았다.

"그래, 베사. 내가 말했잖아. 우리 이웃은 아주 의심스러운 사람이라고. 이제 경찰이 왔잖아. 그는 무언가 범죄를 저질렀어. 우리는 어떤 것인지 알아야만 해. 경찰관에게 물어보려고 했지만, 아무 말도 안 해 주었어."

"예, 나다 언니, 우리는 아주 조심해야겠군요." 베사가 말했다.

"그가 무엇을 하는지 어떤 식으로 알 수 있을까요?"

"분명히 경찰은 베셀리노브 박사의 딸 클라라의 실종에 관해 그를 의심하고 있어." 나다가 말했다.

"그가 클라라를 자기 차로 태워다 준 것을 우리는 몇 번 봤어. 나쁜 사람이구나. 나이 든 사람이 18살 여자아이를 꾀려고 하다니. 바로 그를 체포해야 해."

"정말 언니 말이 맞네요. 그는 정말 의심스러운 남자예요." 베사가 맞장구쳤다.

Kiam Safirov eliris el la domo de Vlad, li denove vidis la virinon, najbarinon, kiu staris en la korto de sia domo, sed nun ĉe ŝi estis alia virino kaj ili verŝajne atendis vidi, kiam Safirov eliros el la domo. La virino alrigardis lin kaj diris:

-Ĝis revido.

-Ĝis revido ‒ diris Safirov, eniris la aŭton kaj forveturis.

La virinoj rigardis post la aŭto.

-Jes, Vesa, mi diris al vi, nia najbaro estas tre susupektinda persono. Jen venis la polico. Li certe faris iun krimon kaj ni devas ekscii kian. Mi provis demandi la policanon, sed li nenion diris.

-Jes, Nada, ni devas esti tre atentemaj ‒ diris Vesa. ‒ Kiamaniere ni eksciu kion li faris?

-Certe la polico suspektas lin pri la malapero de la filino de doktoro Veselinov ‒ diris Nada. ‒ Kelkfoje oni vidis lin veturigi Klaran per sia aŭto. Fiulo. Aĝa viro amindumas dekokjara knabino. Oni tuj devas aresti lin.

-Verŝajne vi pravas. Tre suspektinda ulo li estas ‒ kapjesis Vesa.

"여러 번 나는 이런 타락한 남자 이야기를 들었어요. 그들은 아가씨들을 유인해 납치하고 나중에 그들을 죽여요. 수년 전 부르고에 있었던 무서운 사건을 확실히 기억하죠.

50살의 나쁜 남자가 10살 여자아이와 대화를 나누다가 그 여자에게 돈을 주고 몰래 그 애를 만나고 나중에 자기 집에 유인해서 강간하고 질식시켜 그 애 몸을 커다란 여행 가방에 넣고 바다에 던졌어요.

경찰이 그를 잡았지만, 유감스럽게도 여자아이는 죽었지요."

"그래, 무섭도록 잔인한 사람이야. 나는 경찰서장에게 질문할 거야. 테네브 서장은 우리 이웃이 무슨 일을 하는지 내게 반드시 말할 거야. 나와 경찰서장 부인은 친구잖아. 나는 자주 그들에게 찾아가."

나다가 말했다.

"꼭 질문하세요. 우리에게 그것은 중요해요. 우리는 이웃이 어떤 사람인지 알아야만 해요."

"오늘 테네브 집에 가서 부인 **디마**와 말할 거야. 그리고 나중에 말해 줄게."

"아주 좋습니다."

- Plurfoje mi aŭdis pri similaj perversaj[24) viroj. Ili allogas junulinojn, perfortas kaj poste mortigas ilin. Vi certe memoras la teruran okazon antaŭ kelkaj jaroj en Burgo. Kvindekjara fiulo komencis konversacii kun dekjara knabino, li donis al ŝi monon, klekfoje renkontiĝis kaŝe kun ŝi, poste allogis ŝin en sian loĝejon, perfortis ŝin, sufokis ŝin kaj provis en granda valizo porti ŝian korpon kaj ĵeti ŝin en la maron. La polico kaptis lin, sed bedaŭrinde la knabino mortis.

-Jes. Estas teruraj kruelaj uloj. Mi demandos la estron de nia polico. Majoro Tenev, li nepre diros al mi kion faris nia najbaro. Mi kaj la edzino de la policestro estas amikinoj. Mi ofte gastas al ili — diris Nada.

-Nepre demandu. Por ni tio gravas. Ni devas scii kia homo estas la najbaro.

-Hodiaŭ mi iros en la domon de Tenev, mi parolos kun Dima, lia edzino, kaj poste mi diros la vi.

-Tre bone.

---

24) pervers-a 심술궂은, 괴팍한 ; 고집센, 성미가 비꼬인, 성마른 ; 사악(邪惡)한 ; 음탕한, 패덕(敗德)의, 타락한. perverso <醫> 도착(倒錯). perversio 변태, 나쁘게 변함[상함].

14장. 시메온

중앙역 근처에 카페 '**브리조**'가 있다.
항구가 그렇게 크지 않아 거기 탁자가 몇 개 있다.
창을 통해 역, 기차 그리고 항구, 거기에 정박해있는 배, 항구 위로 높은 기중기들이 보인다.
루멘 콜레브는 경찰복을 입지 않고 청바지와 푸른 스포츠용 점퍼 차림으로 탁자 중 한 개 옆에 앉아 커피를 마셨다.
그는 경찰 소식을 기다렸다.
시메온 네노브는 5시에 여기로 오기로 되어 있다.
시곗바늘은 벌써 5시 5분을 가리키고 루멘은 오직 몇 분 뒤 시메온이 카페에 올 것을 알고 있다.
그는 주변을 살폈다.
브리조는 화려한 카페가 아니라서 거의 항상 손님이 없다.
지금 입구 근처 탁자에 연인처럼 보이는 젊은 남녀가 앉아 조용하게 대화했다.
문이 열리고 시메온이 들어왔다.
약 30살로 그렇게 키는 크지 않고 강한 운동선수 몸매에 짚 같은 금발 머리였다.

14.

Kafejo "Brizo", kiu troviĝis proksime al la ĉefa stacidomo kaj la haveno ne estis granda, nur kelkaj tabloj estis en ĝi. De ĝia fenestro vidiĝis la stacidomo, la vagonaroj, kaj la haveno, la ŝipoj, kiuj nun estis tie, kaj la altaj gruoj sur la haveno.

Rumen Kolev vestita ne en polica uniformo, sed en ĝinzo kaj verda sporta jako, sidis ĉe unu el la tabloj kaj trinkis kafon. Li atendis la informanton de la polico, Simeon Nenov, kiu devis veni je la kvina horo ĉi tien. La horloĝmontriloj jam montris kvinan kaj kvin minutojn kaj Rumen sciis, ke nur post minuto Simeon estos en la kafejo.

Li ĉirkaŭrigardis. "Brizo" ne estis luksa kafejo kaj preskaŭ ĉiam malplenis. Nun ĉe la tablo, proksime al la enirejo, sidis gejunuloj, verŝajne geamantoj, kiuj mallaŭte konversaciis.

La pordo malfermiĝis kaj eniris Simeon, ĉirkaŭ tridekjara, ne tre alta kun forta atleta korpo kaj blonda kiel pajlo hararo.

시메온은 수영선수였다.

그러나 벌써 몇 년 전부터 활발하게 운동하지 않았다. 지금 그는 수영 코치고 많은 젊은이를 알고 그래서 그는 좋은 정보원이다.

시메온은 항상 마약을 운반하거나 여러 범죄행위를 하는 젊은이들이 무엇을 계획하는지 안다.

벌써 문에서 루멘을 알아차리고 시메온은 그가 앉아 있는 탁자로 왔다.

"안녕하세요." 시메온이 말했다.

"안녕하세요." 루멘이 대꾸했다.

"무슨 새로운 소식이 있습니까?"

"아닙니다. 클라라에 관해 아무것도 몰라요. 몇 군데 무도장에 가서 무도장에 자주 찾아오는 내 지인에게 물었어요. 그중 일부가 클라라를 기억했지만, 며칠 전부터 그녀를 보지 못했답니다. 또 다른 사람은 몇 번 그들이 무도장 님포에서 항구에서 일하는 기중기 기사 필립과 있는 그녀를 보았다고 언급했습니다."

"그래요. 필립이 사라졌어요." 루멘이 말했다.

"우리는 그를 심문했더니 어딘가로 숨었어요."

"필립이 숨었다면 그것은 필립이 클라라가 어디 있는지 안다는 것을 의미하죠." 시메온이 결론지었다.

"경찰이 반드시 그를 찾아야 해요."

"맞아요. 우리는 그를 찾고 있습니다.

우리가 곧 그를 찾기 바랍니다.

Simeon estis sportisto naĝanto, sed jam de kelkaj jaroj li ne aktive sportis. Nun li estis naĝtrejnisto, konis multajn junulojn kaj pro tio li estis bona informanto. Simeon ĉiam povis ekscii kion planas la junuloj, kiuj distribuas narkotaĵojn aŭ faras diversajn krimagojn.

Jam de la pordo Simeon rimarkis Rumen kaj ekiris al la tablo, ĉe kiu li sidis.

-Saluton – diris Simeon.

-Saluton - respondis Rumen.- Kio novas?

-Nenion. Nenion mi eksciis pri Klara. Mi estis en kelkaj dancklubejoj kaj mi demandis miajn konatojn, kiuj ofte vizitas la dancklubejojn. Iuj el ili memoras Klaran, sed de kelkaj tagoj ili ne vidis ŝin. Aliaj menciis, ke foje-foje ili vidis ŝin en la danciklubejo "Nimfo" kun Filip, gruisto, kiu laboras sur la haveno.

-Jes. Filip malaperis – diris Rumen. – Ni pridemandis lin, sed li kaŝis sin ie.

-Se Filip kaŝis sin, tio signifas, ke li scias kie estas Klara – konkludis Simeon. – La polico nepre devas trovi lin.

-Jes. Ni serĉas lin kaj mi esperas, ke baldaŭ ni trovos lin.

그는 오랫동안 숨을 수 없습니다." 루멘이 말했다.

"하지만 경찰은 클라라를 찾아야만 해요. 그것도 마찬가지로 다급해요." 시메온이 강조했다.

이 순간에 카페 안으로 여행 가방을 가지고 아가씨가 들어왔다.

약 20살에 날씬하고 검은 긴 머릿결, 잘 익은 체리처럼 검은 눈을 가졌다.

짧고 붉은 외투를 입은 아가씨는 우아하게 보였다.

그녀는 탁자 중 한 군데로 갔지만, 갑자기 루멘을 알아차리고 그에게 다가왔다.

"안녕하세요. 아저씨." 그녀가 루멘에게 인사했다.

그는 그녀를 쳐다보고 그녀를 알지 못하는 척하려고 했지만, 그녀는 빠르게 말을 걸어왔다.

"여러 번 아직도 아저씨께 감사하다고 말하고 싶어요." 그녀가 말했다.

루멘은 살짝 웃었다.

"아저씨가 저를 구해줬어요." 아가씨는 말을 이었다. "나는 아파트에 있었는데, 아저씨가 거기서 나를 풀어주셨어요." 정말 그녀는 비밀 창녀였다.

"그 당시 저는 부르고에 왔어요. 신문에서 광고를 읽었는데 식당에서 여종업원을 구한다고 해서." 아가씨가 설명했다. "저는 여기 와서 일하려고 고향에서 왔어요. 하지만 사람들이 내 신분증을 뺏고 아파트에 저를 감금하는 일이 생겼죠."

Li ne povas longe kaŝi sin – diris Rumen.

-Tamen la polico devas serĉi Klaran. Tio same urĝas – emfazis Simeon.

En tiu ĉi momento en la kafejon eniris junulino kun vojaĝsako. Ĉirkaŭ dudekjara ŝi estis svelta kun longaj nigraj haroj kaj nigraj okuloj kiel maturaj ĉerizoj. Vestita en mallonga ruĝa mantelo, la junulino aspektis eĉ eleganta. Ŝi ekiris al unu el la tabloj, sed subite ŝi rimarkis Rumen kaj proksimiĝis al li.

-Bonan tagon, sinjoro – salutis ŝi Rumen.

Li alrigardis ŝin kaj deziris ŝajnigi, ke li ne konas ŝin, sed la junulino rapide alparolis lin.

-Mi deziras ankoraŭfoje danki al vi – diris ŝi.

Rumen iom ekridetis.

-Vi savis min – daŭrigis la junulino. – Mi estis en tiu loĝejo, de kiu vi liberigis min.

Jes, la junulino estis en la sekreta bordelo.

-Tiam mi venis en Burgon, ĉar en ĵurnalo mi legis anoncon, ke en restoracio oni dungos kelnerinon - komencis klarigi la junulino. - Mi venis de mia vilaĝo labori ĉi tie, tamen okazis, ke oni prenis mian personan legitimilon kaj fermis min en tiu loĝejo.

"그래요." 루멘이 말했다.

"지금 어디로 여행 가나요?" 그리고 그는 여자의 여행 가방을 쳐다봤다.

"예. 20분 뒤 기차로 제 고향에 가요. 출발하기 전에 커피 한잔 마시려고 왔어요."

"좋은 여행이 되기를 바라요." 루멘이 말했다.

"감사합니다. 저는 더는 그렇게 순진하지 않을 겁니다." 아가씨가 우물쭈물했다.

"앞으로는 더욱 조심하세요." 루멘이 그녀에게 훈계했다. "다시 한번 감사드립니다." 아가씨는 말하고 탁자 중 한 곳에 앉았다.

루멘과 시메온은 대화를 계속했다.

"우리는 다급하게 클라라 찾기를 계속할 겁니다." 루멘이 시메온에게 말했다.

"무언가 알게 된다면 즉시 우리에게 알려 주세요."

"당연하죠." 시메온이 동의했다.

-Jes ⁻ diris Rumen. ⁻ Ĉu nun vi vojaĝos ien?
⁻ kaj li alrigardis ŝian vojaĝsakon.

-Jes, post dudek minutoj mi ekveturos trajne al mia vilaĝo. Mi venis trinki unu kafon antaŭ la ekveturo.

-Mi deziras al vi bonan veturadon ⁻ diris Rumen.

-Dankon. Mi plu ne estos tiel naiva ⁻murmuris[25] la junulino.

-Estonte estu pli atentema ⁻ avertis ŝin Rumen.

-Ankaraŭfoje mi dankas ⁻ diris la junulino kaj eksidis ĉe unu el la tabloj.

Rumen kaj Simeon daŭrigis la konversacion.

-Ni daŭrigos urĝe serĉi Klaran - diris Rumen al Simeon. ⁻ Se vi ekscios ion, tuj informu nin.

-Kompreneble ⁻ kapjesis Simeon.

---

25) murmur-i <自> (물결·잎 등이) 살랑거리다, (벌 등이) 웅웅거리다, 가는 목소리로 말하다; 중얼거리다, 투덜거리다. murmureti 저음을 내다. enmurmuri <他> 저음(低音)으로 베이스 넣다.

15장. 4월 22일

부르고는 그렇게 큰 도시가 아니다.

거기에 범죄행위, 도둑, 살인사건이 일어나지만, 지금까지 경찰은 살인 당한 사람이나 살인자를 발견했다. 클라라 베셀리노바가 4월 15일에 사라진 지 지금까지 그녀에게 어떤 소식도 없다.

이 실종은 뭔가 신비롭고 이해할 수 없는 일이 있다. 4월 15일 1시에 클라라는 동급생 베로니카 캄보바와 함께 학교에서 나왔다.

클라라는 베로니카에게 조금 늦게 마리노에 돌아간다고 말했다. 베로니카는 마리노에 가려고 버스 정류장에 갔고 클라라는 부르고 중심가로 갔다. 이 순간 다음에 클라라에 관해 어떤 소식도 정보도 없다.

그 누구도 그녀를 더 보지 못했고 마치 클라라가 땅 밑으로 가라앉은 것처럼 어디로 갔는지 알지 못했다.

그녀의 지인은 아주 많지는 않다. 부모와 동급생을 제외하고 거의 그 누구도 그녀에 관해 무언가도 알지 못한다.

클라라는 필립 마르코브라는 항구의 기중기 기사를 안다. 얼마 전에 전 기자며 작가인 블라드 에조코브를 알게 됐다.

필립은 분명 그녀를 사랑했지만, 그녀는 그에게 매력을 느끼지 못한 듯했다.

15. La 22 -an de aprilo

Burgo ne estis tre granda urbo. En ĝi okazis krimagoj, ŝteloj, murdoj, sed ĝis nun la polico trovis kaj la murditon kaj la murdiston.

Klara Veselinova malaperis la 15-an de aprilo kaj ĝis nun de ŝi ne estis signo. Io mistrera kaj nekomprenebla estas en tiu ĉi malapero. La 15-an de aprilo je la unua horo Klara eliris el la Irnejo kune kun sia samklasanino Veronika Kambova. Klara diris al Veronika, ke iom pli malfrue ŝi revenos en Marinon. Veronika ekiris al la aŭtobushaltejo por Marino kaj Klara - al la centro de Burgo. Post tiu ĉi momento pri Klara ne estas signo, nek informo. Neniu plu vidis ŝin kaj neniu scias kien ŝi iris. Kvazaŭ Klara dronis sub la tero.

Ne tre multaj estas ŝiaj konatoj. Krom la gepatroj kaj samklasanoj, preskaŭ neniu scias ion pri ŝi. Klara konis junulon, kies nomo estas Filip Markov ‒ gruisto sur la haveno. Antaŭnelonge ŝi konatiĝis kun Vlad Ezokov ‒ eksĵurnalisto, verkisto. Filip certe amis Klaran, sed ŝi verŝajne ne estis allogita de li.

그들은 때때로 만났지만 사랑 관계는 아니다.

필립은 조금 다혈질이라 클라라를 위협했지만, 사피로브는 이미 그가 클라라의 실종에 잘못이 없음을 확신했다.

하지만 필립은 무서워해서 사라졌다.

블라드 에조코브는 단지 몇 번 클라라를 만났고 마찬가지로 그녀 실종에 의심스러운 점은 있을 수 없다.

그러면 무슨 일이 생겼는지 사피로브는 궁금했다.

클라라가 사라지는데 누가 흥미, 이유, 소원하고 있는가? 그녀 스스로 도망쳐 숨기로 했다면 분명 어떤 단서를 남겼을 텐데.

우리는 그 많은 날이 지나 그녀에 관해 무언가를 알아야 한다.

클라라는 도망쳐 사라질 중요한 문제를 가지고 있지 않다.

필립 마르코브 그리고 블라드 에조코브와 대화는 많은 결과가 없고 수수께끼 해결에 도움이 안 되었다.

클라라의 사진이 이웃 경찰에 보내져 몇 번 지역 TV에서 사진을 보이고 클라라 베셀리노바가 사라졌다고 혹시라도 그녀에 관해 뭔가 안다면 즉시 가장 가까운 경찰서로 전화하라고 부탁한다고 알렸다.

그 이후 몇 번 사람들이 전화했지만, 그들이 어딘가에서 우연히 본 여자아이는 클라라가 아니었다.

Ili renkontiĝis de tempo al tempo, sed ne havis amrilatojn. Filip estis iom eksplodema, minacis Klaran, sed Safirov jam certis, ke li ne kulpas pri la malapero de Klara. Filip tamen ektimiĝis kaj same malaperis.

Vlad Ezokov nur kelkfoje renkontiĝis kun Klara kaj same ne povis esti suspektinda pri ŝia malapero. Do, kio okazis, demandis sin Safirov? Kiu havas intereson, kialon, deziron, ke Klara malaperu. Se ŝi mem decidis forkuri kaj kaŝi sin, ŝi certe postlasos iun signon kaj post tiom da tagoj ni devis eksci ion pri ŝi. Klara ne havis seriozajn problemojn por forkuri kaj malaperi.

La konversacioj kun Filip Markov kaj Vlad Ezokov ne donis multajn rezultojn kaj ne helpis la solvon de la enigmo. La foto de Klara estis sendita al la najbaraj urboj, kelkfoje la loka televido montris la foton kaj anoncis, ke Klara Veselinova malaperis kaj oni petis, ke se hazarde iu scias ion pri ŝi, tuj telefonu al la plej proksima policejo. De tiam kelkaj personoj telefonis, sed okazis, ke la knabinoj, kiujn ili hazarde vidis ie, ne estas Klara.

마찬가지로 잘못된 전화호출도 있었다.

그래서 사람들조차 도움이 되지 않았다.

클라라의 컴퓨터도 마찬가지로 쓸모없었다.

경찰 전문가들이 그녀의 전자우편을 들어가는 데 성공했지만, 그녀의 편지는 어떤 구체적인 것도 나오지 않았다. 동급생에게 보내는 편지에는 내용이 평범하고 매일 학교의 문제에 관계된 것이었다.

클라라의 휴대용 전화기도 없고 집에서 주소나 전화번호를 적은 수첩도 찾지 못했다.

이제 사피로브는 신비를 해결하기 위해 다른 방법을 찾아야만 한다.

클라라의 공책에는 무언가 그녀의 문제나 경험을 언급할 어떤 것도 나오지 않고 마찬가지로 일기장에도 없었다.

오직 루멘 콜레브 경사가 발견한 글들만이 아마 그녀에 관해 뭔가를 말할 수 있다.

사피로브는 수첩을 꺼내 다시 글들을 읽었다.

클라라가 그것을 누군가에게 바친 것은 분명 했다.

그러나 누구에게? 분명 필립은 아니다.

베로니카와 필립과 대화 속에서 클라라는 필립을 사랑하지 않고 필립에게 매력을 느끼지도 않은 것을 사피로브는 알았다.

필립은 세게 그녀에게 사랑에 빠졌지만, 그들은 어쩌다 만났다.

Alvenis same falsaj telefonalvokoj. Do, eĉ la homoj ne povis helpi. La komputilo de Klara same ne helpis. La policaj specialistoj sukcesis malfermi ŝian retpoŝton, sed ŝiaj leteroj nenion konkretan montris. Estis leteroj al ŝiaj samklasaninoj, kies enhavo estis ordinara, ligita al ĉiutagaj lernejaj problemoj. Mankis la poŝtelefono de Klara kaj en ŝia hejmo oni ne trovis notlibreton kun adresoj kaj telefonnumeroj.

Nun Safirov devis serĉi aliajn vojojn por la solvo de la mistero. En la kajeroj de Klara ne estis io, kio aludas pri iaj ŝiaj problemoj aŭ travivaĵoj, ne estis same taglibro. Nur la versaĵo, kiun serĝento Rumen Kolev trovis, eble povus diri ion pri ŝi.

Safirov elprenis la notlibreton kaj denove tralegis la versaĵon. Estis klare, ke Klara dediĉis ĝin al iu, sed al kiu? Certe ne al Filip. El la konversacioj kun Veronika kaj Filip Safirov komprenis, ke Klara ne amis Filip aŭ ne estis forlogita de li. Filip estis forte enamiĝinta en ŝi, sed ili nun de tempo al tempo renkontiĝis.

혹시라도 글들이 블라드 에조코브에게 바쳐지지는 않을까?

하지만 클라라는 에조코브를 잘 모른다.

아마 몇 번 그들은 시, 문학에 관해 대화했지만, 그들 사이에 사랑은 분명 없었다.

글들은 무언가 비밀을 숨기고 있어 클라라의 실종에 답을 정말 줄 수 있을 것이고 실종의 이유는 사랑일 수 있다.

사피로브는 다시 글을 읽었다.

그것은 풀어야만 할 수수께끼다.

그리고 해답은 사피로브가 자세히 해독해야 할 단어 속에 있다.

당신은 세계를 향한 나의 눈,
당신은 밤에 나의 빛,
포도주처럼 나를 취하게 하고,
용처럼 나를 불타게 하네.
내가 바다를 응시할 때
당신의 밝은 미소를 보내.

사피로브는 의자에서 일어나 사무실에서 조금 서성거렸다. 거의 모든 사랑에 빠진 여자아이들은 시를 써서 자신의 감정을 표현한다. 시는 그녀들이 사랑하는 남자아이에게 무엇을 원하는지 말하는 데 도움이 된다.

Ĉu la versaĵo ne estis hazarde dediĉita al Vlad Ezokov? Klara tamen ne bone konis Ezokov. Eble kelkfoje ili konversaciis pri poezio, literaturo kaj inter ili certe ne estis amo.

Tamen la versaĵo kaŝas ian sekreton, verŝajne povas doni respondon pri la malapero de Klara kaj la kialo pri la malapero povas esti amo. Safirov denove relegis la versaĵon. Ĝi jam estas enigmo, kiun li devis solvi kaj la solvo estas en la vortoj, kiujn Safirov devis atente deĉifri:

Vi estas mia okulo al la mondo,
vi estas mia lumo en la nokto.
Vi kiel vino ebriigas min,
kiel Drako vi flamigas min.
Kiam kontempladas mi la maron,
vidas vian helrigardon.

Safirov ekstaris de la seĝo kaj iom promenis en la kabineto. Preskaŭ ĉiuj enamiĝintaj knabinoj verkas poemojn, per kiuj esprimas siajn sentojn. La versoj helpas ilin diri tion, kion ili deziras, al la knaboj, kiujn ili ekamis.

하지만 오로지 여자애들만 시를 쓰는 것은 아니다. 사피로브는 그가 학생이고 청소년일 때 마찬가지로 글들을 쓴 것을 기억했다.

고등학교 그의 반에는 아주 예쁘고 매우 매력적인 여자아이가 있었다.

그녀는 이름이 **갈리야**였는데, 그 아이가 아주 마음에 들었다. 사피로브는 그녀의 친구가 되려고 가능한 모든 것을 다 했다. 학교에서 그녀에게 자주 말을 걸었고 학교 수업이 끝난 뒤 그녀를 따라다녔고 그녀의 집 문 앞에서 그녀를 기다렸다.

하지만 그녀는 그를 거의 알아차리지 못했다.

센 느낌이 그를 괴롭게 했다. 밤에 갈리야의 꿈을 꾸었다. 꿈속에서 그녀에게 말을 했다.

낮에 그녀에게 바치는 시를 썼고, 그것을 몰래 그녀 공책 사이에 밀어 넣었다.

갈리야는 취하게 만드는 특별히 크고 푸른 눈을 가졌다. 클라라가 그녀의 글에서 말한 것처럼 그를 불타게 했다. 3년간 칼로얀 사피로브는 같은 반에서 갈리야와 공부했지만 아쉽게도 그들은 친구가 되지 못했다.

칼로얀이 갈리아를 만나자고 초대하고 함께 산책하고 함께 대화하고 영화관이나 공원에서 같이 있기를 꿈꾸었으나 헛수고였고 불가능했다.

정말 칼로얀은 갈리야 마음에 들지 않았다.

칼로얀이 알지 못하는 다른 친구가 있었다.

Tamen ne nur la knabinoj verkas poemojn. Safirov memoris, ke kiam li estis lernanto, adoleskulo, li same verkis versaĵojn. En lia klaso en la gimnazio estis tre bela, tre alloga knabino. Galja ŝi nomiĝis kaj ege plaĉis al li. Ĉion eblan Safirov faris por esti ŝia amiko. Ofte li alparolis ŝin en la lernejo, sekvis ŝin post la fino de la lernolecionoj, atendis ŝin antaŭ la pordo de ŝia domo, sed Galja kvazaŭ ne rimarkis lin. La fortaj sentoj turmentis lin. Nokte li sonĝis Galja, en la sonĝoj parolis al ŝi, tage verkis poemojn, kiujn dediĉis al ŝi kaj kaŝe ŝovis ilin en ŝiajn kajerojn.

Galja havis neordinarajn grandajn verdajn okulojn, kiuj ebriigis kaj flamigis lin kiel diris Klara en sia versaĵo. Tri jarojn Kalojan Safirov lernis kun Galja en unu sama klaso, sed bedaŭrinde ili ne iĝis amikoj. Vane Kalojan provis inviti Galjan al rendevuo, revis promenadi kun ŝi, konversacii kun ŝi, esti kun ŝi en kinejo, en parko, sed ne eblis. Verŝajne Kalojan ne plaĉis al Galja aŭ ŝi havis alian amikon pri kiu Kalojan ne sciis.

고등학교를 마친 뒤 모든 학생은 다양한 길로 출발했다. 사피로브는 수도에서 대학생이 되었다.

갈리야는 다른 도시에서 살더니 거기서 결혼했다.

사피로브도 마찬가지로 결혼했고 결코 그녀를 만나지 못했다.

하지만 지금조차 그녀를 기억할 때 다시 취하게 하고 불타게 하는 반짝이는 푸른 눈을 금세 본다.

사피로브는 클라라의 글을 다시 바라보고 생각지 않게 글에 '용처럼 나를 불타게 하네'의 단어 용이 왜 대문자로 쓰였는지 궁금했다.

잘못 쓴 것인가?

이 순간 사무실 문에서 작게 두드리는 소리가 들렸다.

"들어오세요." 사피로브가 말했다.

루멘 콜레브가 들어왔다.

"안녕하십니까? 위원님." 콜레브가 인사했다.

"안녕. 콜레브 경사. 무슨 소식 있나?"

"아쉽게도 없습니다. 위원님.

우리는 계속해서 여자아이에 관해 전화 신고를 받고 있습니다.

우리 동료들이 즉시 정보를 확인하는데 우리에게 알려준 여자아이들이 클라라는 아닙니다."

"필립 마르코브에 관한 정보는 있나? 그를 찾았나?" 사피로브가 물었다.

Post la fino de la gimnazio ĉiuj lernantoj ekiris sur diversajn vojojn. Safirov iĝis studento en la ĉefurbo. Galja ekloĝis en alia urbo, kie edziniĝis. Safirov same edziĝis kaj neniam plu li renkontis ŝin. Tamen eĉ nun, kiam li rememoris ŝin, li tuj vidis ŝiajn brilajn verdajn okulojn, kiuj denove ebriigis kaj flamigis lin.

Safirov alrigardis la versaĵon de Klara kaj nevole demandis sin kial en la verso "kiel Drako vi flamigas min" la vorto "drako" estas skribita per majusklo. Ĉu estis preseraro?

En tiu ĉi momento aŭdiĝis frapeto ĉe la pordo de la kabineto.

–Bonvolu – diris Safirov.

Eniris Rumen Kolev.

–Bonan tagon, sinjoro komisaro – salutis Kolev.

–Bonan tagon, Kolev. Kio novas?

–Bedaŭrinde nenio, sinjoro komisaro. Ni daŭre ricevas telefonalvokojn pri knabinoj. Tuj niaj kolegoj kontrolas la informojn, sed neniu el tiuj knabinoj, pri kiuj oni informas nin, estas Klara.

–Ĉu estas informo pri Filip Markov? Ĉu vi trovis lin? – demandis Safirov.

"아직입니다. 그도 클라라처럼 바다에 잠겼습니다.
우리가 곧 그를 찾으리라고 희망합니다.
분명 오래도록 숨을 수 없습니다."
"그래, 우리는 그를 찾을 거야.
하지만 어떻게 클라라를 찾지?" 사피로브가 말했다.
"벌써 6일이나 지났어.
나는 그녀가 더 살아있지 않을까 무서워."
"그녀 실종의 신비는 큽니다. 지금까지 비슷한 경우가
없습니다." 콜레브가 말했다.
"아마 우리는 그녀가 아니라 그녀 시체를 찾아야만 할
것 같아." 매우 난처한 상황임을 사피로브가 알았다.
"우리 조사팀에게 도시 주변 지역을 조사하기 시작하
라고 지시해.
들판, 부르고의 남쪽 숲, 모래사장 주로 더 멀고 사람
들이 아주 가끔 가는 곳."
"아마 맞을 겁니다. 우리는 도시 주변 지역을 샅샅이
조사하기 시작하겠습니다. 유감스럽게도 클라라가 더
살아있지 않는다면 그녀는 젊고 예쁩니다. 그녀 부모
님의 비극을 상상조차 할 수 없습니다." 콜레브가 말
했다.
"하지만 아직 그것을 생각하지는 마. 희망을 버려서는
안 돼." 사피로브가 말했다.
"콜레브, 자네가 학생이었을 때 사랑에 빠진 적이 있
는지 내게 말해 봐."

-Ne ankoraŭ. Li kiel Klara dronis en la maro, sed mi esperas, ke baldaŭ ni trovos lin. Li certe ne eltenos longe kaŝi sin.

-Jes, ni trovos lin, sed kiel ni trovu Klaran? ‾ diris Safirov. ‾ Jam pasis ses tagoj kaj mi timas, ke ŝi ne plu vivas.

-La mistero pri ŝia malapero estas granda. Ĝis nun ni ne havis similan okazon ‾ diris Kolev.

-Eble ni jam devas serĉi ne ŝin, sed ŝian kadavron ‾ tre ĉagrene rimarkis Safirov. ‾ Ordonu al nia esplorgrupo, ke ili komencu traserĉi la regionon ĉirkaŭ la urbo: la kampojn, la arbaron, sude de Burgo, la strandojn, ĉefe tiujn, kiuj estas pli malproksime kaj pli malofte oni vizitas ilin.

-Eble vi pravas. Ni komencos traserĉi la regionon ĉirkaŭ la urbo. Bedaŭrinde. Se Klara ne plu vivas. Juna, bela ŝi estas. Mi eĉ ne povas imagi la tragedion de ŝiaj gepatroj ‾ diris Kolev.

-Tamen ni ankoraŭ ne pensu pri tio. Ni ne perdu la esperon ‾ diris Safirov. ‾ tamen diru al mi, Kolev, ĉu kiam vi estis lernanto, vi estis enamiĝinta?

"당연하죠. 위원님.

그때 저는 여러 번 사랑에 빠졌습니다.

우리 학교에 많은 예쁜 여자아이들이 공부해서 그들 중 많은 아이와 사랑에 빠졌습니다."

"믿을 수 없군. 그때 자네는 시를 써서 사랑하는 여자아이에게 그것을 바쳤나?" 호기심을 가지고 사피로브가 물었다.

"솔직히 말해서 아닙니다. 위원님. 저는 시를 쓰지 않았습니다. 문학을 아주 좋아하지 않았습니다. 문학 과목에서 항상 나쁜 점수를 받았습니다. 우리 선생님은 아주 엄하고 요구하는 것이 많았습니다. 저는 이 수업 과목에서 더 좋은 점수를 받아 본 적이 없습니다. 사랑의 시 대신 저는 여자아이들에게 꽃을 주었습니다. 사랑 시보다 꽃이 더 마음에 드는 것처럼 제겐 보였습니다."

"그래. 이해하네. 자네는 위대한 **돈 주앙**이구만. 하지만 오래전부터 내가 아내에게 꽃을 주지 않은 것을 기억나게 하는군. 곧 결혼 축하 날이 돌아오니 그녀에게 꽃 선물 하는 것을 잊지 말아야만 하네."

"위원님. 베셀리노브 가족에게 클라라의 컴퓨터를 돌려주려고 마리노에 가야만 한다고 알려 드리려고 왔습니다.

–Kompreneble, sinjoro komisaro. Tiam mi plurfoje estis enamiĝinta. En nia lernejo lernis multaj belaj knabinoj kaj mi estis enamiĝinta en multaj el ili.

–Nekredeble! Ĉu tiam vi verkis poemojn kaj ĉu dediĉis ilin al la knabinoj, kiujn vi amis? – demandis scivole Safirov.

–Sincere dirite, sinjoro komisaro – ne. Mi ne verkis poemojn. Mi ne tre ŝatis la literaturon. Ĉiam mi havis malbonajn notojn pri literaturo. Nia instruisto estis tre severa, postulema kaj mi neniam sukcesis ricevi iun pli bonan noton pri tiu ĉi lernoobjekto. Anstataŭ ampoemojn, mi donacis al la knabinoj florojn kaj ŝajnis al mi, ke al ili pli plaĉis la florojn ol la ampoemojn.

–Do, mi komprenas. Vi estis granda Don Ĵuano. Tamen vi memorigis min, ke delonge mi ne donacis florojn al mia edzino. Baldaŭ estos datreveno de nia edziĝfesto kaj mi ne devas forgesi donaci al ŝi florojn.

–Mi venis informi vin, sinjoro komisaro, ke mi devas iri al Marino por redoni al familio Veselinovi la komputilon de Klara.

아시다시피 우리 동료들이 그녀의 전자우편을 여는 데 성공해서 그녀의 편지들을 다 읽었지만, 거기에서 중요한 어떤 것도 알아내지 못했습니다."

"알았네. 가게. 무슨 일 있으면 내게 전화하고. 나도 같이 전화할게." 사피로브가 말했다.

"안녕히 계십시오." 그리고 루멘 콜레브는 나갔다.

Kiel vi scias niaj kolegoj sukcesis malfermi ŝian retpoŝton[26], ni tralegis ŝiajn leterojn, sed de ili nenion gravan ni eksciis.

-Bone. Iru. Se estas io, telefonu al mi kaj mi same telefonos al vi ⁻ diris Safirov.

-Ĝis revido ⁻ kaj Rumen Kolev eliris.

---

26) ret-o 그물, 망(網), 어망(魚網); 망상물(網狀物), 그물같은 물건. reteto 그물눈(망원경 등의); <理> 망상질(網狀質). trenreto 투망(投網). fervojareto 철도망.Reto <天> 그물좌(座). cf. maŝ'. interreto 인터넷

16장. 4월 23일

아침에 사피로브는 경찰서에 출근했을 때 즉시 블라드 에조코브에게 전화했다.

"여보세요." 블라드의 목소리가 들렸다.

"안녕하십니까? 에조코브 씨." 사피로브가 말했다. "사피로브 위원입니다. 선생님과 대화 나누고 싶습니다."

"또 클라라 베셀리노바 양과 관계있나요?" 블라드가 물었다.

"예. 다시."

"아직 그녀를 찾지 못했나요?"

"유감스럽지만 아직요."

"내가 그녀에 관해 알고 있는 모든 것을 이야기했는데." 조금 화가 나서 블라드가 말했다.

"거기에 아무것도 더할 것이 없어요."

"정말 선생님은 아직 그녀에 관한 무언가를 기억하시죠." 수수께끼처럼 사피로브가 말했다.

"나는 이 아가씨와 오직 3번이나 4번 만났다고 설명을 다 했어요."

"그래도 오늘 부르고에 있는 중앙경찰서로 와 주시기를 부탁합니다." 사피로브가 말했다.

"무슨 뜻이지요? 제가 의심스러우신가요?" 블라드가 물었다.

16. La 23-an de aprilo

Matene, kiam Safirov venis en la policejon, li tuj telefonis al Vlad Ezokov.

-Halo - aŭdiĝis la voĉo de Vlad.

-Bonan matenon, sinjoro Ezokov - diris Safirov. - Telefonas komisaro Safirov. Mi ŝatus konversacii kun vi.

-Ĉu denove rilate Klaran Veselinovan? - demandis Vlad.

-Jes, denove.

-Ĉu vi ankoraŭ ne trovis ŝin?

-Bedaŭrinde ankoraŭ ne.

-Ĉion, kion mi sciis pri ŝi, mi rakontis al vi! - iom kolere diris Vlad. - Nenion plu mi povus aldoni al tio.

-Verŝajne vi rememoros ankoraŭ ion pri ŝi? - diris enigme Safirov.

-Mi klarigis al vi, ke kun tiu ĉi knabino mi renkontiĝis nur tri aŭ kvar fojojn.

-Tamen mi petas vin veni hodiaŭ en la ĉefpolicejon en Burgon - diris Safirov.

-Kio signifas tion? Ĉu mi estas suspektita - demandis Vlad

"그러면 내가 변호사랑 같이 갈까요?"

"전혀 아닙니다. 변호사는 필요 없습니다. 의심스러운 것도 아닙니다." 사피로브는 그것을 보증했다.

"단순히 아직 몇 가지 질문을 드리고 싶어요."

"알았어요." 블라드가 동의했다.

"1시간 뒤 갈게요. 내가 도움이 된다면 기쁠 텐데."

"감사합니다. 에조코브 씨. 기다리겠습니다." 사피로브가 말했다.

그의 손목시계를 쳐다보았다.

9시다. 10시에 블라드가 여기 오게 된다.

블라드는 매우 화가 났다.

그가 방금 글을 쓰기 시작했는데 사피로브가 전화해서 글쓰기를 중단했다.

"이런!" 블라드가 말했다.

"글을 쓰기 시작할 때 그래서 휴대전화 끄는 것을 잊었어. 그래서 내게 전화를 건 거야."

오늘 그는 하루 내내 쓸 계획이다.

벌써 소설의 내용은 거의 분명하고 매일 열심히 쓰기만 해야 한다.

그래서 그는 편안하게 글을 쓰려고 마리노에 와서 살기 시작했다.

하지만 아쉽게도 오늘 계획은 망가졌다.

-kaj ĉu mi venu kun advokato?

-Tute ne. Vi ne bezonas advokaton kaj vi ne estas suspektita — certigis lin Safirov. — Mi nur deziras starigi al vi ankoraŭ kelkajn demandojn.

-Bone — konsentis Vlad. — Post unu horo mi venos kaj mi estos ĝoja, se mi helpus vin.

-Dankon, sinjoro Ezokov, mi atendas vin — diris Safirov kaj alrigardis sian brakhorloĝon. Estis naŭa horo kaj je la deka Vlad devis estis ĉi tie.

Vlad serioze koleriĝis. Li ĵus komencis verki, kiam Safirov telefonis kaj ĉesigis lian verkadon.

-Diable! — diris Vlad. — Kiam mi komencis verki, mi forgesis malŝalti la poŝtelefonon kaj jen oni tuj telefonis al mi.

Hodiaŭ li planis tutan tagon verki. Jam la enhavo de la romano estis preskaŭ klara kaj li devis nur ĉiutage diligente verki. Tial li venis kaj ekloĝis en Marino por trankvile verki, sed bedaŭrinde[27] lia hodiaŭa plano fiaskis.

---

27) bedaŭr-i <他> 후회하다. 뉘우치다; 애석하게 여기다; 아까워 하다; 한스럽게 여기다; 유감으로 생각하다. bedaŭrinde 유감스럽게; 애석하게; 슬프게

지금 그는 사피로브 위원을 만나러 부르고에 가야만
한다.

그리고 블라드는 사피로브가 클라라에 관해 그에게 무
엇을 더 듣고 싶어 하는지 전혀 이해하지 못했다.

블라드는 종이뭉치, 필기구, 글을 쓰기 시작하기 전에
작은 종이에 적는 공책 등 모든 것을 탁자 위에 두었
다. 그는 컴퓨터를 가지고 있음에도 손으로 쓰는 습관
이 있다.

그가 기자였을 때 계속해서 컴퓨터로 기사를 썼다.

그것이 그를 벌써 싫증 나게 했다.

지금 그는 소설을 손으로 쓰기 시작해서 손으로 써
나갈 때 생각이 강물처럼 흘러가서 그가 쓴 모든 글
이 예전보다 분명하고 유창하게 보인 듯했다.

집에서 그는 청바지와 파란 티셔츠의 입지만 도시로
가기 위해 밝고 푸른 정장에 파란 와이셔츠를 차려입
고 조금 어두운 빨간 넥타이를 맸다.

블라드가 집을 나가 문을 잠그고 마당에 있는 자동차
로 갔다.

금세 이웃집 여자 나다가 다시 그를 슬며시 보고 그
가 어디 가는지 궁금해하는 것을 알아차렸다.

30분 전에 그가 매일 아침 바닷가에서 선택하고 돌아
온 것을 그녀가 보았으니까.

Nun li devis ekveturi al Burgo por renkontiĝi kun komisaro Safirov kaj Vlad tute ne komprenis kion ankoraŭ deziras aŭdi de li Safirov pri Klara.

Vlad lasis ĉion sur la tablo: la paperfoliojn, la skribilon, la notojn, kiujn li faris sur paperetojn antaŭ la komenco de la verkado. Li kutimis verki mane, malgraŭ ke li havis komputilon. Kiam li estis ĵurnalisto, li konstante verkis komputile kaj tio jam tedis lin. Nun li komencis verki la romanon manskribe kaj ŝajnis al li, ke kiam li skribas mane, liaj pensoj fluas kiel rivero kaj ĉio, kion li verkas, estas pli klara kaj pli elokventa.

Hejme Vlad surhavis ĝinzon kaj verdan T-ĉemizon, sed por iri en la urbon li surmetis helbrunan kostumon, bluan ĉemizon kaj ligis al si malhelruĝan kravaton. Vlad eliris, ŝlosis la pordon kaj ekiris al la aŭto, kiu estis en la korto. Tuj li rimarkis, ke la najbarino, Nada, denove gvatis lin kaj eble demandis sin kien li iras, ĉar ŝi vidis, ke antaŭ duonhoro li revenis el sia ĉiumatena promenado ĉe la maro.

블라드는 그녀를 보지 않은 것처럼 하고 차에 타서 시동을 걸고 출발했다.

차를 타고 가면서 클라라에 관해 생각하기를 멈추지 않았다.

어떻게 그녀가 사라졌을까?

비가 왔을 때 그녀와 베로니카에게 말을 걸어 부르고까지 그들을 태워주겠다고 제안한 것을 벌써 후회했다. '정말 무슨 일이 생겼구나.' 블라드는 혼잣말했다. 클라라는 사라지고 지금 나는 그 실종 사건 용의자 중 한 명이 되었다.

위원은 나를 의심하지는 않는다고 말했지만 벌써 두 번이나 나를 심문하고 그가 나에게 무엇을 듣고 싶어 하는지 나는 모른다.

아마 그는 그녀 실종의 이유가 나라고 짐작하는 듯했다. 블라드가 사무실에 들어서자 사피로브가 말했다.

"빨리 오셨네요."

"예. 일이 있어서 조사가 빨리 끝나면 좋겠습니다." 그가 말했다.

"소설을 쓰고 계시죠. 그렇죠?" 사피로브가 조금 살짝 웃었다. "예"

"잊지 마십시오. 그것을 다 읽을 첫 번째 독자 중 한 명이 제가 되리라고 약속하셨습니다." 사피로브가 그에게 기억나게 했다.

"잊지 않았습니다."

Vlad ŝajnigis, ke ne vidas ŝin, eniris la aŭton, funkciigis ĝin kaj ekveturis.

Survoje li ne ĉesis mediti pri Klara. Kiel ŝi malaperis? Li jam bedaŭris, ke tiam, kiam pluvis, li alparolis ŝin kaj Veronika kaj proponis veturigi ilin en Burgon. "Jen kio okazis – diris al si mem Vlad. – Klara malaperis kaj nun mi estas unu el la suspektitoj pri ŝia malapero. La komisaro diris, ke oni ne suspektas min, sed jam duan fojon li pridemandos min kaj mi ne scias kion li deziras aŭdi de mi? Eble li supozas, ke mi estas la kialo pri ŝia malapero."

Kiam Vlad eniris la kabineton, Safirov diris:

–Rapide vi alvenis.

–Jes. Mi havas laboron kaj estos bone, ke la pridemandado finiĝu pli rapide – diris li.

–Vi verkas la romanon, ĉu ne? – iomete ekridetis Safirov.

–Jes.

–Ne forgesu. Vi promesis, ke mi estos inter la unuaj legantoj, kiuj tralegos ĝin – memorigis lin Safirov.

–Mi ne forgesis.

"소설 제목이 무엇입니까?" 위원이 물었다.

"고요한 아침입니다."

"고요한 아침. 흥미로운 제목이군요. 주제가 무엇입니까?"

"주제가 무엇인지 말한다면 그것을 다 읽을 흥미가 없어집니다." 블라드가 확인시켰다.

"아마 맞습니다."

"소설의 행동 배경이 마리노와 부르고 시라는 것만 말할게요."

"혹시 제가 주인공 중 한 명이 아닙니까?" 사피로브가 호기심을 가졌다.

"그럴 수도 있죠. 하지만 소설에 관해 더는 아무것도 말하지 않을게요. 정말 여기에 소설을 물어보려고 나를 부르지 않았으니까. 그렇죠?"

"아닙니다." 사피로브가 말했다.

"며칠 전 대화할 때 클라라 베셀리노바가 선생님께 그녀 글을 보여 주고 그것에 대한 의견을 말해 달라고 부탁했다고 언급하셨습니다."

"맞아요."

"정말로 그것들을 자세히 다 읽어보고 의견을 말해 주었나요?"

-Kio estas la titolo de la romano? ⁻ demandis la komisaro.

-"Serenaj matenoj" ⁻ respondis Vlad.

-"Serenaj matenoj", interesa titolo kaj pri kio temas?

-Se mi diros al vi pri kio temas, vi ne havos intereson tralegi ĝin ⁻ rimarkis Vlad.

-Eble vi pravas.

-Mi nur diros, ke la agokampo[28] de la romano estas Marino kaj urbo Burgo.

-Ĉu hazarde mi ne estas unu el la ĉefherooj? ⁻ scivolis Safirov.

-Povas esti, sed nenion plu mi diros pri la romano. Ja, vi ne vokis min ĉi tien por pridemandi min pri la romano, ĉu ne?

-Ne ⁻ diris Safirov. ⁻ Mi vokis vin, ĉar kiam ni konversaciis antaŭ kelkaj tagoj, vi menciis, ke Klara Veselinova montris al vi siajn versaĵojn kaj petis vin diri vian opinion pri ili.

-Jes.

-Verŝajne vi atente tralegis ilin kaj diris vian opinion?

---

28) kamp-o 들, 들판, 밭(田); 장(場); 활동의 범위. kamparo 전야(田野). kamparano 시골사람, 농민. kampisto, kampa laboristo 농부. kampulo 시골뜨기, 거칠고 우둔한 사람.

"내가 다 읽고 나중에 우리는 만나 그것에 대한 의견을 말했어요." 블라드가 설명했다.

"아주 좋습니다." 사피로브가 말했다.

"우리는 그녀 공책을 발견해서 그 안에서 제목이 없는 유일한 글 한 편을 봤습니다. 여러 번 이 글을 읽었지만 뭔가 흥미로운 내용을 담고 있는 것 같습니다. 그것을 읽었을 때 마치 풀어야 할 수수께끼를 읽은 듯했습니다. 그래서 선생님을 부른 것입니다. 이 글을 보여 드리고 싶습니다." 사피로브가 말했다.

"클라라의 다른 글을 다 읽으셨죠? 이것도 읽어보시고 그것이 무엇을 암시하는지 아니면 아마 제게만 그렇게 보이는지 말해 주세요." 사피로브는 공책을 블라드에게 주고 블라드는 글을 읽기 시작했다.

그가 그것을 읽는 동안 사피로브는 조용히 그리고 자세히 그를 살폈다.

블라드가 공책을 덮자 사피로브가 물었다.

"글이 무언가 연상을 일으키나요? 아니면 거기서 뭔가 특별한 것을 발견했나요?" 블라드는 조금 생각하더니 금세 대답하지 않았다.

"아니면 뭔가 인상적인 것이 있나요?"

"예" 블라드가 말했다.

"용이라는 단어가 대문자로 쓰인 것이 눈에 띄네요.

-Mi tralegis ilin, poste ni renkontiĝis kaj mi diris al ŝi kion mi opinias pir ili ⁻ klarigis Vlad.

-Tre bone ⁻ diris Safirov. - Ni trovis ŝian notlibreton kaj en ĝi unu sola versaĵo, kiu ne havas titolon. Mi kelkfoje tralegis tiun ĉi versaĵon kaj ŝajnas al mi, ke ĝi enhavas ion interesan. Kiam mi legas ĝin, mi kvazaŭ legas enigmon, kiun mi devas solvi. Tial mi vokis vin. Mi deziras montri al vi tiun ĉi versaĵon ⁻ diris Safirov. ⁻ Vi tralegis aliajn versaĵojn de Klara. Bonvolu tralegi ankaŭ tiun ĉi kaj diri ĉu ĝi aludas ion aŭ eble nur al mi ŝajnas tion.

Safirov donis la notlibreton al Vlad, kiu komencis legi la versaĵon. Dum li legis ĝin, Safirov silentis kaj atente observis lin. Kiam Vlad fermis la notlibreton, Safirov demandis:

-Ĉu la versaĵo vekis en vi ian asociacion aŭ ĉu vi trovas en ĝi ion neordinaran?

Vlad iom meditis kaj ne tuj respondis.

-Aŭ eble io impresis vin?

-Jes. ⁻ diris Vlad. ⁻ Mi rimarkis, ke la vorto "drako" estas skribita per majusklo.

아마 그것이 내 주목을 불러일으키지는 않지만, 내가 읽은 클라라의 다른 글에도 자주 이상하게 이 단어가 나오는데 대문자로 쓰여 있어요.

지금 그녀가 용을 왜 대문자로 썼는지 말할 수 없어요. 정말 이해할 수 없어요.

글을 읽으면서 클라라가 문법 실력이 있음을 확인했지만, 대문자로 용을 쓴 것은 이해가 안 돼요."

"저도 마찬가지로 그 점을 알아차렸는데 이유를 찾지 못했습니다." 사피로브가 말했다.

"내가 글을 읽었을 때 클라라가 그것들을 그녀가 매우 사랑하는 누군가에게 바친 것은 분명합니다. 물론 어디에도 그의 이름은 언급하지 않았어요. 그렇지만 글에서 그 사람이 그녀에게 아주 매력 있음을 볼 수 있어요. 클라라는 그를 사랑할 뿐만 아니라 그의 영육 인간성을 존경하고 칭찬해요. 그가 그녀를 끌어당겼어요." 블라드가 결론지었다.

"선생님의 생각은 흥미롭습니다. 클라라 같은 여자아이는 선생님이 말한 대로 영육의 인간성으로 그녀를 끌어당기는 누군가에게 사랑에 빠진다는 것은 아주 자연스러운 일이죠." 사피로브가 확신했다.

"예"

"그럼 우리는 그를 찾아야만 합니다.

Eble tio ne vekus mian atenton, sed strange en la aliaj versaĵoj de Klara, kiujn mi tralegis, ofte estis tiu ĉi vorto kaj ĉiam ĝi estis skribita per majusklo. Nun mi ne povas diri kial ŝi skribis "drakon" per majusklo. Estas tute nekompreneble. Legante la versaĵojn mi konstatis, ke Klara bone posedas la gramatikon kaj skribi "drako" per majusklo estas nekompreneble.

–Jes. Mi same rimarkis tion kaj mi ne trovas klarigon – diris Safirov.

–Kiam mi legis la versaĵojn estas klare, ke Klara dediĉis ilin al iu, kiun ŝi forte amas. Kompreneble nenie ŝi mencias lian nomon, sed el la versaĵoj videblis, ke li allogis ŝin. Klara ne nur amas lin, sed estimas kaj admiras lian fizikan kaj spiritan personecon. Li ravis ŝin – konkludis Vlad.

–Viaj meditoj estas interesaj. Estas tute nature, ke knabino kiel Klara enamiĝis en iu, kiu ravis ŝin per sia fizika kaj spirita personeco kiel vi diris – konstatis Safirov.

–Jes.

–Do. Ni devas serĉi lin.

그가 누구며 클라라가 그를 어디서 알게 되었을까
요?"
"분명" 블라드가 말했다.
"쉽지는 않을 겁니다."
마치 자기에게 하듯 사피로브가 말했다.
"내가 솔직해야 한다면 첫 번째로 선생님을 생각했습
니다." 그리고 그는 블라드를 쳐다보았다.
"하지만 나중에 그런 짧은 시간에 클라라가 선생님께
사랑에 빠질 수는 없다고 확신했죠."
"맞습니다. 우리가 만난 시간은 아주 짧아요.
게다가 어떤 미성년 여자아이가 나를 좋아하도록 나는
허락하지 않습니다."
"도와주셔서 감사드립니다." 사피로브가 말했다.
"선생님 덕분에 클라라의 글을 더 잘 이해할 수 있었
습니다.
제가 다시 도움을 청해도 저항하지 않기를 바랍니다."
사피로브가 물었다.
"나를 채용하고 싶은가요?" 블라드가 살짝 웃었다.
"왜 안 그렇겠습니까?
경찰에 심리학자가 있고 분명 작가, 문학평론가도 필
요합니다." 똑같이 사피로브도 살짝 웃음을 터뜨렸다.
"좋은 날이고 성공적인 글쓰기가 되길 바랍니다.
정말 오늘 소설 쓰기를 계속할 수 있을 겁니다."

Kiu li estas kaj de kie Klara konas lin?

-Certe - diris Vlad.

-Ne estos facile ⁻ diris Safirov kvazaŭ al si mem. ⁻ Se mi devas esti sincera,29) mi unue pensis pri vi ⁻ kaj li alrigardis Vlad, - sed poste mi konstatis,30) ke dum tiom da mallonga tempo Klara ne povus enamiĝi en vi.

-Vi pravas. La tempo dum kiu ni renkontiĝis estis tre mallonga. Krom tio mi ne permesus al mi, ke iu neplenkreska knabino ekamu min.

-Mi dankas vin pri la helpo ⁻ diris Safirov. ⁻ Dank' al vi mi povis pli bone kompreni la versaĵon de Klara. Mi esperas, ke vi ne protestus, se mi denove petus vian helpon? ⁻ demandis Safirov.

-Ĉu vi deziras dungi min? ⁻ ekridetis Vlad.

-Kial ne. En la polico estas psikologoj kaj certe necesos verkistoj, literaturkritikistoj ⁻ ekridetis same Safirov. ⁻ Mi deziras al vi agrablan tagon kaj sukcesan verkadon. Verŝajne hodiaŭ vi povus daŭrigi la verkadon de la romano.

---

29) sincer-a 진실(眞實)한, 성실(誠實)한, 진심(眞心)의, 성의(誠意)있는, 정직[진지]한; 숨기지 않는, 말하는 그대로의, 표리(表裏)가 없는. sincereco 신실; malsincera 불성실한, 거짓의, 표리부동의.
30) konstat-i <他> 확증(確證)하다, 확인하다, 증명하다, 실증(實證)하다. 확증, 확인, 증명, 실증(實證), 검증(檢證).

17장. 4월 24일

오트만리 곶은 부르고에서 남쪽으로 10킬로 떨어지고 바닷가까지 넓게 펼쳐진 숲에 있는 아주 멋진 곳이다.

부르고 주민 중 일부는 여기에 빌라를 가지고 있다.

오트만리는 숲이고 숲 중심에는 식료품 가게가 있고 주로 여름에 운영하는 식당이 있다.

마치 숲으로 던져진 듯한 빌라는 서로 멀리 떨어져 있고 소유자는 주로 여름에 여기 온다.

다른 계절에는 작은 나무집들이 높은 떡갈나무와 참나무 그늘에서 조용하게 잠들어 있다.

여름에 부르고의 많은 주민이 주말에 오트만리에 휴일을 지내기 위해 왔다.

그들 중 일부는 천막 속에서 밤을 보내고 숲의 풀밭으로 소풍을 갔다.

여기에 모래사장은 없다.

바닷가 쪽에 가파른 바위가 높게 솟아있고 바위 사이로 여기저기 날카로운 돌이 많이 있는 모래 지대가 보인다.

17. La 24-an de aprilo

Kabo[31] Otmanli estis pitoreska loko je dek kilometroj sude de Burgo en arbaro, kiu vastiĝis al la mara bordo. Iuj el la loĝantoj de Burgo havis ĉi tie vilaojn. La areo de Otmanli estis arbara kaj en la centro de la arbaro troviĝis placo, kie estis nutraĵvendejo kaj restoracio, kiuj tamen[32] funkciis ĉefe somere. La vilaoj, kvazaŭ disĵetitaj en la arbaro, estis malproksime unu de alia kaj iliaj posedantoj venadis en ilin ĉefe somere. Dum la aliaj sezonoj la etaj lignaj domoj kviete dormetis sub la branĉoj de altaj kverkoj kaj fagoj.

Somere multaj loĝantoj de Burgo venis en Otmanli sabate kaj dimanĉe por pasigi la ripozajn tagojn. Iuj el ili tranoktis en tendoj kaj piknikis sur la arbaraj herbejoj. Ĉi tie ne estis plaĝo. Ĉe la mara bordo altiĝis krutaj rokoj kaj nur ie-tie inter ili videblis etaj sablaj lokoj kun multaj akraj ŝtonoj.

---

31) kab-o <地> 곶, 갑(岬), 해각(海角).Kabo de Bona Espero 희망봉 (아프리카 남쪽 끝의 갑(岬).

32) tamen <接> 그럼에도 불구하고, 그렇다해도, 그렇지만, 그래도, …이지만, …할 망정(kaj 또는 sed과 같이 써서 더 강한 뜻을 표시함).

마린과 **안겔**은 부르고의 젊은 어부로 이른 아침에 고기 잡으러 출발해서 배를 타고 부르고에서 오트만리까지 간다.

거기에 바다는 조용해서 고기가 더 많기에.

두 친구는 열심히 있는 어부라 날씨가 좋으면 고기 잡는데 서둘렀다.

안겔에게 고기 잡는 것이 중요한 일이다.

그는 22살이지만 어릴 때부터 고기를 계속 잡아 왔다.

그의 아버지는 어부고 안겔은 아버지에게 고기 잡는 것을 전수하였다.

건강하고 검은 눈과 짙은 머릿결을 가진 활기찬 안겔은 정말 바다 사람이다.

완벽한 수영선수고 해안가보다 바다에서 더 많은 시간을 보냈다.

그의 친구 마린은 부르고에 있는 공장 직원이었다.

그가 쉴 때 안겔이 고기 잡는 것을 도와주었다.

마린은 마찬가지로 바다를 아주 좋아해서 안겔과 함께 고기를 잡을 때 가장 기분이 좋았다.

지금 4월에 아직 헤엄칠 수 없지만 고기 잡는데 날씨는 아주 좋다. 아침은 조금 서늘하고 고요하다.

동쪽에서 천천히 나타나는 해는 젊은이들의 얼굴을 비추고 바닷바람은 그들을 어루만졌다.

배는 작은 파도 위에서 미끄러지고 빠르게 오트만리로 가까워졌다.

Marin kaj Angel, junuloj fiŝkaptistoj el Burgo, frue matene ekiris fiŝkaptadi kaj eknaĝis per boato de Burgo al Otmanli, ĉar tie la maro estis trankvila kun pli da fiŝoj. La du amikoj estis pasiaj fiŝkaptistoj kaj kiam la vetero estis bona ili rapidis fiŝkaptadi. Por Angel la fiŝkaptado estis lia ĉefa okupo. Dudekdujara li jam de la infaneco fiŝkaptadis. Lia patro estis fiŝkaptisto kaj Angel ekposedis la fiŝkaptadon de li. Forta, energia kun nigraj okuloj kaj densa hararo, Angel estis vera mara homo. Perfekta naĝanto, li pasigis pli da tempo en la maro ol sur la bordo.

Marin, lia amiko, estis seruristo en fabriko en Burgo. Kiam li estis libera, helpis Angel fiŝkaptadi. Marin same tre ŝatis la maron kaj plej bone fartis, kiam kun Angel fiŝkaptadis. Nun, en aprilo, ankoraŭ ne eblis naĝi, sed por fiŝkaptado la vetero estis bonega. La mateno iom friskis kaj serenis. La suno, kiu lante aperis oriente, lumigis la vizaĝojn de la junuloj kaj la mara vento karesis ilin. La boato glitiĝis sur la negrandaj ondoj kaj rapide proksimiĝis al Otmanli.

벌써 바닷가의 아주 커다랗고 움직이지 않는 경비원 같은 높고 가파른 바위가 보였다.

안겔이 편안한 장소를 골라 두 사람은 고기 잡는 낚시를 준비했다.

오늘 그들은 분명 기회를 잡아서 그들이 잡는 물고기는 주로 망둥이가 많았다.

안겔이 제안해서 해안가 쪽으로 배를 더 가까이 이동했다.

"저기에" 그가 말하고 손으로 가리켰다. "바위 사이에 작은 해만이 있고 거기에 더 많은 물고기가 모여들어."

"좋아" 마린이 동의했다.

그들은 배를 저어 배는 천천히 그쪽으로 향했다.

높은 바위 사이에 작은 모래 공간이 아주 잘 보였다, 갑자기 안겔이 배에서 일어나 뭔가를 알아내고 마린에게 말했다.

"저기를 봐. 파도 옆에 누군가 누워 있어."

"정말" 마린은 바위 쪽으로 고개를 들고 똑같이 일어섰다.

모래 위에 사람의 몸이 있고 파도가 그녀 위로 씻어내렸다. 젊은이들은 더 빨리 배를 저었다. 배가 해안가에서 몇 미터 되었을 때 그들은 분명하게 모래 위에 여자아이의 몸이 있는 것을 보았다.

"그 여자는 살아있지 않아." 안겔이 말했다.

Jam videblis la altaj krutaj rokoj ĉe la bordo, similaj al grandegaj senmovaj gardistoj.

Angel elektis oportunan lokon kaj ambaŭ amikoj preparis la fiŝhokojn. Hodiaŭ ili certe havos ŝancon kaj la fiŝoj, ĉefe gobioj, kiujn ili kaptos, estos multaj. Angel proponis, ke ili proksimigu la boaton iom al la bordo.

–Tie — li diris kaj montris mane — inter la rokoj estas eta golfo, kie kolektiĝas pli da fiŝoj.

–Bone — konsentis Marin.

Ili ekremis kaj la boato malrapide direktiĝis tien. Jam bone videblis la eta sabla spaco inter la altaj rokoj. Subite Angel ekstaris en la boato kaj ekscitite diris al Marin:

–Vidu tie, ĉe la ondoj, kuŝas iu!

–Ĉu? — Marin ekrigardis al la rokoj kaj same stariĝis.

Sur la sablo estis homa korpo kaj la ondoj surverŝis ĝin. La junuloj komencis pli rapide remi. Kiam la boato estis je kelkaj metroj de la bordo, ili klare vidis, ke sur la sablo estas korpo de knabino.

–Ŝi ne estas viva — diris Angel.

"정말 그녀는 저 위에서 바위에서 떨어진 것 같아."
마린이 추측했다.

"여기에는 아무도 올 수 없어. 해안가에서 누구도 볼 수 없고, 그녀를 도와줄 수도 없었어. 그녀는 오직 바다 쪽에서만 볼 수 있어."

"그래서 우리가 알아차린 거야."

"무엇을 할까?" 마린이 걱정하며 말했다.

"우리는 곧 부르고 경찰에 전화해야지." 그리고 안겔이 자기 휴대전화기를 꺼냈다.

"경찰이 작은 배를 타고 와서 시체를 가져갈 거야." 안겔이 재빨리 전화했다.

"여보세요." 목소리가 들렸다.

"부르고의 당직 경찰인가요?" 안겔이 물었다.

"예"

"죽은 여자아이를 신고하려고요. 저와 제 친구가 그녀를 봤어요."

"어디서요?" 경찰관이 물었다.

"오트만리에서 해안가 높은 바위 부분에서요. 작은 배를 타고 오셔야 해요. 해안가에서 그녀가 누워 있는 장소로 가까이 갈 수 없으니까."

"어떤 식으로 그녀를 보았나요?"

"우리는 배를 타고 고기 잡는 어부인데요. 바다에서 시체를 알아차렸어요."

-Verŝajne ŝi falis de supre, de la rokoj — supozis Marin. — Ĉi tien neniu povas veni. De la bordo, neniu vidis kaj ne povis helpi ŝin. Ŝi videblas nur de la maro···

-Tial ni rimarkis ŝin.

-Kion ni faru? — diris maltrankvile Marin.

-Ni tuj telefonu al la polico en Burgo — kaj Angel elprenis sian poŝtelefonon. — La polico venos per kutro[33] kaj prenos la korpon.

Angel rapide telefonis.

-Halo? — aŭdiĝis voĉo.

-Ĉu estas la dejoranta policano en Burgo? — demandis Angel.

-Jes.

-Mi deziras sciigi vin pri knabino, kiu mortis. Mi kaj mia amiko vidis ŝin.

-Kie? — demandis la policano.

-En Otmanli ĉe la altaj rokoj ĉe la bordo. Vi devas veni per kutro, ĉar de la bordo vi ne povas proksimiĝi al la loko, kie ŝi kuŝas. Kiamaniere vi vidis ŝin?

-Ni estas fiŝkaptistoj kun boato kaj ni rimarkis la kadavron de la maro.

---

33) kutr-o   외돛대의 작은 범선(帆船), 군함(軍艦)용의 소정(小艇).

"좋아요. 우리가 갈게요. 하지만 거기 머무르세요." 당직 경찰이 말했다.

"알겠습니다."

"오늘 우리 고기 잡는 것이 다 틀렸군." 마린이 깨달았다.

"그래, 우리는 운이 없어. 이 여자아이를 발견했어." 안겔이 말했다.

두 사람은 경찰관들을 기다리려고 배에서 머물렀다. 해안가에서 파도는 계속해서 여자의 몸을 씻어내렸다. 배에서 보니 그녀는 아주 젊고 금발에 빨간 웃옷과 청바지를 입은 것 같았다.

"이상하게 그녀에게 무슨 일이 일어났을까?" 마린이 물었다.

"아마 저기 위에서 산책하다가 떨어졌어. 분명 혼자라 아무도 그녀를 보지 못 했지. 아마 사람들이 찾지만, 그녀가 어디 있는지 알지 못해. 그 누구도 여기서 떨어졌다고 짐작 못 해. 정말 어디서도 그녀를 볼 수 없어. 위에서도 해안가에서도, 오직 바다 쪽에서만 가능해." 안겔이 말했다.

1시간 뒤 빠르게 오는 경찰 작은 배를 보았다.

"경찰이 벌써 여기 왔군." 안겔이 말했다.

-Bone ni venos, sed vi restu tie ⁻ diris la dejoranta policano.

-Bone.

-Nia hodiaŭa fiŝkaptado fiaskis[34] ⁻ rimarkis Marin.

-Jes. Ni havis malŝancon trovi tiun ĉi knabinon ⁻ diris Angel

Ambaŭ restis en la boato por atendi la policanojn. Sur la bordo la ondoj daŭre surverŝis la korpon de la knabino. De la boato videblis, ke ŝi verŝajne estas tre juna, blondhara, vestita en ruĝa jako kaj en ĝinso.

-Strange kio okazis al ŝi? ⁻ demandis Marin.

-Eble ŝi promenadis tie supre kaj falis. Certe estis sola, neniu vidis ŝin. Eble oni serĉis ŝin, sed ne sciis kie ŝi estas. Neniu supozis, ke ŝi falis ĉi tien. Ja, de nenie oni povas vidi ŝin, nek de supre, nek de la bordo, nur de la maro ⁻ diris Angel.

Post horo ili vidis la polican kutron, kiu rapide venis.

-La policanoj jam estas ĉi tie ⁻ diris Angel.

---

34) fiask-o (연극・연주 따위에서) 큰 실패(失敗) fiaski<自> 크게 실패하다

"안녕. 젊은이들." 경찰 작은 배가 그들 배로 가까이 다가왔을 때 키가 큰 경찰 선원이 그들에게 인사했다.

"여기입니다." 안겔이 가리켰다.

"여자아이가 저기 누워 있어요."

"우리가 곧 그녀를 꺼낼게." 선원이 말했다.

"하지만 여기에 머물러.

밀레브 경찰관에게 청년들 이름과 주소를 말해 줘. 증인이니까."

안겔이 경찰관에게 이름과 주소를, 똑같이 마린의 이름과 주소를 불러 줬다.

"좋아요." 경찰관이 말했다.

"이제 갈 수 있습니다.

필요할 때 우리가 연락할게요."

안겔이 배 모터를 작동해서 그들은 멀어졌다.

루멘 콜레브는 사피로브의 사무실에 들어와서 즉시 말했다.

"나쁜 소식입니다. 위원님."

사피로브는 의자에서 일어났다.

"죽어 있는 클라라 베셀리노바를 찾았습니다."

사피로브는 아무 말도 못 했다.

그는 그것을 짐작했다.

10일간 그녀를 찾지 못해서 죽은 것이 분명했다.

"어디서 그녀를 찾았나?" 사피로브가 물었다.

-Saluton junuloj, – salutis ilin altstatura polica kapitano, kiam la kutro proksimiĝis al ilia boato.

-Jen – montris Angel – la knabino kuŝas tie.

-Ni tuj prenos ŝin – diris la kapitano. – Vi tamen restu ĉi tie. Diru al policano Milev viajn nomojn kaj adresojn, ĉar vi estas atestantoj.

Angel diktis al la policano sian nomon kaj adreson kaj same la nomon kaj la adreson de Marin.

-Bone – diris la policano. – Nun vi povas foriri. Kiam estas necese ni serĉos vin.

Angel funkciigis la motoron de la boato kaj ili malproksimiĝis.

Rumen Kolev eniris la kabineton de Safirov kaj tuj diris:

-Malbona novaĵo, sinjoro komisaro.

Safirov stariĝis de la seĝo.

-Oni trovis Klara Veselinova mortinta.

Safirov nenion diris. Li supozis tion. Dum dek tagoj ili ne sukcesis trovi ŝin kaj estis klare, ke ŝi mortis.

-Kie oni trovis ŝin? – demandis Safirov.

"오트만리입니다. 어부인 두 젊은이가 바닷가에서 이 여자 시체를 알아차렸습니다. 정말 바위에서 떨어진 듯합니다." 콜레브가 설명했다.

"하지만 그녀는 오트만리에서 무엇을 했지? 그곳은 부르고에서 10킬로 떨어져 있는데." 사피로브가 물었다.

"그것이 의문입니다." 콜레브가 말했다.

"우선 오트만리에 가야 하고 클라라를 발견한 장소를 잘 살펴봐야 해. 두 번째로 그녀가 어떻게 죽었는지 알기 위해 시체 검시 결과를 받아야 해. 즉시 클라라의 부모에게 알려야 해. 그것은 내가 할 게." 사피로브가 말했다.

콜레브는 사무실에서 나가 사피로브는 혼자 남았다. 이제 클라라에 관한 의문은 점점 복잡해졌다.

그녀는 바위에서 떨어져 죽었는가 아니면 누가 그녀를 죽여서 거기서 던졌나?

그녀는 왜 오트만리에 있었고 혼자 있었나 아니면 누구와 함께였나?

거기서 정확히 무엇이 일어났고 언제? 질문이 하나씩 나타나고 맹금처럼 사피로브를 공격했다.

그는 그것들을 정리해서 대답해야 한다.

클라라와 연결된 수수께끼는 몇 배 더 많아지는 것은 분명하고 사피로브는 왜 18살 여자아이에게 그것이 발생하는지 이해하지 못했다.

–En Otmanli. Du junuloj, fiŝkaptistoj, rimarkis ŝian korpon sur la mara bordo. Verŝajne ŝi falis de la rokoj – klarigis Kolev.

–Tamen kion ŝi faris en Otmanli? Ĝi estas je dek kilometroj de Burgo? – demandis Safirov.

–Tio estas la demando – diris Kolev.

–Unue ni devas iri en Otmanli kaj bone trarigardi la lokon, kie oni trovis Klaran. Due ni ricevu la rezultojn de la nekroskopio por kompreni kiel ŝi mortis. Ni devas tuj sciigi la gepatrojn de Klara. Tion mi faros – diris Safirov.

Kolev eliris el la kabineto kaj Safirov restis sola. Nun la demandoj pri Klara iĝis pli komplikaj. Ĉu ŝi mortis falante de la rokoj aŭ iu mortigis ŝin kaj ĵetis ŝin de tie? Kial ŝi estis en Otmanli kaj ĉu ŝi estis sola aŭ kun iu? Kio ĝuste okazis tie kaj kiam? La demandoj aperis unu post alia kaj kiel birdaro da rabaj birdoj atakis Safirov. Li devis ordigi ilin kaj respondi al ili. Evidentiĝis, ke la enigmoj, ligitaj al Klara multobliĝis kaj Safirov ne komprenis kial kun dekokjara knabino okazis tio.

지금 가장 어려운 숙제는 그녀의 죽음을 클라라 부모에게 알리는 것이다.

자기 경력 중에 사피로브가 이런 죽음을 알리는 일을 해야 하는 것이 첫 번째는 아니다.

사람들이 그들의 자녀나 친척이 살해되거나 죽었다고 할 때 그는 부모나 친척의 비극을 항상 경험했다.

지금 이 비극은 훨씬 더 크다.

열여덟 살의 예쁘고 똑똑하고 감수성이 있는 여자아이가 그 대상이다.

클라라의 부재를 부모는 어떻게 겪어야 하나?

하지만 사피로브는 그의 공식적인 업무를 수행해야만 한다.

그는 클라라를 살아서 발견하지 못한 양심의 가책을 느꼈다.

내가 그녀를 찾기 위해 모든 것을 다 했나? 사피로브는 궁금했다. 내가 그녀를 잘 아는 모든 사람을 조사했나? 클라라가 어디에 있을지 나타내는 단서들을 찾았는가? 이제 사피로브는 경찰이 클라라를 찾았을 때 그것이 바른길이 아님을 확신했다. 많이 도움이 되지 않은 사람 몇 명을 조사했다. 그래서 사피로브는 자기 잘못을 느꼈다. 하지만 지금 안에서 조수처럼 클라라의 살인자를 찾아낼 야심이 올라왔다.

그녀가 바위에서 떨어진 것이 아니라 누가 그녀를 죽였다고 짐작하기에.

Nun la plej malfacila tasko estis informi la gepatrojn de Klara pri ŝia forpaso. Dum sia kariero ne unufoje Safirov devis fari tian funebran sciigon. Ĉiam li profunde travivis la tragedion de la gepatroj kaj la parencoj, kiam ilian infanon aŭ parencon oni trovis murdita aŭ morta. Nun tiu ĉi tragedio estis multe pli granda. Temis pri dekokjara knabino, bela, saĝa, emocia. Kiel la gepatroj travivus la forpason de Klara. Tamen Safirov devis plenumi sian ofican devon. Li sentis konsciencriproĉon, ke ne sukcesis trovi Klaran viva. "Ĉu mi faris ĉion por trovi ŝin − demandis sin Safirov. − Ĉu mi pridemandis ĉiujn, kiuj bone konis ŝin? Ĉu mi trovis spurojn, kiuj montrus al mi kie povus esti Klara?"

Nun Safirov konstatis, ke kiam la polico serĉis Klaran, ĝi ne estis sur la vera vojo. Oni pridemandis kelkajn personojn, kiuj ne multe helpis kaj tial Safirov sentis sin kulpa. Tamen nun en li kiel tajdo altiĝis la ambicio trovi la murdiston de Klara, ĉar Safirov supozis, ke ŝi ne falis de la rokoj, sed iu murdis ŝin.

그는 곧 조사를 시작할 준비를 하고 크게 성가실지라
도 그것이 유일한 답례가 될 것이다.

Li pretis tuj komenci la esplorojn kaj tio estus la sola rekompenco, malgraŭ la granda ĉagreno.[35]

---

35) ĉagren-i [타] * ~를 괴롭히다, ~에게 불쾌하게 하다, 귀찮게(성가시게)굴다, 속태우다. * 심히 마음의 고통을 일으키다, 마음을 아프게 하다, 고민하다, = aflikti.

18장. 4월 26일

사피로브의 차가 베셀리노브 가정집 앞에 섰다.
사피로브는 차에서 내려 마당으로 들어가서 집까지 걸어간 뒤 초인종을 눌렀다.
다리나가 문을 열었다.
그녀는 그를 보고 매우 놀라며, 그녀의 꿀벌 색 예쁜 눈은 두려워서 커졌다.
모든 어머니처럼 그녀는 직관적으로 사피로브가 무언가 나쁜 소식을 알리러 온 것을 미리 느꼈다.
다리나는 말을 할 힘도 없었다.
그녀가 활짝 문을 열고 그는 들어갔다.
거실에는 클라라의 아버지 도브리가 있어 사피로브가 작게 인사했다.
"어서 오세요. 위원님."
"안녕하십니까?" 사피로브가 대답했다.
의식적으로 오늘 아주 좋지 않다는 생각이 들었다.
도브리 부부는 조용히 일어서서 그의 말을 기다렸다.
분명 그의 시선을 보아 그들은 무서운 소식이라고 짐작했다.
정신을 꽉 잡고 애쓰며 사피로브가 말을 시작했다.
"정말 유감스럽게도 따님이 죽은 채로 발견되었음을 알려야만 합니다.
그것이 엄청난 비극임을 저는 압니다.

18. La 26-an de aprilo

La aŭto de Safirov haltis antaŭ la domo de familio Veselinovi. Safirov eliris el ĝi, eniris la korton, paŝis al la domo kaj sonoris. La pordon malfermis Darina. Kiam ŝi vidis lin, ŝi stuporiĝis kaj ŝiaj belaj mielkoloraj okuloj grandiĝis pro timo. Kiel ĉiuj patrinoj, ŝi intuicie antaŭsentis, ke Safirov venas sciigi ilin pri io malbona. Darina ne havis forton ekparoli. Ŝi nur pli larĝe malfermis la pordon kaj li eniris.

En la gastĉambro estis Dobri, la patro de Klara, kiu mallaŭte salutis Safirov:

-Bonan venon, sinjoro komisaro.

-Bonan tagon – respondis Safirov kaj tuj tra lia konscio trakuris la penso, ke la tago tute ne estas bona.

Darina kaj Dobri ekstaris senmovaj kaj atendis lian ekparolon. Certe de lia rigardo ili divenis la teruran sciigon. Pene, animstreĉe Safirov komencis:

-Kun granda bedaŭro mi devas sciigi vin, ke ni trovis Klaran mortinta. Mi scias, ke por vi tio estas grandega tragedio.

저의 깊고도 진실한 위로를 받아 주십시오."

다리나는 크게 울음을 폭발했다.

도브리는 움직이지 않고 있었지만, 그의 눈에서는 눈물이 나와 면도하지 않은 뺨 위로 흘러내렸다.

다리나는 소리 내 울면서 속삭였다.

"클라라, 나의 귀여운 아이, 클라라."

"어디서 발견했나요?" 도브리가 물었다.

"오트만리에서요." 사피로브가 대답했다.

"오트만리요?" 도브리는 믿지 않았다. "왜 거기서?"

"저 자신도 모르지만 왜 클라라가 거기 있었는데 알려고 곧 조사에 착수할 것입니다."

"오트만리에서⋯." 도브리가 속삭였다.

갑자기 다리나는 사피로브를 쳐다보더니 작은 소리로 말했다.

"오트만리에 우리는 빌라를 가지고 있어요."

"맞아요." 도브리가 덧붙였다.

"거기에 우리는 빌라를 가지고 있어요. 클라라가 거기 있었을까요?"

"그것을 조사할 것입니다." 사피로브가 말했다.

"우리는 선생님 빌라로 가서 우리가 찾을 때 며칠간 거기에 있었는지 봐야 합니다."

"우리가 빌라를 보여 드릴게요." 도브리가 덧붙였다.

"위원님, 우리는 아주 가끔 거기 갑니다.

오직 여름에만 며칠 오트만리에서 보냅니다.

Bonvolu akcepti miajn profundajn sincerajn kondolencojn.

Darina eksplodis en plorego. Dobri restis senmova, sed en liaj okuloj aperis larmoj, kiuj ekfluis sur liajn nerazitajn vangojn. Darina voĉe ploris kaj flustris:

-Klara, Klara ido mia dolĉa···

-Kie vi trovis ŝin? - demandis Dobri.

-En Otmanli - respondis Safirov.

-En Otmanli! - ne kredis Dobri. - Kial tie?

-Mi mem ne scias, sed ni tuj komencos la esplorojn por kompreni kial Klara estis tie.

-En Otmanli··· - flustris Dobri.

Subite Darina alrigardis Safirov kaj mallaŭte diris:

-En Otmanli ni havas vilaon.

-Jes - aldonis Dobri. - Tie ni havas vilaon. Ĉu Klara estis en ĝi?

-Ni kontrolos tion - diris Safirov. - Ni devas iri en vian vilaon kaj vidi ĉu Klara estis en ĝi dum tiuj ĉi tagoj, kiam ni serĉis ŝin.

-Ni montros al vi la vilaon - aldonis Dobri. - Ni, sinjoro komisaro, tre malofte iras tien. Nur somere ni pasigas kelkajn tagojn en Otmanli.

하지만 클라라가 빌라를 좋아해서 때로 혼자서 거기 갔어요.

우리는 물론 반대하지 않고 거기 가도록 허락했지요. 거기 어떤 나쁘고 이상한 것을 보지 못했으니까." 도브리가 설명했다.

"아마 거기 따님은 혼자거나 다른 누군가와 같이 있었죠." 사피로브가 짐작했다.

"우리가 빌라를 잘 살필 때 그것을 확인할 것입니다."

"예" 도브리가 동의했다.

"오트만리에 마찬가지로 빌라를 가진 지인이나 친구가 있습니까?" 사피로브가 물었다.

"아니요. 아마 거기에 많은 빌라가 있지 않고 그것들은 서로 아주 멀리 떨어져 있는 것을 아실 것입니다. 우리에게 가장 가까운 빌라가 500m 거리에 있고 그것이 누구 것인지 우리는 몰라요. 빌라 소유자들을 알지 못해요. 그들도 마찬가지로 아주 가끔 거기 오니까." 도브리가 말했다.

"하지만" 다리나가 손수건으로 눈물을 닦고 사피로브를 보고 말했다.

"하지만 한 번은 클라라가 거기 오트만리에 드라코브 선생님이 빌라를 가지고 있다고 언급했어요."

"드라코브 선생님이 누군가요?" 사피로브가 물었다.

"그녀의 학교 담임이고 문학 선생님인 클라센 드라코브입니다.

Al Klara tamen la vilao plaĉis kaj de tempo al tempo ŝi iris tien sola. Ni kompreneble ne kontraŭstaris kaj permesis al ŝi iri tien, ĉar en tio nenion malbonan kaj strangan ni vidis – klarigis Dobri.

-Eble tie ŝi estis sola aŭ kun iu alia? – supozis Safirov. – Tion ni konstatos, kiam ni trarigardos la vilaon.

-Jes – konsentis Dobri.

-Ĉu estas viaj konatoj aŭ amikoj, kiuj same havas vilaon en Otmanli? – demandis Safirov.

-Ne. Eble vi scias, ke tie ne estas multaj vilaoj kaj ili troviĝas sufiĉe malproksime unu de alia. La plej proksima vilao al nia estas je kvincent metroj kaj ni ne scias kies ĝi estas. Ni ne konas ĝiajn posedantojn, ĉar ili same tre malofte iras tien – diris Dobri.

-Sed··· – Darina viŝis per poŝtuko la larmojn, alrigardis Safirov kaj diris: - sed foje Klara menciis, ke tie, en Otmanli, vilaon havas Drakov.

-Kiu estas Drakov? – tuj demandis Safirov.

-Ŝia klasestro, la instruisto pri literaturo. Krasen Drakov.

하지만 그의 빌라가 정확히 어디 있는지 나는 모릅니다."

"드라코브 선생님. 흥미로운 성이군요." 사피로브가 알아차렸다.

"아주 적은 사람이 이런 성을 가지고 있지요." 그리고 사피로브는 용이라는 단어가 대문자로 쓰인 클라라의 글을 바로 기억해냈다.

'드라코브와 용 사이에 연결점이 없을까?' 사피로브는 궁금했다.

"지금 많은 걱정이 있을 것입니다." 그가 말했다.

"아마도 이틀 뒤 클라라의 시체를 선생님께 인도할 것입니다.

장례식을 챙기셔야 합니다.

하지만 내일은 반드시 오트만리에 있는 빌라에 가봐야 합니다."

"예" 도브리가 말했다.

"우리가 가겠습니다."

"이제 힘내시길 바랍니다.

이 커다란 비극을 헤쳐 나가 힘과 의지를 다지십시오.

클라라는 착하고 좋은 소녀이니 벌써 고통도 괴롭도 강제도 없는 더 좋은 세상에 있으리라고 저는 압니다.

저는 갑니다.

안녕히 계세요라고 말하지 않겠습니다.

상중에 안녕히 계세요라고 말하지 않으니까요."

Mi tamen ne scias kie ĝuste estas lia vilao.

-Ĉu Drakov? Interesa familia nomo – rimarkis Safirov. – Tre malmultaj estas tiuj ĉi familiaj[36] nomoj – kaj Safirov tuj rememoris la versaĵon de Klara, en kiu la vorto "drako" estis skribita per majusklo.

"Ĉu ne estas ia ligo inter Drakov kaj "drako", demandis sin Safirov".

-Nun vi havos multajn zorgojn – diris li. – Eble post du tagoj oni transdonos al vi la korpon de Klara kaj vi devas prizorgi la funebran ceremonion, sed morgaŭ ni nepre devas iri en Otmanli en la vilaon.

-Jes – diris Dobri. – Ni iros.

-Nun mi deziras al vi fortojn. Havu fortojn kaj volon travivi tiun ĉi grandan tragedion. Mi scias, ke Klara estis bona, kara knabino kaj jam estas en alia, pli bona mondo, kie ne estas doloro, ĉagreno, perforto. Mi iros kaj mi ne diros al vi "ĝis revido", ĉar dum funebro oni ne diras "ĝis revido".

---

36) famili-o 세대(世帯), 가족(家族), 일가(一家), <動 · 植> 과(科), 종속(種屬) familiaĵo 가사(家事), 가무(家務); familiano 가족의 일원(一員); familiaro 씨족(氏族), 부족(部族); familiestro, familipatro 가장(家長); familiulo 가족이 있는 사람, 가정적인 사람; familinomo 성(姓);

19장. 4월 27일

루멘 콜레브 경사는 사피로브 사무실에 있으며 말을 꺼냈다.

"위원님, 클라라의 검시 보고서를 받았습니다."

"무슨 일이 있었지?"

"처음에 클라라 베셀리노바는 머리에 큰 상처를 입었습니다. 떨어졌거나 어떤 날카로운 물체에 머리를 때려거나 아주 딱딱한 물건으로 아마도 나무나 쇠 같은 것으로 그녀를 때렸습니다. 두 번째로 예상할 수 없는 일인데 그녀는 임신 3개월째였습니다."

"정말로?" 사피로브는 놀랐다.

사피로브는 전혀 기대하지 못한 일이라 마치 그의 말을 믿고 싶지 않다는 듯 그렇게 루멘 콜레브를 쳐다보았다.

"예" 콜레브가 바르다고 고개를 끄덕였다.

"의심의 여지가 없습니다.

우리 의사들이 그것을 확인했습니다."

"이 사실은 분명하지 않은 질문에 대답을 주는군.

클라라 머리 위 상처는 그녀가 살해되었다는 나의 짐작을 증명해 줘."

"정말 그렇습니다." 콜레브가 동의했다.

19. La 27-an de aprilo

Serĝento Rumen Kolev, kiu estis en la kabineto de Safirov, ekparolis:
-Sinjoro komisaro, ni ricevis la raporton pri la nekroskopio de Klara.
-Kaj kio estas?
-Unue Klara Veselinova havis seriozan vundon sur la kapo. Aŭ ŝi falis kaj frapis la kapon je iu akra objekto, aŭ iu frapis ŝin per tre malmola aĵo, verŝajne lignaĵo aŭ io metala. Due, kio estas pli neatendita, ŝi estis graveda trian monaton.
-Ĉu? – surpriziĝis Safirov. Li tute ne atendis tion kaj tiel ekrigardis Rumen Kolev, kvazaŭ ne deziris kredi liajn vortojn.
-Jes – kapjesis Kolev. – Ne estas dubo. Niaj kuracistoj konstatis tion.
-Tiu ĉi fakto donas respondon al demandoj, kiuj estis malklaraj. La vundo sur la kapo de Klara verŝajne pruvas mian supozon, ke ŝi estis murdita.
-Tre verŝajne – konsentis Kolev.

"분명 클라라의 임신과 살인은 연결되어있어." 사피로브가 말을 계속했다.

"이제 우선 누가 그녀에게 임신을 시켰는지 알아내야 해. 아마도 임신시킨 그 사람이 그녀를 살인했을 것이야." 사피로브가 결론지었다.

"아마도" 콜레브가 말했다.

"30분 뒤 클라라의 아버지 베셀리노브 의사와 함께 우리가 그녀를 찾는 동안 클라라가 아마 있었을 빌라를 살피러 오트만리에 우리는 갈 거야.

거기서 자세히 조사해서 살인에 관한 어떤 중요한 것을 정말 발견할 것이야.

콜레브 경사, 경찰 조사팀을 함께 불러."

"예, 곧 그들을 부르겠습니다."

30분 뒤 경찰차 2대가 부르고에서 오트만리로 출발했다. 첫 번째 차에는 사피로브, 콜레브, 클라라 아버지가 타고, 다른 차에는 경찰 조사팀 세 명이 탔다.

그들은 자세히 빌라를 둘러보고 경찰에게 살인자를 가리킬 어떤 흔적을 찾아야만 한다.

오트만리 곳은 인적도 없이 조용하다.

숲에서는 작은 소리도 들리지 않는다.

오로지 가끔 어떤 새가 이 가지 저 가지 날아다닐 뿐이다.

-Certe la gravedo de Klara kaj la murdo estas ligitaj ⁻ daŭrigis Safirov. ⁻ Nun unue ni devas ekscii kiu gravedigis ŝin. Eble tiu, kiu gravedigis ŝin ⁻ murdis ŝin ⁻ konkludis Safirov.

-Eble ⁻ diris Kolev.

-Post duonhoro kun la patro de Klara, doktoro Veselinov, ni iros en Otmanli por trarigardi ilian vilaon, en kiu eble estis Klara dum ni serĉis ŝin. Tie ni faros detalan esploron kaj verŝajne ni ekscios ion gravan pri la murdo. Kolev, bonvolu kunvoki la polican esplorgrupon ⁻ diris Safirov.

-Jes, tuj mi kunvokos ĝin.

Post duonhoro du policaj aŭtoj ekveturis de Burgo al Otmanli. En la unua estis Safirov, Kolev kaj la patro de Klara. En la alia ⁻ tri policanoj el la polica esplorgrupo. Ili devis detale trarigardi la vilaon kaj serĉi iajn spurojn, kiuj direktos la policon al la murdisto.

Kabo Otmanli estis senhoma kaj silenta. Eta bruo ne aŭdiĝis en la arbaro. Nur de tempo al tempo iu birdo traflugis de branĉo al branĉo.

곳은 해수면 위 20m에 있다.

그래서 해안가 바위를 향해 때리는 파도의 바다 소음 조차 여기에서는 들리지 않는다.

차들은 숲속으로 더 들어갔다.

작은 길은 떡갈나무, 너도밤나무 사이로 꼬불꼬불 이어지고 수풀은 작은 나무집에서 가까웠다.

"여기입니다." 베셀리노브 박사가 가리켰다.

"이것이 내 빌라입니다."

그것은 풀밭 위에 있고 주변에 숲이 있다.

기와로, 뾰족한 지붕이 있는 1층짜리 빌라는 높은 산에서나 볼 수 있는 산장 같다.

빌라는 바람 막는 벽을 가진 넓은 테라스가 있다.

문 양옆에는 방 창문이 있다. 베셀리노브가 문을 열고 경찰관들이 2개의 방문이 있는 현관으로 들어섰다.

우선 경찰관들은 현관을 둘러보았지만 거기 어떤 것도 그들의 관심을 끌지 못했다.

나중에 그들은 왼쪽 방으로 들어갔다.

거기에 침대가 2개, 나무 탁자, 옷장과 의자가 4개 있다. 가구 위 두꺼운 먼지가 오랫동안 아무도 거기에 있지 않았음을 보여 준다.

La kabo estis je dudek metroj super la mara nivelo kaj tial ĉi tie ne aŭdiĝis eĉ la mara bruo de la ondobatoj kontraŭ la rokoj sur la bordo.

La aŭtoj plu eniris la arbaron kaj sur mallarĝa vojo, kiu serpentumis inter kverkoj, fagoj kaj arbustoj proksimiĝis al negranda ligna domo.

-Jen – montris doktoro Veselinov. – Tio estas nia vilao.

Ĝi troviĝis sur herbejo kaj ĉirkaŭ ĝi estis la arbaro. Unuetaĝa kun tegola pinta tegmento, la vilao similis al la montodomoj, kiujn oni povus vidi en la altaj montaroj. La vilao havis vastan terason kun ventŝirma muro. De la du flankoj de la pordo estis la fenestroj de la ĉambroj. Veselinov malfermis la pordon, la policanoj eniris vestiblon, en kiu estis pordoj al du ĉambroj.

Unue la policanoj trarigardis la vestiblon, sed nenio en ĝi vekis ilian atenton. Poste ili eniris la maldekstran ĉambron, en kiu estis du litoj, ligna tablo, vestoŝranko kaj kvar seĝoj. La dika polvo sur la mebloj montris, ke delonge neniu estis ĉi tie.

마찬가지로 다른 방도 보았는데 아마 지난여름 이후 그 누구도 여기 들어오지 않은 것 같다.

거기에 침대, 책상, 책장이 있다.

정말로 클라라의 방인듯했다.

"오랫동안 아무도 여기 오지 않았네요." 사피로브가 확인했다.

"부엌을 봅시다." 베셀리노브가 권했다.

부엌문은 입구 문 반대편에 있고 마찬가지로 아마도 여름이후 아무도 들어오지 않은 듯했다.

탁자, 부엌용 석탄 난로는 먼지로 덮여 있다.

"클라라가 여기에 오지 않았어요." 사피로브가 결론지었다. "정말로 그녀는 여기가 아니라 다른 어딘가에 있었어요."

"예, 여기는 그녀도 다른 누구도 없었어요." 콜레브 경사가 덧붙였다.

"여러 달 그 누구도 빌라에 들어오지 않았다고 보입니다. 이제 클라라가 던져진 바위로 갑시다." 사피로브가 제안했다.

"그녀는 떨어지지 않고 누군가가 거기서 던졌다고 전 확신합니다."

경찰은 빌라에서 나와 차를 타고 출발했다. 숲길은 바다로 향했다. 10분 뒤 차는 작은 풀밭 위에 섰다.

여기, 바위에서 바다가 보인다.

"여기입니다." 콜레브가 말했다.

En la alia ĉambro same videblis, ke neniu eniris ĝin eble de la pasinta somero. En ĝi estis lito, skribotablo, librobretaro. Verŝajne estis la ĉambro de Klara.

-Delonge neniu venis ĉi tien ⁻ konstatis Safirov.

-Ni vidu la kuirejon ⁻ proponis Veselinov.

La pordo de la kuirejo estis kontraŭ la enirpordo kaj same en la kuirejon neniu eniris eble de la somero. La tablo, karbokuirforno estis polvokovritaj.

-Klara ne venis ĉi tien ⁻ konkludis Safirov. ⁻ Verŝajne ŝi estis ie alie, sed ne ĉi tie.

-Jes. Ĉi tie estis ne ŝi, nek iu alia ⁻ aldonis serĝento Kolev. ⁻ Videblis, ke dum monatoj neniu eniris la vilaon.

-Nun ni iru al la rokoj, de kie estis ĵetita Klara ⁻ proponis Safirov. ⁻ Mi certas, ke ŝi ne falis, sed oni ĵetis ŝin de tie.

La policanoj eliris el la vilao, eniris la aŭtojn kaj ekveturis. La arbara vojo iris al la maro. Post dek minutoj la aŭtoj haltis sur eta herbejo. Ĉi tie, de la roko, videblis la maro.

-Jen ⁻ diris Kolev.

모든 경찰관과 클라라의 아버지는 바위 가장자리로 가까이 가서 아래를 내려다보았다.

아마 20m 깊이의 낭떠러지가 있다.

무성한 수풀과 날카로운 돌들이 있는 작은 모래 지대가 아래 보였다.

바다 파도가 돌 위로 씻어 내린다.

"저기에 클라라의 시체가 있었어요." 콜레브가 아래를 가리켰다.

"예, 누군가가 여기서 시체를 던졌어요." 사피로브가 말했다.

경찰관들은 흔적을 찾으면서 바위를 잘 살폈다.

여기 있던 차 흔적이 보였다.

"우리는 어떤 차가 여기 왔는지 알아야만 합니다." 한 경찰관이 말했다.

"예, 우리는 흔적을 조사할 것이고 그 차 표시를 확인할 것입니다." 다른 경찰관이 덧붙였다.

"우리가 차 표시를 알 때 그 소유자를 찾기 시작할 겁니다. 바퀴 자국이 우리에게 도움을 줄 겁니다." 사피로브가 말했다.

사피로브에겐 클라라를 죽인 사람이 그녀의 시체를 여기 가지고 와서 바위에서 던졌음이 분명했다.

살인자는 수풀, 잡초, 돌들이 시체를 숨겨 아무도 그것을 보지 못할 것으로 생각했다.

Ĉiuj policanoj kaj la patro de Klara proksimiĝis al la rando de la roko kaj alrigardis suben. Estis abismo, profunda eble dudek metrojn. Malsupre videblis mallarĝa sabla areo kun densaj arbustoj kaj akraj ŝtonoj. La maraj ondoj surverŝis la ŝtonojn.

-Tie estis la korpo de Klara – montris malsupren Kolev.

-Jes, iu ĵetis de ĉi tie la korpon – diris Safirov.

La policanoj bone trarigardis la lokon, serĉante spurojn. Videblis spuroj de aŭto, kiu estis ĉi tie.

-Ni devas ekscii kia aŭto venis ĉi tien – diris unu el la policanoj.

-Jes ni esploros la spurojn kaj ni konstatos la markon de la aŭto – aldonis alia policano.

-Kiam ni scias la markon de la aŭto, ni komencos serĉi ĝian posedanton. La spuroj de la radoj helpos nin – diris Safirov.

Por Safirov estis klare, ke tiu, kiu murdis Klaran alportis ŝian korpon ĉi tien kaj ĵetis ĝin de la roko. La murdisto opiniis, ke la arbustoj, herbaĉoj, ŝtonoj kaŝos la korpon kaj neniu vidos ĝin.

낭떠러지로 내려갈 수는 없지만, 시체가 바다에서 보이리라고는 짐작하지 못했다.

배를 타고 해안가로 가까이 간 두 젊은 어부가 클라라의 시체를 알아차렸다.

"젊은이 덕분에 클라라의 시체를 찾았어." 사피로브는 생각했다.

이제 과제는 왜 클라라와 살인자가 오트만리에 있었는지 설명하는 것이다.

분명 살인자는 가까운 다른 어딘가에서 클라라를 죽이고 차로 시체를 이 바위까지 옮겼다.

살인자는 주변을 잘 알고, 이 낭떠러지에서 시체를 던지면 누구도 발견하지 못하리라고 알았지만, 잘 계산하지 못한 것이다.

Ne eblis malsupreniĝi en la abismo, sed li ne supozis, ke la korpo estus videbla de la maro. La du junuloj, fiŝkaptistoj, kiuj proksimiĝis per la boato al la bordo, rimarkis la korpon de Klara.

"Dank' al la junuloj ni trovis la korpon de Klara ‐ meditis Safirov. Nun la tasko estas klarigi kial Klara kaj la murdisto estis en Otmanli. Certe la murdisto murdis Klaran ie alie, povas esti proksime, kaj per aŭto veturigis la korpon ĝis tiu ĉi roko. La murdisto bone konis la ĉirkaŭaĵon kaj sciis, ke se li ĵetos la korpon en tiun ĉi abismon, neniu trovos ĝin, sed li ne bone kalkulis.[37]"

---

37) kalkul-i <他> 셈하다, 계산(計算)하다; 세다; ...으로 여기다, 간주 (看做)하다;믿다;치다(값을). kalkulo 계산(計算),셈세기, 산정(算定), 여김, 간주, 단정(斷定). kalkulilo 주판. infinitezima kalkulo<數>미 적분(微積分). kalkulmaŝino계산기(計算器). kalkuli la kapojn de... ...의 호구(戶口)를 조사하다. kalkuli je[sur]의뢰하다, 힘으로 믿다, 기대하다, 기망(企望)하다. kalkultabelo <數>계산표(計算表). alkalkuli al <他>가산하다, 계산에 넣다, ...으로 치다, ...이라고 생 각하다[간주하다], 셈에 넣다. antaŭkalkuli <他>치다(값을), 견적하 다, 예계(豫計)하다, 기대하다. dekalkuli <他>빼다(減), 공제(控除)하 다, 제하다. elkalkuli <他>다 세다, 세어내다. enkalkuli<他>쳐서 넣 다, 포함하다.kapkalkulo 호구조사. kunkalkuli 같이 치다, 합산(合 算)하다.prikalkuli 고려(考慮)하다. 예계((豫計)하다. nekalkulebla 셀 수 없는. nekalkulinda 주의할 가치없는. senskriba kalkulado 심산(心算), 암산(暗算).

20장. 4월 28일

클라라를 무덤에 장사하는 날은 어둡고 비가 내렸다. 벌써 아침부터 세차게 비가 와서 폭우가 곧 멈추리라는 희망은 없었다.

계곡의 늑대처럼 검은 구름이 하늘을 덮고 번개가 치고 귀를 먹게 하는 천둥이 주변에 흔들었다.

바다는 화가 났다.

커다란 파도가 무섭게 해안가를 쳤다.

마리노의 묘지들은 시에서 멀리 떨어져 있다.

클라라의 친척, 지인, 친구들이 차를 타고 묘지에 왔다. 장례식이 열리는 식장은 사람들로 가득 찼다.

사피로브는 오랫동안 그렇게 많은 사람과 꽃을 보지 못했다.

많은 사람이 꽃다발을 가지고 와 식장이 커다란 꽃집 같다.

참석자들 사이에서 사피로브는 베로니카와 그녀 어머니를 보았다.

베로니카는 빨간 튤립 꽃다발을 손에 들고 서 있었다.

갑자기 사피로브는 필립을 알아차렸다.

그는 입구 근처 식장 구석에 있으면서 자기 앞에 있는 사람 등 뒤에 숨으려고 했다.

하지만 사피로브는 그를 잘 보았다.

20. La 28-an de aprilo

La tago, en kiu oni entombigis Klaran, estis malhela kaj pluva. Jam de la mateno forte pluvis kaj ne estis espero, ke la torenta pluvo baldaŭ ĉesos. Nigraj nuboj, kiel vilaj lupoj, kovris la ĉielon, fulmis kaj surdigaj tondroj skuis la ĉirkaŭaĵon. La maro furiozis. Grandegaj ondoj kruele batis la bordon.

La tombejo de Marino estis malproksime de la urbo. Parencoj, konatoj, geamikoj de Klara per aŭtoj venis en la tombejon. La salono, kie okazis la funebra ceremonio, estis plen-plena da homoj. Safirov delonge ne vidis tiom da homoj kaj tiom da floroj. Ĉiuj venis kun bukedo da floroj kaj la salono similis al granda florĝardeno.

Inter la ĉeestantoj Safirov vidis Veronikan kaj ŝian patrinon. Veronika ploris, tenante mane bukedon da ruĝaj tulipoj. Subite Safirov rimarkis Filip. Li estis je la angulo de la salono, proksime ĉe la enirejo, kaj provis kaŝi sin malantaŭ la dorsoj de la homoj, kiuj staris antaŭ li. Tamen Safirov bone vidis lin.

날이 어둡고 비가 오는데도 필립은 선글라스를 끼고 있다.

그는 검은 셔츠, 검은 바지를 입고 손에 하얀 히아신스 꽃다발을 들고 있다.

'그가 나타났군.' 사피로브가 혼잣말했다.

'그리고 여기에 올 용기를 가졌군. 분명 필립은 클라라를 사랑했어.'

지금 사피로브는 필립에게 말을 걸고 싶지 않았다.

참석자들의 시선이 클라라의 담임 크라센 드라코브가 서 있는 연단으로 향했다.

그가 애도의 말을 해야 했다.

이제 처음으로 사피로브는 그를 보았다.

참석자들 앞에 하얀 셔츠에 파란 넥타이를 맨 검은 정장의 24살 남자가 섰다.

그의 머릿결은 검고 눈동자는 어두운 푸른색이다.

식장에 깊은 침묵이 지배하고 그는 말을 꺼냈다.

"클라라의 사랑하는 부모님, 사랑하는 친척, 친구, 동급생 여러분. 오늘 이렇게 비가 내리고 슬픈 날에 우리의 사랑하는 딸, 친구, 동급생 클라라를 작별하기 위해 우리는 여기에 있습니다.

그녀는 어린 나이에 이 세상을 떠났습니다.

운명은 잔인해서 그녀를 우리에게서 영원토록 멀리 데려갔습니다.

Filip estis kun okulvitroj kontraŭ la suno, malgraŭ ke la tago estis malhela kaj pluvis. Li surhavis nigran ĉemizon, nigran pantalonon kaj tenis mane bukedon da blankaj hiacintoj.

"Li aperis, diris al si mem Safirov, kaj li ekhavis kuraĝon veni ĉi tien. Certe Filip amis Klaran." Safirov tamen nun ne deziris alparoli lin.

La rigardoj de la ĉeestantoj direktiĝis al la podio, kie ekstaris Krasen Drakov – la klasestro de Klara. Li devis eldiri la funebran parolon. Nun unuan fojon Safirov vidis lin. Antaŭ la ĉeestantoj ekstaris dudekkvarjara viro, vestita en nigra kostumo kun blanka ĉemizo kaj blua kravato. Lia hararo estis nigra, la okuloj malhelverdaj.

En la salono ekregis profunda silento kaj li ekparolis:

–Karaj gepatroj de Klara, karaj ŝiaj parencoj, geamikoj, gesamklasanoj, hodiaŭ en tiu ĉi pluva kaj trista tago ni estas ĉi tie por adiaŭi nian karan filinon, amikinon, samklasaninon Klara. Juna ŝi forlasis tiun ĉi mondon. La sorto estis tre kruela kaj forprenis ŝin de ni por ĉiam.

결코, 우리는 그녀를 잊을 수 없습니다.
클라라는 사랑스럽고 착한 딸이고 진실하고 믿음직한 친구였으며 완벽한 학생이었습니다.
커다란 재능을 가졌고 문학을 좋아해서 놀랄만한 수필과 감성이 돋보이는 시를 썼습니다.
시에 클라라는 자신의 사랑, 기쁨, 희망, 믿음, 의심을 표현했습니다.
그녀는 우리가 사는 세상이 더 좋고, 더 의롭기를 바랐습니다."
사피로브는 클라라의 글쓰기를 알고 그녀의 작품은 분명히 읽은 드라코브의 애도사를 주의해서 들었다.
드라코브의 행동에서 무언가가 의심을 불러일으켰다.
그는 불안해하며 말하고 땀을 흘렸다.
따뜻한 땀방울이 그의 이마와 얼굴에 이슬 맺혔다.
그가 말하는 시간 내내 자신의 오른쪽에 서 있는 클라라의 부모를 쳐다보는 것을 피했다.
사피로브는 결심했다.
'우리는 곧 그를 심문해야 한다. 그를 만나러 꼭 내가 고등학교에 가야지.'
장례식 뒤 사피로브는 서둘러 집에 돌아왔다.
아주 기분이 좋지 않았으며 다시 모든 비극을 겪었다.
그가 클라라를 구하지 못했다는 양심의 가책이 다시 그를 공격했다.

Neniam ni forgesos ŝin. Klara estis kara, bona filino, sincera kaj fidela amikino, perfekta lernantino. Ŝi havis grandan talenton, ŝatis la literaturon, verkis rimarkindajn eseojn kaj emociajn poemojn. En la poemoj Klara esprimis sian amon, ĝojon, esperojn, kredon, dubojn. Ŝi deziris, ke la mondo, en kiu ni vivas, estu pli bona kaj pli justa.

Safirov atente aŭskultis la paroladon de Drakov, kiu sciis pri la verkado de Klara kaj certe legis ŝiajn versaĵojn. Io tamen en la konduto de Drakov vekis suspekton. Li estis maltrankvila, parolis kaj ŝvitis. Varmaj ŝvitgutoj rosigis lian frunton kaj vizaĝon. Dum la tuta tempo, dum li parolis, li evitis alrigardi la gepatrojn de Klara, kiuj staris dekstre de li.

"Mi devas baldaŭ pridemandi lin, decidis Safirov. Nepre mi iros en la gimnazion por renkontiĝi kun li."

Post la funebra ceremonio Safirov rapidis reveni hejmen. Ege malbone li fartis kaj denove travivis la tutan tragedion. Denove atakis lin la konsciencriproĉo, ke li ne sukcesis savi Klaran.

'내가 조금만 더 서둘렀다면 아마 그녀를 찾을 수 있었을 텐데.' 그는 생각했다.

사피로브의 부인 밀라는 그가 집에 들어오는 것을 보고 놀랐다.

"오늘은 아주 빨리 돌아오셨네요." 부인이 알아차렸다. "응, 오늘 실종됐다가 죽어서 발견된 어린 여자아이 클라라의 장례식이 있었어." 사피로브가 말했다. "불쌍하게도." 밀라가 앓는 소리를 냈다.

그녀는 남편을 잘 안다. 직장에서 그는 엄한 성격을 가진 남자라고 보인다.

그의 직장 동료 중 누구는 그가 엄격하고 요구도 많은 사람이라고 말하지만 잘못 본 것이다.

사피로브는 감정적이고 사려 깊다.

사람의 비극이 그를 깊이 상처를 주어 심하게 고통스러워한다. 지금 밀라는 그가 클라라의 죽음을 힘겹게 이겨낸다고 보았다.

2주 동안 그녀에 대해 생각하면서 그는 살았고, 그녀의 인생을 자세히 알고 그녀가 어떤 성격인지 무엇에 힘을 쓰는지 무엇을 꿈꾸는지 이해했다.

그는 클라라가 왜 사라졌는지 그녀 실종의 원인이 어떤 것인지 스스로 이해하길 원했다.

사피로브는 그녀를 발견하리라고 확신했지만, 아쉽게도 성공하지 못했다. 그는 방에 들어가서 소파에 앉았다. 밀라가 그 앞에 섰다.

"Se mi estus iom pli rapida, eble mi povus trovi ŝin, meditis li."

Mila, la edzino de Safirov, surpriziĝis, kiam vidis lin eniri la loĝejon.

-Tre frue vi revenas hodiaŭ – rimarkis ŝi.

-Jes. Hodiaŭ estis la entombigo de Klara, la knabino, kiu malaperis kaj oni trovis ŝin mortinta – diris Safirov.

-Kompatinde – ĝemsopiris Mila.

Ŝi bone konis la edzon. En la laborejo li aspektis viro kun firma karaktero. Iuj liaj kolegoj opiniis, ke li estas severa, postulema, tamen ili eraris. Safirov estis emocia kaj delikata. La homa tragedio profunde vundis lin kaj dolore li suferis. Nun Mila vidis, ke li malfacile travivas la morton de Klara. Du semajnojn li vivis, pensante pri ŝi, detale li ekkonis ŝian vivon, komprenis kia ŝi estis, al kio ŝi strebis, pri kio ŝi revis. Li deziris klarigi al si mem kial Klara malaperis kaj kia estis la kialo pri ŝia malapero. Safirov certis, ke trovos ŝin, sed bedaŭrinde li ne sukcesis.

Li eniris la ĉambron kaj sidiĝis sur la kanapon. Mila ekstaris antaŭ li.

그녀 눈동자의 시선은 작고 파란 호수와 같이 항상 그를 편안하게 했다.

뭔가 부드럽고 사랑스러운 빛이 이 눈동자 속에서 빛난다. 밀라의 모든 것은 부드럽다. 매끄러운 얼굴, 단정한 눈썹, 촉촉한 작은 입술, 그녀의 어깨 위로 비단실처럼 늘어뜨린 머릿결. 밀라는 그가 언제 슬픈지, 언제 걱정이 있는지 누가 그를 화나게 하는지 항상 금세 추측할 수 있다. 그녀는 그의 일이 긴장을 준다고 잘 알아, 그를 도와주고 싶었다.

결코, 그녀는 사소한 일로 그를 신경 쓰게 하지 않았다. 밀라는 그가 자주 늦게 오거나 어떤 때는 아침에 집에 돌아와도 불평하지 않았다.

그녀가 기분이 나쁠 때도 그를 귀찮게 하는 것을 피했고, 그녀의 건강상태가 좋지 않음을 알지 못하는 것을 더 좋아했다.

"커피를 타서 드릴까요?" 밀라가 물었다.

"아니요." 그가 말했다.

"아무것도 바라지 않아." 그녀는 그를 바라보았다.

"벌써 나는 45살이네." 사피로브는 말을 꺼냈다.

"오랜 세월 경찰관인데 아직도 무엇이 어떤 사람에게 살인하도록 만드는지 이해할 수 없어. 왜 그들은 살인자가 될까?"

"왜 당신은 그것을 이해하지 못해요?" 밀라가 물었다.

"사람들은 다양해요. 착하기도 하고 나쁘기도 하죠."

La rigardo de ŝiaj okuloj, similaj al etaj bluaj lagoj, ĉiam trankviligis lin. Ia mola, kara brilo radiis en tiuj ĉi okuloj. Ĉio en Mila estis tenera: la glata vizaĝo, la delikataj brovoj, la etaj sukplenaj lipoj, la hararo, kiu falis sur ŝiajn ŝultrojn kiel silkaj fadenoj.

Mila ĉiam tuj povis diveni kiam li estas malĝoja, kiam havas zorgojn aŭ iu kolerigis lin. Ŝi bone sciis, ke lia laboro estas streĉiga kaj deziris helpi lin. Neniam ŝi okupis lin pri bagatelaĵoj. Mila ne plendis, ke li ofte malfruas aŭ foje-foje matene revenas hejmen. Kiam ŝi malbone fartis, ŝi evitis ĝeni lin kaj preferis, ke li ne komprenu, ke ŝia sanstato ne estas bona.

-Ĉu mi kuiru kafon? - demandis Mila.

-Ne - diris li. - Nenion mi deziras.

Ŝi alrigardis lin.

-Jam mi estas kvardekkvinjara, - ekparolis Safirov. - Tiom da jaroj mi estas policano kaj mi ankoraŭ ne povas kompreni kio igas iujn homojn murdi. Kial ili iĝas murdistoj?

-Kial vi ne povas kompreni tion? - demandis Mila. - La homoj estas diversaj. Estas bonaj kaj malbonaj.

"그래. 하지만 좋은 가정에서 태어나 보통의 삶의 조건에서 평범하게 자란 사람이 어느 순간에 살인자가 돼."

"이유는 많지요." 밀라가 말했다.

"가정은 좋을 수 있어요. 하지만 사람들이 가정에서만 사는 것은 아니죠. 나쁜 친구, 여러 다양한 사정이 있다는 것을 잊지 마세요."

"하지만 이 사람들이 그 감정을 통제할 수 없나 아니면 살인의 의도가 그들 안에 이미 태어날 때부터 있는가?

정말 그것이 그의 특징인 거 같아.

아마 살인의 의도가 그들 양심의 깊은 곳 어디에 있다고 나는 생각해."

"당신이 옳지 않은 것 같아요." 밀라가 그에게 반박했다. "모든 어린이는 착하게 태어나요."

"아니야. 내가 맞아. 여러 해 동안 살인의 의도가 그 사람 속에서 자리를 잡고 있다가 어느 위기의 순간에 그들은 그것을 억누를 수가 없어.

그것이 그들보다 더 힘이 세서 그렇게 그들은 살인자가 돼. 내 경력 속에 살인자, 남자, 여자를 본 것을 당신은 알잖아. 마찬가지로 어린이, 남자아이, 여자아이도 살인자야."

"그래요. 두 명의 남자아이를 기억해요.

그들이 누구를 죽였죠?"

—Jes, sed estas homoj, kiuj naskiĝas en bonaj familioj, kreskas normale ĉe normalaj vivkondiĉoj kaj en iu momento fariĝas murdistoj.

—Multaj estas la kialoj ⁻ diris Mila. ⁻ La familioj povus esti bonaj, sed oni ne vivas nur en la familio. Ne forgesu, ke estas malbonaj amikoj, diversaj aliaj cirkonstancoj···

—Tamen ĉu tiuj ĉi homoj ne povas kontroli siajn emociojn aŭ la inklino al murdo estas en ili jam de la naskiĝo? Verŝajne ĝi estas en ilia karaktero. Mi opinias, ke la inklino al murdo eble estas ie profunde en ilia konscio.

—Ŝajnas al mi, ke vi ne pravas! ⁻ replikis lin Mila. ⁻ Ĉiuj infanoj naskiĝas bonaj.

—Ne. Mi pravas. Dum jaroj la inklino al murdo nestas en tiuj homoj kaj en iu kriza momento ili ne povas subpremi ĝin. Ĝi estas pli forta ol ili kaj tiel ili iĝas murdistoj. Vi scias, ke en mia kariero mi vidis murdistojn kaj virojn, kaj virinojn. Same infanoj estas murdistoj, knaboj kaj knabinoj.

—Jes. Mi memoras pri du knaboj. Kiun ili murdis?

"한 명은 열여섯 살이고 두 번째는 15살이지.
그들은 이유 없이 늙은 노숙자를 때리고 죽였지.
기쁨이나 오락으로 힘없는 70살의 노숙자를 때리기
시작해 죽였지.
그리고 한 명은 15살이고 다른 한 명은 14살인 여자
아이가 단순히 그들보다 더 예쁜 옷을 입었다고 동료
여학생을 죽인 것을 기억하지?"
"그것은 무서워요. 단순히 그녀가 더 잘 옷을 입었다
고 동료 여학생 어린 소녀를 죽인 것이." 밀라가 앓는
소리를 냈다.
"부인을 총으로 쏴서 죽인 회계사를 기억해?" 사피로
브가 물었다.
"그는 우리 지역에 사는 거의 우리 이웃이지.
권위 있는 직업을 가진 지적이고 현명한 사람이지.
정말로 부인보다 스무 살은 더 나이가 많은데 그녀가
간통했다고 짐작하고 부인이 우리 집 근처 카페에 여
자 친구와 함께 있을 때 그는 거기 가서 그녀를 총으
로 쏘아 죽였지.
나는 이 살인에 관해 설명할 수 없어.
이제 누가 왜 클라라를 죽였을까?
이 질문이 나를 괴롭혀."

-La unua estis deksesjara kaj la dua –
dekkvinjara. Ili batis kaj murdis maljunan
senhejmulon sen havi motivon. Por plezuro aŭ
distro ili komencis bati la senpovan
sepdekjaran senhejmulon kaj li mortis. Kaj ĉu
vi memoras la du knabinojn, la unua –
dekkvinjara, la dua – dekkvarjara, kiuj murdis
sian samklasaninon nur tial, ĉar ŝi havis pli
belajn vestojn ol iliaj.

-Tio estas terure. Murdi knabinon, sian
samklasaninon, nur tial, ĉar ŝi estas pli bone
vestita – ĝemsopiris Mila.

-Ĉu vi memoras la kontiston, kiu pafmurdis
sian edzinon? – demandis Safirov. – Li estis
preskaŭ nia najbaro, loĝis en nia kvartalo.
Inteligenta, saĝa homo kun prestiĝa profesio.
Verŝajne dudek jarojn li estis pli aĝa ol sia
edzino, supozis, ke ŝi kokras lin kaj kiam la
edzino estis en la kafejo, proksime al nia
domo, kun sia amikino, li iris tien kaj
pafmurdis ŝin. Mi ne havas klarigon pri tiuj ĉi
murdoj. Kaj nun, kiu murdis Klaran kaj kial?
Tiu ĉi demando turmentas min.

"지금껏 당신은 더 어려운 사건조차 해결했어요.
곧 이것도 해결할 거라고 확신해요." 밀라가 말했다.
"정말 살인자를 발견할 거요.
그렇지만 아쉽게도 클라라를 구하지는 못했지." 사피
로브가 말했다.
"당신은 피곤해요.
쉬어야 해요.
더 오래 쉴 시간을 찾아요." 밀라가 말했다.
"이제 벌써 봄이에요.
우리는 어디서 여름을 보낼지 정해야 해요."
"그래, 당신이 맞아. 어느새 봄이 왔어.
나는 그것을 알아차리지 못했어.
나는 꽃피는 나무와 꽃을 볼 시간도 없어.
오늘 얼마나 많은 꽃이 피었는지 알아?
클라라의 장례식에 사람들이 꽃을 많이 가져와서 내가
마치 꽃 정원에 있는 듯했어."
"이번 여름에 우리는 같이 쉬어야 해요.
당신은 항상 일만 했어요.
하지만 올해는 8월에 휴가를 내서 우리 셋 당신과 나
그리고 그레타, 산으로 가요.
우리는 바닷가에 사니까 산에서 휴양하는 것이 더 좋
아요." 밀라가 제안했다.

-Ĝis nun vi solvis eĉ pli malfacilajn kazojn kaj mi certas, ke baldaŭ vi solvos ankaŭ tion. - diris Mila.

-Verŝajne. Mi trovos la murdiston, sed bedaŭrinde mi ne sukcesis savi Klaran - diris Safirov.

-Vi estas laca. Vi devas ripozi. Trovu tempon por pli longa ripozo - diris Mila. - Jen, jam estas printempo. Ni devas decidi kie ni somerumos.

-Jes. Vi pravas.[38] Nesenteble venis la printempo kaj mi ne rimarkis ĝin. Mi ne havis tempon vidi la florantajn arbojn, la florojn. Hodiaŭ mi rimarkis kiom da multaj floroj estas. La homoj, kiuj venis por la entombigo de Klara, portis multajn florojn kaj mi kvazaŭ estis en florĝardeno.

-Ĉisomere ni devas kune ripozi. Vi ĉiam havas laboron, sed ĉijare via forpermeso estu en aŭgusto kaj ni triope: vi, mi kaj Greta iru en montaron. Ni loĝas ĉe la maro kaj estus bone ripozi en montaro - proponis Mila.

---

38) pravi <自> 옳다, 정당하다, 이치에 맞다, 도리가 있다, 당연하다. pravigi 옳다고 주장하다, 변명하다; 정당화하다, 조리(條理), 명분(名分) 을 세우다 malprava 잘못된, 착오(錯誤)의, 틀린, 부정당한

"휴가가 8월에 되도록 가능한 모든 것을 할게. 우리 함께 산에서 쉽시다." 사피로브가 약속했다.

"그레타가 곧 돌아올 테니 저녁을 먹어요." 그녀가 말했다.

"저녁을 준비할게요. 무엇을 먹기 원하나요?"

"오랫동안 구운 감자를 먹지 못 했으니 오늘 밤에 기꺼이 군감자를 먹을게.

그리고 차가운 맥주 한잔 마실게."

밀라는 저녁을 준비하러 식당으로 갔고 사피로브는 뉴스를 보려고 TV를 켰다.

'지역 TV 방송국에 클라라 실종에 관한 광고를 더 하지 말라고 전화해야 해. 베셀리노바 정보는 벌써 쓸모없으니까.' 사피로브는 혼잣말했다.

-Mi faros ĉion eblan, ke mia ferio[39] estu en aŭgusto kaj ni kune ripozu en montaro - promesis Safirov.

-Greta baldaŭ revenos kaj ni vespermanĝos - diris ŝi. - Mi preparos la vespermanĝon. Kion vi deziras manĝi?

-Delonge mi ne manĝis frititajn terpomojn kaj ĉivespere mi volonte manĝos frititajn terpomojn kaj mi permesos al mi mem trinki unu malvarman bieron.

Mila iris en la kuirejon por pretigi la vespermanĝon kaj Safirov ŝaltis la televidilon por spekti la novaĵojn. "Mi devas telefoni al la loka televidstacio, ke plu ne anoncu pri la malapero de Klara Veselinova. La informo jam ne estas aktuala[40] - diris al si mem Safirov."

---

39) feri-o   휴일(休日), 휴식일: 제일 ferii<自> feri을 누리(즐기)다.
   ferioj 휴가
40) aktual-a   현존(現存)의, 현실(現實)의, 사실상의

21장. 드라코브 심문

아침 7시 30분에 사피로브는 클라라가 다녔던 고등학교에 문학교사 크라센 드라코브를 만나려고 갔다.
고등학교는 커다란 **'성모'** 성당옆 **'자유'** 광장에 있다.
성당과 고등학교는 광장 양옆에 서로 마주하고 있다.
사피로브는 광장을 가로질러 고등학교 운동장으로 들어갔다.
학생들은 벌써 첫 수업 시간을 위해 서둘렀다.
학교에서 사피로브는 수위에게 교장실이 어디냐고 물었다.
"2층에 있습니다. 선생님." 수위가 말했다.
사피로브는 계단으로 갔다.
2층에 무거운 대리석 문 위에 **반겔 페브** 교장실이라는 간판이 달려있다.
사피로브는 가볍게 노크하고 안으로 들어갔다.
넓은 방에 큰 책상 옆에 교장이 앉아 있다.
가구들은 화려하고 현대식이다.
소파, 커피용 탁자, 높은 책장, 벽에는 아마 전 교장들의 것으로 보이는 초상화가 있다.
고등학교는 이 도시에서 가장 오래된 곳 중의 하나다.

21.

Matene je la sepa kaj duono Safirov iris en la gimnazion, en kiu lernis Klara por renkontiĝi kun Krasen Drakov, la instruisto pri literaturo.

La gimnazio troviĝis sur placo "Libereco", proksime al la granda preĝejo "Sankta Dipatrino". La preĝejo kaj la gimnazio estis unu kontraŭ la alia je la du flankoj de la placo. Safirov trapasis la placon kaj eniris la gimnazian korton. La gelernantoj jam rapidis por la komenco de la lernohoroj. En la lernejo Safirov demandis la pordiston kie estas la kabineto de la direktoro.

–Sur la dua etaĝo, sinjoro – diris la pordisto.

Safirov ekiris sur la ŝtuparon. Je la dua etaĝo sur peza kaj masiva pordo estis ŝildo: "Vangel Peev – direktoro". Safirov ekfrapetis kaj eniris. En vasta ĉambro, ĉe granda skribotablo, sidis la direktoro. La mebloj estis luksaj kaj modernaj: kanapo, kafotablo, alta librobretaro. Sur la muroj – portretoj, verŝajne de la estintaj direktoroj. La gimnazio estis unu el la plej malnovaj en la urbo.

여기서 지금 유명한 사람들, 과학자, 교수, 음악가, 화가, 배우 등이 많이 다녔다.

"안녕하십니까? 교장 선생님. 저는 칼로얀 사피로브 경찰 위원입니다."

교장은 의자에서 일어나 놀라서 사피로브를 쳐다보았다. 정말로 고등학교에 경찰 위원이 한 번도 온 적이 없는 듯했다.

50살이고 그렇게 크지는 않고 조금 뚱뚱한 교장 선생님은 안경을 쓴 대머리였다.

그의 회색 눈동자는 탁한 물방울 같다.

"안녕하세요. 무슨 일이시죠? 어느 학생이 문제를 일으켰나요?" 그가 불안해하며 물었다.

"아닙니다. 크라센 드라코브 선생님과 만나 이야기하려고 왔습니다." 사피로브가 말했다.

"알겠습니다. 수업 중간 휴식 시간에 그와 만날 수 있습니다." 교장이 제안했다.

"물론 왜 그와 이야기해야 하는지 묻지 않겠습니다. 비밀일 테니까."

"예"

"여기서 드라코브 선생님을 기다리세요." 교장이 말했다. "그를 부르도록 부탁할게요."

"감사합니다."

"10분 뒤면 1교시가 끝납니다."

Ĉi tie lernis multaj famaj nun personoj: sciencistoj, profesoroj, muzikantoj, pentristoj, geaktoroj.

-Bonan tagon, sinjoro Peev. Mi estas Kalojan Safirov, polica komisaro.

La direktoro ekstaris de la seĝo kaj mire alrigardis Safirov. Verŝajne en la gimnazion neniam venis polica komisaro. Kvindekjara, ne tre alta, iom dika, la direktoro estis kalva kun okulvitroj. Liaj grizkoloraj okuloj pli similis al malklaraj akvaj gutoj.

-Bonan tagon. Kio okazis? Ĉu iu lernanto kaŭzis problemon? - demandis li maltrankvile.

-Ne. Mi venis paroli kun Krasen Drakov, la instruisto - diris Safirov.

-Bone. En interleciona paŭzo vi povus paroli kun li - proponis la direktoro. - Mi kompreneble ne demandos kial vi devas paroli kun li, ĉar mi supozas, ke tio estas sekreto.

-Jes.

-Vi atendu Drakov ĉi tie - diris la direktoro. - Mi petos, ke oni alvoku lin.

-Dankon.

-Post dek minutoj la unua lernohoro finiĝos.

교장은 사피로브에게 커피용 탁자 옆 안락의자에 앉도록 권유했다.

사피로브는 앉아서 커피용 탁자 위에 놓인 '**부르가이 노바조이(부르가의 소식들)**'이라는 신문을 들었다.

첫 장에는 클라라의 죽음과 장례에 대한 보도가 있다.

기자는 물론 그녀가 오트만리 해만 바위에서 떨어졌다고 썼다.

교장은 사피로브가 클라라의 장례에 관한 기사를 읽는 것을 보고 물었다.

"클라라 베셀리노바 양 관련해서 드라코브 선생님과 이야기 합니까? 정말 그는 그녀의 담임 선생입니다."

"아니요." 사피로브는 대답하고 바로 교장 선생님에게 물었다.

"클라라 베셀리노바 양을 압니까?"

교장은 어떻게 대답할지 조금 주저하며 말했다.

"고등학교에 800명의 학생이 다닙니다.

모든 학생을 개인적으로 알 수는 없습니다.

클라라 베셀리노바 양이 실종되었을 때만 우리 학교 학생인 것을 알았죠.

하지만 나는 그녀에게 관심을 가졌고 크라센 드라코브 선생은 그녀가 착하고 부지런한 학생이라고 말했어요."

학교 종이 1교시가 끝났다고 알렸다.

La direktoro proponis al Safirov sidiĝi en la fotelon ĉe la kafotablo. Safirov sidiĝis kaj prenis la ĵurnalon "Burgaj Novaĵoj", kiu kuŝis sur la kafotablo. Sur la unua paĝo estis informo pri la morto de Klara kaj ŝia entombigo. La ĵurnalisto kompreneble skribis, ke ŝi falis de roko en kabo Otmanli.

Kiam la direktoro vidis, ke Safirov legas la artikolon pri la entombigo de Klara, demandis:

-Ĉu vi parolos kun sinjoro Drakov, rilate Klara Veselinova? Ja li estis ŝia klasestro.

-Ne – respondis Safirov, sed tuj demandis la direktoron:

-Ĉu vi konis Klara Veselinova?

La direktoro iom hezitis kiel respondi kaj diris:

-En la gimnazio lernas pli ol okcent gelernantoj. Mi ne povas koni ĉiujn persone. Nur kiam Klara Veselinova malaperis, mi eksciis, ke ŝi lernas en nia gimnazio. Mi tamen interesiĝis pri ŝi kaj Krasen Drakov diris, ke ŝi estis bona, diligenta lernantino.

La lerneja sonorilo anoncis la finon de la unua lernohoro.

교장은 사무를 보는 여직원에게 전화해서 드라코브에게 교장실로 오라고 말해 달라고 부탁했다.

5분 뒤 문에서 작게 문 두드리는 소리가 들리고 크라셴 드라코브가 교장실로 들어왔다.

그는 지금 밝고 푸른 정장에 노란 셔츠를 입었다.

그는 교장 선생과 사피로브를 쳐다보고 상냥하게 물었다. "교장 선생님, 오라고 말씀하셨지요."

"예. 이분은 경찰 위원인데 선생님과 대화하기를 원해요." 그리고 교장은 사피로브를 가리켰다.

드라코브는 조금 당황했지만, 그것을 숨기려고 했다.

사피로브는 일어서서 그에게 인사했다.

"안녕하십니까? 드라코브 선생님."

"안녕하십니까? 위원님."

그리고 드라코브는 자기소개를 했다.

"저는 문학교사 크라셴 드라코브입니다."

"예, 어제 클라라 베셀리노바 장례식에서 뵈었습니다." 사피로브가 말했다.

"편안하게 대화할 수 있도록 저는 나갈게요." 교장이 말했다.

사피로브는 감사하고 교장이 나갔을 때 드라코브를 바라보고 물었다.

La direktoro telefonis al la sekrtariino kaj petis ŝin diri al Drakov veni en la kabineton.

Post kvin minutoj aŭdiĝis frapeto je la pordo kaj Krasen Drakov eniris la kabineton de la direktoro. Nun li surhavis helverdan kostumon kaj flavan ĉemizon. Li rigardis la direktoron, poste Safirov kaj afable demandis:

-Sinjoro Peev, vi petis min veni.

-Jes. La sinjoro estas komisaro kaj deziras konversacii kun vi - kaj la direktoro montris Safirov.

Drakov iom embarasiĝis, sed provis kaŝi tion. Safirov ekstaris kaj salutis lin:

-Bonan tagon, sinjoro Drakov.

-Bonan tagon, sinjoro ⁻ kaj Drakov prezentis sin. ⁻ Mi estas Krasen Drakov, instruisto pri literaturo.

-Jes, mi vidis vin hieraŭ dum la entombigo de Klara Veselinova ⁻ diris Safirov.

-Mi eliros, por ke vi povu trankvile konversacii ⁻ diris la direktoro.

Safirov dankis, kaj kiam la direktoro eliris, li alrigardis Drakov kaj demandis lin:

"드라코브 선생님, 클라라 베셀리노바의 담임이시죠? 실종되기 전에 그녀 행동에서 뭔가 특별한 점을 알아차리셨나요?"

"전혀 그렇지 않습니다." 교사가 대답했다.

"그녀는 언제나처럼 정상적으로 행동했습니다."

"그녀가 불안하거나 감정적이었나요?"

"아닙니다. 그녀는 편안해 보였고 무언가나 누군가가 성가시게 하는 것을 전혀 나타내지 않았습니다."

"클라라가 규칙적으로 학교에 다녔나요? 오지 않은 날도 있었나요?" 사피로브가 물었다.

"절대 오지 않은 적이 없습니다. 클라라는 착한 학생이었습니다."

"어제 장례식에서 그녀가 문학을 좋아해서 수필과 글을 썼다고 말했는데 그것들을 읽었나요?"

"예, 읽었습니다." 드라코브가 대답했다.

"클라라가 자기 글을 읽고, 그것에 대한 제 생각을 말해 주라고 여러 번 부탁했습니다."

"저는 선생님이 그것들을 자세히 읽고 의견을 말해 주었다고 의심하지 않습니다." 사피로브가 알아차렸다.

"그녀의 글은 어땠나요? 주제는 무엇이죠?"

"위원님, 아마도 아시겠지만, 글은 항상 주제를 가지고 있지는 않습니다."

드라코브는 조금 살며시 웃었다.

-Sinjoro Drakvo, vi estis klasestro de Klara Veselinova. Ĉu vi rimarkis ion neordinaran en ŝia konduto antaŭ ŝia malapero?

-Tute ne ⁻ respondis la instruisto. ⁻ Ŝi kondutis normale kiel ĉiam.

-Ĉu ŝi estis maltrankvila, emociiĝinta?

-Ne. Ŝi aspektis trankvila kaj tute ne montris, ke io aŭ iu ĝenis ŝin.

-Ĉu Klara regule frekventis la lernejon? Ĉu estis tagoj, kiam ŝi forestis? ⁻ demandis Safirov.

-Neniam ŝi forestis. Klara estis bona lernantino.

-Hieraŭ dum la funebra ceremonio vi diris, ke ŝi ŝatis la literaturon, verkis eseojn, versaĵojn. Ĉu vi legis ŝiajn versaĵojn?

-Jes, mi legis ⁻ respondis Drakov. ⁻ Klara plurfoje petis min legi ŝiajn versaĵojn kaj diri mian opinion pri ili.

-Mi ne dubas, ke vi atente legis ilin kaj diris vian opinion ⁻ rimarkis Safirov. ⁻ Kiaj estis la versaĵoj? Kiaj estis la temoj?

-Eble vi scias, sinjoro komisaro, ke la versaĵoj ne ĉiam havas temojn ⁻ iom ekridetis Drakov.

"시는 자기의 느낌, 생각, 인상을 표현합니다."

"예 클라라 양이 글에서 무엇을 표현했나요?"

"그녀 나이의 모든 어린 여자아이같이 그녀도 사랑에 관련된 자기감정을 표현했습니다."

"그것은 당연하죠.

사랑의 시죠, 그렇죠?

그것이 클라라가 사랑한 그 누구, 구체적인 사람에게 바쳐진 것인가요?"

"그것은 전혀 모릅니다." 드라코브는 바로 대답하고 사피로브가 정확히 무슨 생각을 하는지 유추하려는 것처럼 똑바로 바라보았다.

"클라라가 누구를 사랑하는지 제게 고백하지 않았습니다."

"알겠습니다.

4월 15일 오후 1시 30분 뒤에 어디에 있었는지 묻고 싶습니다." 사피로브가 천천히 그 날짜와 시간을 강조하며 물었다.

"저는 이해할 수 없습니다.

왜 제게 그것을 묻는지. 이 질문이 클라라와 연결되었나요?" 드라코브는 마음이 상해 그를 바라보았다.

"이 질문에 대답하셔야 합니다." 사피로브가 엄격하게 그에게 주의하라고 경고하였다.

"4월 15일 오후 1시 30분 뒤에 어디에 있었나요?"

-La poetoj esprimas siajn sentojn, meditojn, impresojn···

-Jes. Kion esprimis Klara en siaj versaĵoj?

-Kiel ĉiuj knabinoj je ŝia aĝo, ankaŭ ŝi esprimis siajn emociojn, ligitajn al la amo.

-Tio estas komprenebla. Estis ampoemoj, ĉu ne? Ĉu ili estis dediĉitaj al konkreta persono, al iu, kiun Klara amis?

-Mi tute ne scias tion ‒ tuj respondis Drakov kaj atente alrigardis Safirov, kvazaŭ deziris diveni kion ĝuste li pensas. ‒ Al mi Klara ne konfesis kiun ŝi amas.

-Mi komprenas. Mi deziras demandi vin kie vi estis la 15-an de aprilo post la unua horo kaj duono posttagmeze? ‒ demandis malrapide emfazante la daton kaj la horon Safirov.

-Mi tute ne komprenas vin. Kial vi demandas min pri tio kaj ĉu tiu ĉi demando estas ligita al Klara? -alrigardis lin Drakov ofendita.

-Vi devas respondi al la demando ‒ atentigis lin Safirov serioze. ‒ Kie vi estis la 15-an de aprilo post la unua horo kaj duono posttagmeze?

"저는 집에 있었습니다.
1시에 수업을 마치고 1시 30분에 집에 있었습니다."
"누가 그것을 확인할 수 있나요?"
"아무도 없습니다." 드라코브가 말했다.
"제 부인은 일하여, 내가 집에 돌아올 때 없습니다.
이웃 누군가가 우연히 나를 보았다면 그것을 확인할
수 있습니다.
하지만 바로 그때 누가 나를 보았는지 모릅니다."
"그럼 수업 시간이 끝난 뒤 집에 돌아왔다고 말씀하신
거죠?"
"예, 그렇다고 말했습니다."
"부인은 어디서 무슨 일을 하시나요?" 사피로브가 물
었다.
"그녀 이름은 **베라**이고 '**해**'어린이집 교사입니다.
5시까지 일하고 집에 5시 반에 돌아옵니다."
"자녀는 있나요?"
"아직 없습니다. 2년 전에 결혼했습니다." 드라코브가
대답했다.
"오트만리에 빌라를 가지고 있다고 들었습니다."
"제 사람됨과 생활을 잘 아시네요. 위원님." 조금 풍
자적으로 드라코브는 웃었다.

-Mi estis hejme. Mi finis la lernohorojn je la unua horo kaj je la unua kaj duono mi estis hejme.

-Ĉu iu povus konfirmi tion?

-Neniu – diris Drakov. – Mia edzino laboras kaj ne estis hejme, kiam mi revenis de la lernejo. Se iu najbaro hazarde vidis min povus konfirmi tion. Tamen mi ne scias kiu vidis min ĝuste tiam.

-Do, vi diras, ke post la fino de la lernohoroj vi revenis hejmen?

-Jes. Tion mi diras.

-Kie kaj kion laboras via edzino? – demandis Safirov.

-Ŝia nomo estas Vera kaj estas vartistino en la infanĝardeno "Suno". Ŝi laboras ĝis la deksepa horo kaj hejmen revenas je la deksepa kaj duono.

-Ĉu vi havas infanojn?

-Ankoraŭ ne. Antaŭ du jaroj ni geedziĝis – respondis Drakov.

-Mi aŭdis, ke vi havas vilaon en Otmanli.

-Vi bone ekkonis mian personecon kaj vivon, sinjoro komisaro – ekridetis iom ironie Drakov.

"그것이 제 일입니다."

"예, 빌라를 가지고 있습니다.

정확히 제 것은 아니고 제 부모님의 것입니다."

"자주 거기 가십니까?"

"아주 가끔."

"마지막으로 빌라에 언제 가셨나요?" 사피로브가 물었다.

"기억이 안 나지만 아마 한 두 달 전쯤에."

"이제 조사하러 그 빌라에 가야 합니다."

"그것은 수색입니까?" 드라코브가 불안해하며 물었다.

"그럴 수 있습니다."

"하지만 이런 수색을 하려면 공식 명령서가 있어야 함을 잘 아시죠?"

"예, 가지고 있습니다." 그리고 사피로브는 빌라 수색 영장을 보여 주었다.

"하지만 열쇠가 지금 제게 없습니다." 드라코브가 수색을 피하려고 했다.

"우리는 먼저 선생님 집에 같이 가서 열쇠를 들고 그 뒤, 빌라로 갈 겁니다.

그럼 같이 나가시죠?"

-Tio estas mia laboro.

-Jes, mi havas vilaon. Ĝi ne estas ĝuste mia, sed al miaj gepatroj.

-Ĉu vi ofte iras tien?

-Tre malofte.

-Kiam lastfoje vi estis en la vilao? ⁻ demandis Safirov.

-Mi ne memoras, eble antaŭ monato aŭ du.

-Nun ni devas iri en vian vilaon por trarigardi ĝin.

-Ĉu tio estos priserĉado? ⁻ demandis maltrankvile Drakov.

-Povas esti.

-Tamen vi bone scias, ke vi devas havi oficialan ordonon por fari tiun ĉi priserĉadon.

-Jes. Mi havas ĝin ⁻ kaj Safirov montris la ordonon pri priserĉado de la vilao.

-Sed… nun la ŝlosilo ne estas ĉe mi ⁻ provis eviti la priserĉadon⁴¹⁾ Drakov.

-Ni unue iros al via loĝejo, vi prenos la ŝlosilon kaj poste ni iros en la vilaon. Do, ni iru.

---

41) serĉ-i <他> 찾다; 구(求)하다; 탐구(探究)하다. serĉilo <理> 검출기(檢出器); <光> 파인더. serĉisto 탐구자 serĉumilo 탐조등(探照燈). elserĉi <他> 찾아내다. priserĉi <他>수사(搜查)하다.

사피로브는 콜레브 경사에게 전화해서 조사팀의 두 명 경찰관과 함께 학교 앞으로 오라고 말했다.

드라코브와 함께 그의 빌라를 수색하러 오트만리에 가야 하니까.

사피로브는 교장에게 감사하고 오늘 드라코브가 수업을 계속할 수 없다고 말했다.

더 자세히 조사해야 하니까.

교장은 놀라서 경찰이 왜 드라코브와 그가 정확히 무엇을 했다고 조사하려는지 유추하려고 했다.

사피로브와 드라코브가 학교에서 나갔을 때 그 앞에 벌써 콜레브가 조사팀 두 명과 함께 기다리고 있었다.

모든 사람이 차에 타고 그가 빌라 열쇠를 가지러 드라코브 집으로 출발했다.

Safirov telefonis al serĝento Kolev, ke li venu kun du policanoj el la esplorgrupo antaŭ la gimnazio, ĉar kun Drakov ili veturos al Otmanli por priserĉi lian vilaon.

Safirov dankis al la direktoro kaj diris al li, ke hodiaŭ Drakov ne daŭrigos la instruadon, ĉar oni devas pli detale pridemandi lin. La direktoro miris kaj provis diveni[42] kial la polico devas pridemandi Drakov kaj kion ĝuste li faris.

Kiam Safirov kaj Drakov eliris el la lernejo, antaŭ ĝi jam atendis ilin serĝento Kolev kun du policanoj el la esplorgrupo. Ĉiuj eniris la aŭton kaj ekveturis al la domo de Drakov por ke li prenu[43] la ŝlosilon de la vilao.

---

42) diven-i [타] * 알아맞히다, 추측하다, 짐작해서 말하다.
43) pren-i [G2] < 他> 손에 쥐다, 집다, 잡다, 들다;가지다;택하다,취하다 《teni는 손에 있는 것을 말하고 preni는 손에 없었던 것을 쥐는 것을 말함》;가지고 가다, 데리고 가다; 강점(强占)하다, 탈취하다; 획득하다. 벌다; 받다, 수납하다; 얻다; 채용하다; 접수하다, 받아들이다;처리하다, 대하다, 간주(看做)하다,…로 여기다. preno 잡기, 쥐기; 채취; 탈취; 획득; 섭취. preneto da 한줌, 조금,(pinĉ)prenilo 집게,fajo prenilo 화젓가락, 불집게prenileto 족집게,못뽑이 prenebla 쥘 수 있는, 들 수 있는, 가질 수 있는, 취할 수 있는, 얻을 수 있는. prenipova 잡는 힘이 있는. alpreni <他>접수하다, 받아들이다, 채용하다;담당하다. ĉirkaŭpreni<他>껴안다. depreni<他> 떼어내다, (걸린 것, 실은 것 등을)내리다;빼다(滅). elpreni<他> 꺼내다,빼내다.forpreni<他> 가져가다,빼앗아가다, 탈취하다,박탈하다, 떠나게 하다. kunpreni <他> 가지고 가다;동행시키다.

22장. 별장 수색

드라코브의 빌라는 베셀리노브 가정의 빌라 가까이에 있었지만, 마찬가지로 숲속에 있어 길에서는 보이지 않았다.

경찰차가 빌라 앞에 섰다.

1층에 마당은 그렇게 크지 않다.

문까지 평평한 돌길이 이어졌다.

드라코브가 문을 열고 경찰들이 들어갔다.

빌라는 방이 3개, 부엌, 화장실이 있다.

방 하나는 식당으로 긴 나무 식탁과 의자가 몇 개 놓여 있다.

거기에 TV, 식기 선반, 냉장고가 있다.

다른 두 방은 침실로 거기에는 침대, 옷장, 책장, 책상이 있다.

경찰이 수색을 시작했다.

그들은 선반, 서랍을 열고 침대 밑을 들여다보고 냉장고를 열었는데 그 안에 코냑과 위스키병들이 있다.

책상 서랍에서 표지에 '글모음 -클라라 베셀리노바'라고 쓰인 노트를 찾아냈다.

"여기에 클라라의 글이 있는 노트가 있습니다." 콜레브가 말했다.

"그것이 왜 여기에 있지?" 사피로브가 물었다.

22.

La vilao de Drakov troviĝis proksime al la vilao de familio Veselinovi, sed same en la arbaro kaj ne videblis de la vojo. La polica aŭto haltis antaŭ la vilao, unuetaĝa en ne granda korto. Al la pordo estis platŝtona pado. Drakov malŝlosis la pordon kaj la policanoj eniris. La vilao konsistis el tri ĉambroj, kuirejo kaj banejo. Unu el la ĉambroj estis manĝejo kun longa ligna manĝotablo kaj kelkaj seĝoj. En ĝi estis televidilo, ŝranko por manĝilaro, fridujo. La aliaj du – estis dormoĉambroj, en ili – litoj, vestoŝrankoj, librobretaroj, skribotablo.

La policanoj komencis la priserĉadon. Ili malfermis ŝrankojn, tirkestojn, rigardis sub la litoj, malfermis la fridujon, kie estis boteloj da konjako kaj viskio. El unu el la tirkestoj de la skribotablo Kolev elprenis kajeron, sur kies titolpaĝo estis skribite: "Versaĵoj – Klara Veselinova".

-Jen – diris Kolev – la kajero kun la versaĵoj de Klara.

-Kial ĝi estas ĉi tie? – demandis Safirov.

"클라라가 그것을 시를 읽고 의견을 말해 달라고 내게 주었다고 이미 말씀드렸습니다."

드라코브가 대답했다.

"그럼 그것들을 다 읽으셨네요, 그렇죠?"

"물론입니다."

"클라라가 언젠가 여기에 왔나요?"

사피로브가 물었다.

"결코, 아닙니다.

그녀는 내가 여기에 빌라를 가지고 있다는 것도 모릅니다." 드라코브가 대답했다.

"확실합니까?"

"당연합니다."

"알겠습니다." 사피로브가 말했다.

책상 가까이에서 경찰은 나무 마루가 열심히 닦여진 것을 알아차렸다.

"언제 여기 마루를 닦았습니까?" 사피로브가 닦여진 부분을 가리켰다.

"내가 닦지 않았습니다.

아마 집사람이 여기를 청소하고 마루를 닦았을 것입니다." 조금 당황해서 드라코브가 대답했다.

침대에서 경찰은 금발 머리카락을 몇 개 발견해서 조사하려고 조심스럽게 보관했다.

-Mi jam diris, ke Klara donis ĝin al mi tralegi la poemojn kaj diri mian opinion - respondis Drakov.

-Kaj vi tralegis ilin, ĉu ne?

-Kompreneble.

-Ĉu Klara venis iam ĉi tien? - demandis Safirov.

-Neniam. Ŝi ne sciis, ke mi havas vilaon ĉi tie - respondis Drakov.

-Ĉu vi certas?

-Kompreneble.

-Bone - diris Safirov.

Proksime al la skribotablo la policanoj rimarkis, ke la ligna planko estis diligente lavita.

-Kiam vi lavis la plankon ĉi tie? - montris Safirov la lavitan lokon.

-Mi ne lavis ĝin. Eble mia edzino purigis ĉi tie kaj lavis la plankon - respondis iom embarasita Drakov.

Sur la unu el la litoj la policanoj trovis kelkajn blondajn harojn kaj atente prenis ilin por esploro.

경찰이 수색을 마쳤을 때 사피로브가 드라코브에게 말했다.
"도시에서 머물기를 충고드립니다.
어디에도 멀리 가면 안 됩니다.
다시 조사가 필요하니까."
"그럴 계획이 없습니다.
저는 교사고 가르쳐야 하는 것을 잘 아십니다."
경찰관이 나갔다.
부르고로 돌아가면서 사피로브는 콜레브에게 연구실에서 발견된 머리카락을 잘 조사해서 그것이 클라라의 것인지 아닌지 확인하라고 말했다.

Kiam la policanoj finis la priserĉadon, Safirov diris al Drakov.

-Mi konsilas[44] vin resti en la urbo. Veturu nenien, ĉar necesos denove pridemandi vin.

-Mi ne planas veturi. Vi bone scias, ke mi estas instruisto kaj mi devas instrui.

La policanoj ekiris. Veturante al Burgo Safirov diris al Kolev, ke en la laboratorio oni bone esploru la trovitajn harojn kaj konstatu ĉu ili estas de Klara aŭ ne.

---

44) konsil-i <他> 상의하다, 의논하다, 협의하다, 권고하다, 충고하다, 건의하다, 진언(眞言)하다. konsilo 권고, 방책(方策), 충고, 조언(助言). konsilanto, konsilano, konsilisto 고문(顧問), 참의원, 평의원, 참사. konsilantaro, konsilistaro 고문회, 참의회, 추밀원(樞密院). konsilinda 권할만한, 마땅히 실행해야 할, 적당한. konsiliĝi 의견을 청취하다, 상의하다. inter-konsiliĝi 다같이[서로] 의논하다.

23장. 드라코브의 자백

다음 날 콜레브는 사피로브에게 연구실 보고서를 제출했다.

거기에 드라코브의 빌라에서 발견된 머리카락이 클라라의 것이라고 쓰여 있다.

"그럴 것이라고 짐작했어." 사피로브가 말했다.

"드라코브는 자신이 오트만리에 빌라를 가진 것을 클라라가 모른다고 단언했어."

사피로브와 콜레브가 대화할 때 출입문에서 근무하는 경찰관이 전화로 크라센 드라코브라는 이름의 신사가 사피로브 위원과 이야기하고 싶다고 했다.

"드라코브 씨가?" 사피로브가 물었다.

"예"

"들어오시도록 해."

잠시 후 드라코브가 사무실로 들어왔다.

"안녕하세요. 위원님." 그가 인사했다.

"안녕하세요." 사피로브가 인사하고 그를 바라보았다.

지금 드라코브는 밤새 잠을 이루지 못한 것처럼 피곤하게 보였다.

그의 얼굴은 창백하고 어둡고 푸른 눈은 작은 늪과 같다.

"앉으세요." 사피로브가 말했다.

23.

Post tago Kolev donis al Safirov la raportaĵon de la laboratorio, en kiu oni skribis, ke la haroj, trovitaj en la vilao de Drakov, estas de Klara.

-Tion mi supozis – diris Safirov – Drakov asertis, ke Klara ne sciis, ke li havas vilaon en Otmanli. Dum Safirov kaj Kolev konversaciis, la deĵoranta ĉe la pordo policano telefonis, ke iu sinjoro, kies nomo estas Krasen Drakov, deziras paroli kun komisaro Safirov.

-Ĉu Drakov? – demandis Safirov.

-Jes.

-Permesu al li veni.

Post kelkaj minutoj Drakov eniris la kabineton.

-Bonan tagon, sinjoro komisaro – salutis li.

-Bonan tagon – diris Safirov kaj alrigardis lin.

Nun Drakov aspektis laca, kvazaŭ la tutan nokton li ne dormis. Lia vizaĝo estis pala kaj liaj malhelverdaj okuloj similis al du marĉetoj.

-Bonvolu sidiĝi – diris Safirov.

드라코브는 의자에 앉아서 사피로브와 콜레브를 바라보고 조용하게 말했다.

"모든 것을 자백하러 왔습니다."

"들어볼게요." 사피로브가 말하고 콜레브 경사에게 앉기를 청했다.

"이미 3년간 저는 클라라 베셀리노바의 담임이었습니다. 이미 아시는 것처럼 저는 문학을 가르칩니다.

학생들 과제는 자주 여러 문학적 주제를 가지고 글 쓰는 것입니다.

클라라 베셀리노바는 아주 훌륭하고 재미있는 수필을 써 칭찬했습니다."

"그것을 이미 알고 있습니다." 사피로브가 말했다.

"그녀는 감정적이고 독창적인 사고방식을 가지고 자기 생각을 분명하게 글로 표현하는데 능숙합니다.

제가 학생들 앞에서 어떻게 수필을 써야 하는지 알도록 그녀에게 소리 내 그녀의 수필을 읽도록 부탁한 적이 있습니다.

1년 전에 클라라는 내게 와서 글을 썼으니 그것을 읽고 좋은지 나쁜지 말해 달라고 요청했습니다."

"그때 글을 쓴 공책을 그녀가 선생님에게 드렸지요." 사피로브가 물었다.

"그때 그녀는 3편을 주어 제가 읽었습니다.

그것은 좋았습니다.

Drakov sidiĝis sur la seĝon, alrigardis Safirov kaj Kolev kaj mallaŭte ekparolis:

-Mi venis konfesi ĉion.

-Ni aŭskultas vin — diris Safirov kaj proponis al serĝento Kolev same sidiĝi.

-Jam tri jarojn mi estis klasestro de Klara Veselinova. Kiel vi jam scias mi instruas literaturon. Ofte la hejmaj taskoj de la gelernantoj estis verki eseojn pri diversaj literaturaj temoj. Klara Veselinova verkis tre bonajn, interesajn eseojn kaj mi gratulis ŝin.

-Tion ni jam scias — diris Safirov.

-Ŝi estis emocia, havis originalan pensmanieron kaj spertis klare skribe esprimi sin. Estis okazoj, kiam mi petis ŝin voĉe tralegi sian eseon antaŭ la gelernantoj, por ke ili komprenu kiel devas esti verkita eseo.

Antaŭ jaro Klara venis al mi kaj diris, ke ŝi verkas versaĵojn kaj petis min tralegi ilin kaj diri ĉu ili estas bonaj aŭ ne.

-Ĉu tiam ŝi donis al vi sian kajeron kun la versaĵoj? — demandis Safirov.

-Tiam ŝi donis al mi nur tri versaĵojn, kiujn mi tralegis. Ili estis bonaj.

내 마음에 들어 재능이 있으니 써야 한다고 진심으로 말했습니다. 이 3편 뒤에 더욱 자주 새로운 글을 주기 시작해 다 읽었습니다.

지난여름에 8월 여름 휴가 중 나는 클라라를 오트만리에서 우연히 봤습니다.

자기 부모님이 거기에 빌라를 가지고 있다고 했습니다. 나도 마찬가지로 거기에 빌라를 가지고 있다고 언급했습니다."

"그녀는 거기에 부모님과 같이 있었나요?"

"예, 그들은 거기서 일주일 있었습니다. 거의 매일 나와 클라라는 만나 숲에서 산책하고 문학과 시에 관해 대화했습니다. 그때 나는 오트만리에서 혼자였습니다. 집사람은 일하느라 나와 함께 있을 수 없었습니다.

9월에 새 학기가 시작되었을 때 클라라는 다시 내게 글 쓴 것을 주기 시작했습니다.

자주 그녀는 수업 끝난 뒤에 나를 기다려 나와 대화하고 싶어 했습니다.

한 번은 제게 글을 주면서 내게 바치는 것이라고 말했습니다.

그때 그녀는 사랑한다고 고백하고 더 자주 함께 있기를 바란다고 했습니다."

"이제야 이해했네요. 그녀의 '당신은 포도주처럼 나를 취하게 하고 용처럼 나를 불타게 한다.'라는 글에서 시구가 무엇을 의미하는지." 사피로브가 말했다.

Plaĉis al mi kaj sincere mi diris, ke ŝi havas talenton kaj devas verki.

Post tiuj ĉi tri versaĵoj ŝi komencis pli ofte doni al mi novajn kaj novajn versaĵojn, kiujn mi legis. Pasintsomere, dum la somera ferio, en aŭgusto, mi hazarde vidis Klaran en Otmanli. Ŝi diris, ke ŝiaj gepatroj havas tie vilaon. Ankaŭ mi menciis, ke mi same havas vilaon tie.

–Ĉu ŝi estis kun la gepatroj tie?

–Jes, ili estis tie unu semajnon. Preskaŭ ĉiutage mi kaj Klara renkontiĝis, promenadis en la arbaro, konversaciis pri literaturo, poezio. Tiam mi estis sola en Otmanli. Mia edzino laboris kaj ne povis esti kun mi.

Kiam komenciĝis la lernojaro, en septembro, Klara denove komencis doni al mi versaĵojn. Ofte ŝi atendis min post la fino de la lernohoroj kaj deziris konversacii kun mi. Foje ŝi donis al mi versaĵon kaj diris, ke estas dediĉita al mi. Tiam ŝi konfesis, ke amas min kaj sopiras pli ofte esti kun mi.

–Nun mi komprenas kion signifas la versoj en ŝia versaĵo: Vi kiel vino ebriigas min, kiel Drako vi flamigas min – diris Safirov.

"예, 저는 그녀에게 그것을 받아들일 수 없다고 설명하려고 했습니다.

정말로 저는 교사고 그녀는 학생입니다.

하지만 매일 우리는 수업 시간에 서로 보았습니다.

클라라는 아주 예쁘고 지혜롭고 다른 학생들과 같지 않게 그들보다 더 성숙하게 보여 어느새 저도 그녀를 사랑하게 되었습니다." 드라코브가 말했다.

"그것이 정상입니까?

교사가 학생을 사랑하다니."

"저는 이 사랑에 저항할 힘이 없었습니다.

그래서 우리는 몰래 만나기 시작했습니다.

수업이 끝나고 오트만리에 있는 제 별장에 매번 내 차로 와서 1시간이나 1시간 반을 지냈습니다.

누구도 우리가 만나는 것을 알거나 짐작하지 못했습니다." 드라코브가 말했다.

"어떻게든 이 만남을 끊으려고 했습니까?"

"여러 번 시도하고 그것을 해서는 안 된다고 그녀에게 말했지만 불가능했습니다.

클라라는 고집이 셌습니다.

그녀는 내게 전화하고 내가 집에 있을 때 전화해서 내 아내에게 뭐라고 말할지 몰랐습니다.

클라라가 저 없이는 못 산다고 말했습니다.

-Jes – diris Drakov. – Mi provis klarigi al ŝi, ke tio ne estas akceptebla. Ja, mi estas instruisto kaj ŝi – lernantino. Tamen ĉiutage dum la lecionoj ni vidis unu la alian. Klara estis tre bela, saĝa, ne similis al aliaj lernantinoj, aspektis pli matura ol ili kaj iel nesenteble mi same ekamis ŝin.

-Ĉu tio estas normala? Instruisto ekami lernantinon!

-Mi ne havis fortojn kontraŭstari al tiu ĉi amo – diris Drakov – kaj ni komencis renkontiĝi kaŝe. Foje-foje per mia aŭto, post la lernohoroj, ni veturis al Otmanli en mian vilaon, kie ni pasigis horon aŭ horon kaj duonon. Neniu sciis kaj neniu supozis, ke ni renkontiĝas.

-Ĉu vi ne provis iel ĉesigi tiujn ĉi renkontiĝojn?

-Plurfoje mi provis, mi diris al ŝi, ke ni ne devas fari tion, sed ne eblis... Klara obstinis. Ŝi telefonis al mi, telefonis kiam mi estis hejme, kaj mi ne sciis kion diri al mia edzino. Klara diris, ke ŝi ne povas vivi sen mi.

4월 15일 수업이 끝나고 우리는 다시 만나서 오트만리에 갑니다."

"왜 4월 15일에 집에 있었다고 내게 말했나요?" 엄하게 사피로브가 물었다.

"두려워서 진실을 숨기려고 했습니다." 드라코브가 말했다. "우리는 오트만리에 가서 이제 우리의 마지막 만남이라고 그녀에게 말했습니다. 더는 우리 만나지 않을 것입니다. 그때 클라라가 눈물을 터트리며 임신했다고 말했습니다. 나는 믿지 못해 내가 임신시킨 것이 아니라고 말했습니다. 클라라는 폭발해서 크게 소리치며 제가 그녀를 더 보기를 원하지 않으면 아이를 낳아 제가 아버지임을 사람들이 알게 하겠다고 협박하기 시작했습니다. 저는 그렇게 하지 말라고 경고했습니다. 나도 마찬가지로 화가 났습니다. 클라라가 제게 가까이 다가오더니 나를 껴안고 키스하려고 해서 내가 세게 그녀를 밀쳤습니다."

"무언가로 그녀를 때렸죠?"

"아닙니다. 손으로 그녀를 세게 밀쳤습니다. 그녀는 넘어져 머리를 책상에 부딪쳤습니다. 상처에서 피가 나기 시작했습니다. 그녀를 일으켜 세우려고 했는데 이미 죽은 것을 보았습니다. 그때 무엇을 할지 알지 못했습니다. 그녀를 들고 차로 그녀를 옮겨 바위로 갔습니다. 거기서 바위 위에서 그녀를 던졌습니다. 저는 미쳐서 무엇을 하는지 인식하지 못했습니다.

La 15-an de aprilo, post la lernohoroj, ni denove renkontiĝis kaj iris en Otmanli.

-Kial vi diris al mi, ke la 15-an de aprilo vi estis hejme? – demandis severe Safirov.

-Mi timiĝis kaj provis kaŝi la veron – diris Drakov.

-Ni iris en Otmanli kaj mi diris al ŝi, ke tio estas nia lasta renkontiĝo. Plu ni ne renkontiĝos! Tiam Klara ekploris, diris, ke ŝi estas graveda. Mi ne kredis kaj diris, ke ne mi gravedigis ŝin. Klara eksplodis, komencis kriegi kaj minacis min, ke se mi ne deziras plu vidi ŝin, ŝi naskos la infanon kaj ĉiuj ekscios, ke mi estas la patro. Mi avertis ŝin ne fari tion. Mi same koleriĝis. Klara proksimiĝis al mi, deziris ĉirkaŭbraki kaj kisi min, sed mi forte puŝis ŝin.

-Ĉu vi frapis ŝin per io?

-Ne! Mi forte puŝis ŝin mane. Ŝi falis kaj frapis sian kapon je la skribotablo. La vundo komencis sangi. Mi provis levi ŝin, sed vidis, ke ŝi mortis. Tiam mi ne sciis kion fari. Mi levis ŝin, portis ŝin al la aŭto kaj ekveturis al la rokoj. Tie mi ĵetis ŝin de la rokoj. Mi estis freneza kaj ne konsciis kion mi faras.

나중에 빌라로 돌아와서 모든 것을 청소했습니다. 여기서 그것을 했습니다." 드라코브는 조용해졌다.
"이제 저는 정신을 차리고 결과를 받아들이겠습니다."
그가 속삭였다.
사피로브와 콜레브도 똑같이 조용했다.
무엇을 말할 수 없었다.
사피로브는 드라코브를 불쌍히 여기기조차 했다.
그는 젊고 가정이 있고 좋은 직업이 있지만, 그것이 인생의 마지막이었다.

2018년 2월 25일 소피아.

Poste mi revenis en la vilaon kaj purigis[45] ĉion. Jen, tion mi faris.

Drakov eksilentis.

-Nun mi plenkonscie akceptos la konsekvencojn – ekflustris li.

Safirov kaj Kolev same silentis. Ne eblis ion diri. Safirov eĉ kompatis Drakov. Li estis juna, havis familion, bonan profesion, sed tio estis la fino de lia vivo.

Sofio, la 25-na de februaro 2018

---

45) pur-a 순수한 깨끗한, 순결한, 청결(淸潔)한. purema 깨끗한 것을 좋아하는, 깔끔한. purigi 청소하다, 깨끗하게 하다. 순수케 하다. purismo 언어순화(言語純化), 용어의 결벽(用語潔癖),; 결벽. purkorulo 마음이 깨끗한 사람. malpura 더러운; 불순한. elpurigi 깨끗이 씻다, 정련(精鍊)하다. elpurigi sin 대소변 보다, 배설(排泄)하다. elpur(ig)aĵo 배설물. seksa pureco 정결(貞潔), 정절(貞節). pursanga, purrasa 순혈종(純血種)의

저자에 대하여

율리안 모데스트는 1952년 불가리아의 소피아에서 태어났다.

1973년 에스페란토를 배우기 시작하여 대학에서 잡지 '불가리아 에스페란토사용자'에 에스페란토 기사와 시를 게재했다.

1977년부터 1985년까지 부다페스트에서 살면서 헝가리 에스페란토사용자와 결혼했다.

첫 번째 에스페란토 단편 소설을 그곳에서 출간했다.

부다페스트에서 단편 소설, 리뷰 및 기사를 통해 다양한 에스페란토 잡지에 적극적으로 기고했다.

그곳에서 그는 헝가리 젊은 작가 협회의 회원이었다.

1986년부터 1992년까지 소피아의 '성 클리멘트 오리드스키'대학에서 에스페란토 강사로 재직하면서 언어, 원작 에스페란토 문학 및 에스페란토 운동의 역사를 가르쳤고. 1985년부터 1988년까지 불가리아 에스페란토 협회 출판사의 편집장을 역임했다.

1992년부터 1993년까지 불가리아 에스페란토 협회 회장을 지냈다.

Pri la aŭtoro

Julian Modest naskiĝis en Sofio. Bulgario. En 1977 li finis bulgaran filologion en Sofia Universitato "Sankta Kliment Ohridski", kie en 1973 li komencis lerni Esperanton. Jam en la universitato li aperigis Esperantajn artikolojn kaj poemojn en revuo "Bulgara Esperantisto". De 1977 ĝis 1985 li loĝis en Budapeŝto, kie li edziĝis al hungara esperantistino. Tie aperis liaj unuaj Esperantaj noveloj. En Budapeŝto Julian Modest aktive kontribuis al diversaj Esperanto-revuoj per noveloj, recenzoj kaj artikoloj. Tie li estis membro de la Asocio de Junaj Hungaraj Verkistoj. De 1986 ĝis 1992 Julian Modest estis lektoro pri Esperanto en Sofia Universitato "Sankta Kliment Ohridski", kie li instruis la lingvon, originalan Esperanto-literaturon kaj historion de Esperanto-movado. De 1985 ĝis 1988 li estis ĉefredaktoro de la eldonejo de Bulgara Esperantista Asocio. En 1992-1993 li estis prezidanto de Bulgara Esperanto-Asocio.

그는 종종 독창적인 에스페란토 문학에 대해 강의한다. 에스페란토 책을 쓰고 에스페란토 작가에 대한 여러 리뷰와 연구의 저자다.

율리안 모데스트의 에스페란토와 불가리아어 단편 몇 편이 알바니아어, 영어, 헝가리어, 일본어, 한국어, 크로아티아어, 마케도니아어, 러시아어, 우크라이나어 등 다양한 언어로 번역되었다. 그는 현재 가장 유명한 불가리아 작가 중 한 명이다. 그의 단편은 다양한 불가리아어 잡지와 신문에 실린다. 그의 불가리아어 및 에스페란토 단편 소설 중 일부가 온라인에 있다. 그의 이야기, 에세이 및 기사는 다양한 잡지 "Hungara Vivo", "Budapest Newsletter", "Literatura Foiro", "Fonto", "Monato", "Beletra Almanako", "La Ondo de Esperanto", "Zagreba Esperantisto" 등에 실렸다.

그는 현재 "불가리아 에스페란티스토" 잡지의 편집장을 맡고 있다. 그는 불가리아 신문과 다양한 라디오 및 TV 방송국에서 종종 인터뷰를 하며 에스페란토 원본 및 번역 문학에 대해 이야기한다.

그는 여러 에스페란토와 불가리아어 책을 편집했다. 그는 불가리아 작가 협회와 에스페란토 PEN 클럽회원이다.

Li ofte prelegas pri la originala Esperanto-literaturo. Li estas aŭtoro de pluraj recenzoj kaj studoj pri Esperanto-libroj kaj Esperanto-verkistoj.

Pluraj noveloj de Julian Modest el Esperanto kaj el bulgara lingvo oni tradukis en diversajn lingvojn, albanan, anglan, hungaran, japanan, korean, kroatan, makedonan, rusan, ukrainan k. a. Nuntempe li estas unu el la plej famaj bulgarlingvaj verkistoj. Liaj noveloj aperas en diversaj bulgarlingvaj revuoj kaj ĵurnaloj. Pluraj liaj noveloj bulgaraj kaj Esperantaj estas en interreto. Liaj rakontoj, eseoj kaj artikoloj aperis en diversaj revuoj "Hungara Vivo", "Budapeŝta Informilo', "La Ondo de Esperanto", "Zagreba Esperantisto" kaj aliaj. Nun Li estas ĉefredaktoro de revuo "Bulgara Esperantisto". Oni ofte intervjuas lin en bulgaraj ĵurnaloj kaj en diversaj radio kaj televiziaj stacioj, en kiuj li parolas pri originala kaj tradukita Esperanta literaturo. Li redaktis plurajn Esperantajn kaj bulgarlingvajn librojn. Li estas membro de Bulgara Verkista Asocio kaj Esperanta PEN-klubo.

율리안 모데스트의 작품들

1. 우리는 살 것이다!　　　 2. 황금의 포세이돈
3. 5월 비
4. 브라운 박사는 우리 안에 산다
5. 신비한 빛　　　　　　 6. 문학 수필
7. 우리는 살 것이다! - 음성CD
8. 꿈에서 방황　　　　　 9. 세기의 발명
10. 문학 고백　　　　　 11. 닫힌 조개
12. 아름다운 꿈　　　　 13. 바다별
14. 과거로부터 온 남자　 15. 상어와 함께 춤을
16. 수수께끼의 보물　　 17. 살인 경고
18. 공원에서의 살인　　 19. 고요한 아침
20. 사랑과 증오　　　　 21. 꿈의 사냥꾼
22. 내 목소리를 잊지 마세요
23. 인생의 오솔길을 지나
24. 욤보르와 미키의 모험

Julian Modest estas aŭtoro de jenaj Esperantaj verkoj:

1. "Ni vivos!" – dokumenta dramo pri Lidia Zamenhof. Eld.: Hungara Esperanto-Asocio, Budapeŝto,1983.
2. "La Ora Pozidono" – romano. Eld.: Hungara Esperanto-Asocio, Budapeŝto, 1984.
3. "Maja pluvo" – romano. Eld.: "Fonto", Chapeco, Brazilo, 1984.
4. "D-ro Braun vivas en ni". Enhavas la dramon "D-ro Braun vivas en ni" kaj la komedion "La kripto". Eld.: Hungara Esperanto-Asocio, Budapeŝto, 1987.
5. "Mistera lumo" – novelaro. Eld.: Hungara Esperanto-Asocio, Budapeŝto, 1987.
6. "Beletraj eseoj" – esearo. Eld.: Bulgara Esperantista Asocio, Sofio, 1987.
7. "Ni vivos! – dokumenta dramo pri Lidia Zamenhof – grandformata gramofondisko. Eld.: "Balkanton", Sofio, 1987
8. "Sonĝe vagi" – novelaro. Eld.: Bulgara Esperanto- Asocio, Sofio, 1992.
9. "Invento de l' jarcento" – enhavas la

komediojn "Invento de l' jarecnto" kaj "Eŭropa firmao" kaj la dramojn "Pluvvespero", "Enŝteliĝi en la koron" kaj "Stela melodio". Eld.: Bulgara Esperanto-Asocio, Sofio, 1993.

10. "Literaturaj konfesoj" – esearo pri originala kaj tradukita Esperanto-literaturo. Eld.: Esperanto-societo "Radio", Pazarĝik, 2000.

11. "La fermata konko" – novelaro. Eld.: Al-fab-et-o, Skovde, Svedio, 2001.

12."Bela sonĝo" – novelaro, dulingva Esperanta kaj korea. Eld.: "Deoksu" Seulo, Suda Koreujo, 2007.

13. "Mara Stelo" – novelaro. Eld.: "Impeto" – Moskvo, 2013

14. "La viro el la pasinteco" – novelaro, esperantlingva. Eldonejo DEC, Kroatio, 2016, dua eldono 2018.

15. "Dancanta kun ŝarkoj" - originala novelaro, eld.: Dokumenta Esperanto-Centro, Kroatio, redaktoro: Josip Pleadin, 2018

16."La Enigma trezoro" - originala romano por adoleskuloj, eld.: Dokumenta Esperanto-Centro, Kroatio, redaktoro: Josip Pleadin, 2018

17."Averto pri murdo" - originala krimromano,

eld.: Eldonejo "Espero", Peter Balaz, Slovakio, 2018

18."Murdo en la parko" - originala krimromano, eld.: Eldonjeo "Libero", Lode van de Velde, Belgio, 2018

19."Serenaj matenoj" - originala krimromano, eld.: Eldonjeo "Libero", Lode van de Velde, Belgio, 2018

20."Amo kaj malamo" - originala krimromano, eld.: Eldonjeo "Libero", Lode van de Velde, Belgio, 2019

21."Ĉasisto de sonĝoj" - originala novelaro, eld.: Eldonjeo "Libero", Lode van de Velde, Belgio, 2019

22."Ne forgesu mian voĉon" - du noveloj, eld.: Eldonjeo "Libero", Lode van de Velde, Belgio, 2020

23. "Tra la padoj de la vivo" - originala romano, eld.: Eldonjeo "Libero", Lode van de Velde, Belgio, 2020

24."La aventuroj de Jombor kaj Miki" - infanlibro, originale verkita en Esperanto, eld.: Dokumenta Esperanto-Centro, Kroatio, redaktoro: Josip Pleadin, 2020